LORA LEIGH

**Breeds**

Aidens Rache

*Über dieses Buch:*
Vor sechs Jahren gelang dem Wolf-Breed Aiden die Flucht aus dem Labor einer grausamen und sadistischen Wissenschaftlerin. Schlimmer als die Folter, die er dort über sich ergehen lassen musste, war die Tatsache, dass die einzige Frau, zu der er sich hingezogen fühlte und für die er alles getan hätte, um sie zu beschützen, ihn betrogen und verraten hatte. Damals schwor er sich, Rache zu nehmen, doch als er Charity wiedertrifft, wird er von seinen eigenen Gefühlen übermannt und Rache ist das Letzte, an das er denken kann …

*Über die Autorin:*
Lora Leigh lebt mit ihrer Familie in Kentucky. Mit ihren erotischen Liebesromanen hat sie sowohl im Bereich der Romantic Fantasy als auch des Romantic Thrill eine große Leserschaft gewonnen. Weitere Informationen unter: www.loraleigh.com

*Lora Leigh bei LYX:*

*Die Romane der Breeds-Reihe:*
1. Breeds – Callans Schicksal
2. Breeds – Tabers Versuchung
3. Breeds – Dashs Bestimmung
4. Breeds – Bradens Vergeltung
5. Breeds – Harmonys Spiel
6. Breeds – Kanes Verlangen
7. Breeds – Kiowas Verhängnis
8. Breeds – Tanners Begehren
9. Breeds – Jacobs Sehnsucht
10. Breeds – Aidens Rache
11. Breeds – Dawns Erwachen *(erscheint Januar 2017)*

*Außerdem als E-Book erhältlich:*
Lust de LYX – Coopers Sehnsucht
Lust de LYX – Verheißungsvolle Nacht
Lyras Leidenschaft
Wolfes Hoffnung

*Weitere Romane der Autorin sind bei LYX in Vorbereitung.*

LORA LEIGH

# Aidens Rache

BREEDS

Roman

*Ins Deutsche übertragen*
*von Silvia Gleißner*

LYX

LYX in der Bastei Lübbe AG

Die Originalausgabe erschien 2003 unter dem Titel
*Aiden's Charity* bei Ellora's Cave Publishing, Inc.



1. Auflage
Redaktion: Isabella Busch
Umschlaggestaltung und Artwork: © Birgit Gitschier, Augsburg,
unter Verwendung mehrerer Motive von Shutterstock
(Nejron Photo, Michal Ninger)
Satz: Greiner & Reichel, Köln
Druck und Bindung: CPI books GmbH, Leck
Printed in Germany
ISBN 978-3-7363-0182-5

www.lyx-verlag.de

MIX
Papier
FSC FSC® C083411

*Für Tony, weil du mich zu dem Menschen*
*gemacht hast, der ich bin.*
*Du gabst mir Freiheit, doch hieltest mich*
*mit samtenen Ketten des Herzens.*
*Du gabst mir Liebe und lehrtest mich,*
*dass nichts perfekt ist, nicht einmal Emotionen.*
*Du gabst mir Konflikte und brachtest mich dazu,*
*nach Lösungen zu suchen.*
*Du machtest mich stark.*
*Du gabst mir die Kraft, in mir selbst zu suchen,*
*um meinen eigenen Frieden zu finden.*
*Du brachtest mich dazu, den Stimmen zuzuhören,*
*und indem du zuhörtest, konnte ich den Menschen*
*sehen, der ich innerlich bin.*
*Du gabst mir die Zeit und die Kraft,*
*nach meinem Traum zu greifen.*
*Und indem du das tatest, machtest du mir*
*das Geschenk der Hinnahme.*

# *Prolog*

*Breeds-Versuchslabor, Mexiko*

Jahrelang war es ihm gelungen, sie zu täuschen. Er hatte seine Sexualität gezügelt, seine Sehnsüchte, die automatische Anziehung zur Schönheit und Anmut der weiblichen Gestalt. Er hatte ihren Drogen widerstanden, die dafür geschaffen waren, sein Glied steif und das sexuelle Training leichter für die Frauen und die Wissenschaftler zu machen. Er hatte nie eine Erektion zugelassen, um irgendeinen von ihnen zufriedenzustellen. Er verspürte nicht das geringste Verlangen, weder körperlich noch mental, egal, ob mit Drogen oder ohne – bis er sie sah. Bis zu jenem Tag, an dem sie die neue Labortechnikerin vorstellten.

Sie war jung. So klein und zierlich wie keine andere, die er je gesehen hatte. Das lange, dunkelblonde Haar fiel ihr wie Seide über den Rücken, und ihre großen braunen Augen beobachteten argwöhnisch die Zellen, als fürchte sie, dass jeden Augenblick gefräßige Bestien ausbrechen könnten.

Zuerst hatte ihre Reaktion ihn amüsiert. Doch im Laufe des Jahres schlug sie ihm aufs Gewissen und aufs Gemüt. Und er konnte nicht aufhören, sie zu beobachten und sich nach ihr zu sehnen. Doch er kannte den Weg, auf den man sich begab, wenn man derartige Gefühle offen zeigte. Und mit der Zeit wurde sein Zorn immer größer. Auf die Wissenschaftler, die Wärter, auf das Leben, das zu leben sie gezwungen waren, all das gärte in ihm wie eine eiternde Wunde.

Das Tier in ihm heulte vor Wut auf. Der Drang, zu überleben und um einen Tag mehr zu kämpfen, war wie ein Dämon, der seinen Trotz gegenüber den Drogen und den Tests auf die Probe stellen wollte. Doch etwas, das noch animalischer war, ein Wissen, so elementar und tief sitzend, dass er dessen Quelle nicht ergründen konnte, warnte ihn vor den Gefahren, die noch kommen würden. Warnte ihn vor der Bedrohung, die von einer ganz bestimmten Frau ausging.

An jenem Tag beobachtete er sie insgeheim, während sich die neue Droge in seinem Organismus ausbreitete. Das neue Potenzmittel. Ein starkes diesmal, und es erforderte seine ganze Konzentration, seine Erektion mit aller Gewalt zu unterdrücken. Innerlich heulte er vor Wut auf. Die Gefangenschaft war schon schlimm genug, der ständige Drill zur Tötungsmaschine. Die Drogen und die Experimente lasteten schwer auf ihnen allen, aber die Wut, die in ihm aufstieg, war noch viel schlimmer. Sie war sogar noch schwerer zu zügeln als die Drogen oder sein Verlangen nach dieser einen Frau.

Der Zorn wurde immer mehr zu einem Teil seiner Seele, und das so sehr, dass es Augenblicke gab, in denen Aiden ihn selbst fürchtete. Dieser Zorn konnte zu einer Gefahr für das gesamte Rudel werden. Sollte er es wagen, einen Wärter oder einen der Wissenschaftler anzugreifen, dann käme die Bestrafung nicht nur über ihn, sondern über das gesamte Rudel. Und diesen Gedanken fand er beängstigender als jeden anderen.

Während der Zorn in ihm immer stärker wurde, fiel ihm auf, dass Charity ihn öfter beobachtete. Nach mehr als einem Jahr im Labor fühlte sie sich ungezwungener in Gegenwart der Breeds. Sie plauderte mit seiner Schwester Faith. Lachte über allen möglichen Mädchenkram, den sie Faith in den Kopf setzen konnte. Als bräuchte seine Schwester einen Grund für Hoffnung in dem jämmerlichen Leben, das sie führten. Wenn sie nicht einen Weg fanden, zu entkommen, würden sie am Ende alle sterben. Wenn nicht auf einer der perversen Missionen, auf die man sie schickte, dann ganz banal durch die Kugeln ihrer Wärter. Es war schon einmal geschehen, und er war sich sicher, dass es wieder geschehen würde.

»Aiden?« Jetzt näherte sie sich vorsichtig seiner Zelle. Ihre dunklen Augen blickten besorgt, und ihre Miene war ernst. »Dr. Bainesmith will, dass du der Frau bald zu Diensten bist.«

Mitgefühl und noch etwas anderes standen in ihrem Blick. Er knurrte, ein tiefer Laut der Warnung, der sie zusammenzucken ließ. Nervös kaute sie auf ihrer Lippe. Diesmal konnte er seine Wut nicht im Zaum halten. Er wollte diese Frau, mehr als alles andere! Doch er durfte dieses elementare, in ihm verwurzelte Verlangen, keine außer ihr zu berühren, nicht offenbaren. Und er hatte Angst um sie, falls er sie wirklich berühren würde. Wie sollte er an seiner Beherrschung festhalten? Der Tod war besser als dieses endlose Labyrinth aus erwachenden Emotionen und hoffnungsloser Schwäche.

»Aiden, sie wird dich töten lassen«, flüsterte sie eindringlich. »Dann ist Faith allein.«

Der sanfte Klang ihrer Stimme war zerstörerisch. Wie die Hitze des Sommers streichelte sie seine Sinne. Sein Schwanz zuckte in dem Verlangen, sich aufzurichten. Er fletschte die Zähne und hob den Kopf so weit, dass sie durch sein langes Haar hindurch seine grimmige Miene sehen konnte.

Aber sie sah ihm nicht ins Gesicht. Ihr Blick war auf seinen Penis gerichtet. Der zuckte, blieb jedoch schlaff. Erneut fletschte Aiden die Zähne, ein lautloses Knurren der Warnung. Langsam hob sie den Blick, und er sah das Wissen in ihren Augen. Sie wusste, dass er selbst die Kontrolle über seine Erektion ausübte und dass er nicht impotent war, wie die anderen es bei ihm vermuteten. Doch in ihrem Blick lag nichts von der Furcht, die sie empfinden sollte.

»Aiden, du darfst nicht sterben«, flüsterte sie und sah hastig über ihre Schulter, um sicherzugehen, dass sie allein waren. »Bitte, hör auf, ihnen auf diese Art zu trotzen.«

»Du kannst Schoßhündchen spielen, solange du willst«, knurrte er kalt. »Aber ich spiele nicht das Zuchttier für diese Bastarde.«

Daraufhin blitzte etwas in ihren Augen auf. Sie presste die Lippen zu einer dünnen Linie zusammen, als wolle sie etwas sagen, ihm etwas beteuern. Doch mit einem kurzen Kopfschütteln unterdrückte sie es.

»Heute ist kein guter Tag zum Sterben«, zischte sie leise. »Heb dir das für etwas Wichtiges auf.«

Das Aufblitzen von Sturheit in ihrem Blick und in ihren Zügen machte ihn neugierig. Noch nie zuvor hatte er diese stählerne Härte in ihr bemerkt. Als würde eine Art innerer Kern oder Stärke sie aufrecht halten. Er beneidete sie um diese Sturheit.

»Ein Breed weniger, den sie foltern können«, gab er spöttisch zurück. Er hasste ihre Besorgnis und ihr Mitgefühl. Er hasste sein Verlangen nach ihr und das, was er nun tun musste, um nicht nur sein Rudel, sondern auch sie zu schützen. »Wieso kommst du mir so, Mädchen? Ich könnte dich mit bloßen Händen in Stücke reißen. Na los, komm in meinen Käfig und ich beweise es dir.«

Ihre Augen verdunkelten sich, zuerst vor Furcht und dann mit einem eigenartigen Schimmern von Trotz. Und sein Schwanz zuckte erneut. Er wollte sie. Er begehrte sie, wie er noch nie etwas in seinem Leben begehrt hatte, und genau darin lag seine Vernichtung. Sie zu nehmen würde denen das geben, was sie wollten, das war ihm klar. Er wusste auch, wenn er seine Beherrschung aufgab, um eine andere zu nehmen, würde er die Kontrolle nie wieder zurückerlangen. Er würde keinen Frieden finden, keine Linderung, bis er Charity unter sich hatte und seinen Schaft so tief in sie versenkte, dass er ihre Seele berührte. Und damit würde er sie beide vernichten. Es war besser, seinen eigenen Tod zu wählen, als die Vernichtung seiner Seele.

»Ich werde dich nicht sterben lassen«, stieß sie hervor. »Du hast keine Ahnung, was du da tust, Aiden.«

»Wenn ich ihre kleine Zuchtstute vögle, wird mich das nicht am Leben erhalten. Ich wurde geboren, um zu sterben, Charity. Wir alle. Manche von uns nur früher als andere.« Er wünschte, sie würde ihn allein lassen. Sich umdrehen und gehen, damit er sich seinem Schicksal mit der Stärke stellen konnte, die sein Stolz von ihm verlangte.

Frust blitzte in ihren Augen auf.

»Charity, ist er so weit?« Bainesmith lenkte ihre Blicke auf die Transportliege, die auf der anderen Seite des Labors hereingerollt wurde.

Aiden versteifte sich, als der Duft von Erregung, stark und drogeninduziert, seine Nase traf. Er verzog das Gesicht. Der Duft überlagerte den feinen, frischen Duft von Charitys erdiger Reaktion auf ihn und weckte Übelkeit in ihm.

Die Frau war ans Bett gebunden. Ihre gespreizten Beine waren an herausgeklappten Metallbügeln fixiert. Es war ein abstoßender Anblick, der ihn zutiefst anwiderte.

Die Soldaten in Begleitung der perversen Ärztin kamen an seine Zellentür, und Charity wich zurück. Aiden gab ihnen nicht die Genugtuung, sich zu wehren. Er stand auf und wartete geduldig. Jeder Muskel seines Körpers verlangte, dass er etwas tat, dass er kämpfte. Doch den Impuls kontrollierte er so mühelos wie seine Erregung.

Düster sah er zu, wie Bainesmith und ihre untergebenen Wissenschaftler, Wärter und Techniker sich langsam seiner Zelle näherten. Aller Augen waren auf seine Oberschenkel und das schlaffe Glied fixiert, das dort reglos hing.

»Der Bastard hat immer noch keine Erektion zustande gebracht.« Bainesmith wandte sich voll kalter Wut an den Wissenschaftler in ihrer Begleitung. »Sie haben mir versichert, dass es dieses Mal funktionieren würde.«

Der ältliche Arzt schüttelte fassungslos den Kopf. Dr. Agullera war so pervers und verkommen wie jeder Mensch, von dem Aiden bisher gehört hatte. Der Mann verdiente einen schmerzhaften, blutigen Tod. Direkt nach Bainesmith natürlich. »Vielleicht ist das Problem bei ihm wirklich Impotenz und nicht nur Trotz, Dr. Bainesmith. Ich hatte Sie ja gewarnt, dass es so sein könnte.« Sein hochtrabender und arroganter Tonfall ging Aiden auf die Nerven.

Langsam wurde die Zellentür geöffnet, und die Wärter erwarteten ihn mit misstrauischen Blicken, die Waffen im Anschlag. Er unterdrückte ein triumphierendes Lächeln. Er würde sterben, aber er starb in der Gewissheit, dass sie ihn fürchteten.

Aiden trat aus der Zelle, und ihm war klar, welches Schicksal ihn erwartete. Bainesmith hatte es ihm angedroht, als man ihm die Droge injiziert hatte. Aus irgendeinem Grund waren die Experimente zur Fortpflanzung zwingend notwendig. Wenn er nicht vögeln konnte, durfte er nicht weiterleben. Er sah, wie die Ärztin misstrauisch die Augen zusammenkniff, und er verfluchte sie mit einer angeborenen Wut, von der er sich sehnlich wünschte, dass sie seinen Tod überdauern möge.

»Du warst ein perfektes Exemplar«, seufzte Bainesmith bedauernd. »Zu schade, Aiden. Ich werde es nicht genießen, dich zu töten. Viel lieber hätte ich dich gevögelt.«

»Aiden, lass das nicht zu«, drang Wolfes Stimme aus der benachbarten Zelle, und zugleich hörte er Faith furchtsam aufschreien. »Verdammt, ich befehle dir, lass es nicht zu.«

Er würdigte keinen von beiden eines Blickes. Auch wenn Charity etwas anderes glaubte – heute war ein ebenso guter Tag zum Sterben wie jeder andere.

»Bringt ihn in das andere Zimmer«, seufzte Bainesmith. »Ich werde mich dort um ihn kümmern.«

Aiden hörte die Resignation in ihrer Stimme. Er wehrte sich nicht gegen die Wärter. Er ließ zu, dass sie ihn vorwärtsschubsten und ging freiwillig in das Zimmer des Todes. Sie wussten alle, wozu dieser Raum diente. Wer hineinging, kam nicht lebend wieder heraus.

»Nein!« Charity wandte sich an die Ärztin. »Du darfst ihn nicht töten, Delia.«

Ihre Vertrautheit mit Bainesmith erstaunte ihn. Sie redete mit ihr so ungezwungen wie mit einer langjährigen Bekannten. In einem Tonfall, der verlangte und erwartete, ohne Zurechtweisung angehört zu werden.

Schweigen im Labor, als sich aller Augen auf sie richteten. Aiden beobachtete sie düster und forderte sie stumm heraus, weiterzugehen.

»Charity, das Tier ist nutzlos für uns«, antwortete Bainesmith stirnrunzelnd. »Nicht einmal Drogen funktionieren bei ihm. Er ist kein zuverlässiges Exemplar.«

Furcht blitzte in Charitys Augen auf. Sie wurde blass und blickte zwischen Aiden und Bainesmith hin und her.

»Doch, ist er.« Jetzt klang sie verzweifelt. »Die Stimulation stimmt nicht. Diese Frauen stoßen ihn ab … er kann nicht anders. Er wird nicht angemessen stimuliert.«

Aiden sank das Herz in die Hose, und Furcht jagte ihm in die Eingeweide.

»Ich würde sie ja gern vögeln, Charity«, knurrte er und schwor bittere Rache, sollte sie sein endgültiges Entrinnen verhindern. »Aber das Ding will nun mal nicht.«

»Er lügt.« Sie drehte sich wieder zu ihm um, und er biss die Zähne zusammen bei dem, was er in ihren Augen sah.

In diesem Moment fing er an zu beten. Er betete, dass sie sein Verlangen nach ihr nicht bemerkt haben möge, seine Gewissheit, dass er nur einen Schritt davon entfernt war, sich mit ihr zu paaren und den Bastarden zu geben, was sie wollten. Ein Kind, eine Kreatur, die sich nach deren Glauben leichter formen ließe als die ursprünglichen Breeds. Es war eine Gewissheit, die er vor sich selbst nicht verbergen konnte, aber er war entschlossen, sie vor den Bastarden zu verstecken, die ihn erschaffen hatten.

Wenn er preisgab, dass er doch vögeln konnte, wäre es nur eine Frage der Zeit, bis sie versuchten, ihn mit einer Frau zu paaren, der er sich nicht verweigern konnte. So wie sie es mit Wolfe versuchten, aufgrund seiner unkontrollierten Reaktion auf Bainesmiths junge Tochter. Und genauso mit seiner Schwester Faith und seinem Rudelgefährten Jacob. Morgen sollte Faith planmäßig unter Drogen gesetzt und dem Mann zugeführt werden. Auch der Gedanke daran war unerträglich.

Im Labor gab es keinerlei Privatsphäre. Die sexuellen Experimente wurden vor den Augen aller, die in den Zellen gehalten wurden, durchgeführt. Er wäre gezwungen, Faiths Schreie zu hören, die Geräusche der Paarung, und dabei zu wissen, dass es sie zerstörte. So wie auch Faith gezwungen gewesen war, ihrem Rudelführer und Jacob zuzuhören, als sie die Frauen genommen hatten, die man ihnen brachte. Er konnte sich nicht vorstellen, dass sie oder Charity ihm bei einem derartigen Kontrollverlust zusahen. Ein derartiger Angriff auf seinen Stolz und seine Seele wäre mehr, als er ertragen könnte.

»Sie ist zu weich für den Job, Bainesmith.« In seinem angespannten Lächeln lag ein Versprechen von Vergeltung für das Mädchen. »Du hättest jemanden nehmen sollen, der etwas härter ist. Ich wette, sie kotzt, wenn sie Blut sieht.«

Als Bainesmith die junge Frau mit berechnendem Interesse musterte, fluchte er innerlich.

»Kannst du eine Reaktion hervorrufen, Charity?«, fragte sie kalt.

*Oh Gott, nein.* Ein Schauer des Grauens lief ihm über den Rücken. Er sah Charity an und wusste in diesem Augenblick, dass sie ihn vernichten würde.

»Ja.« Ihre Stimme klang schwach und zittrig vor Furcht.

Bainesmith kniff die Augen zusammen. »Kettet ihn an die Kreuzbalken. Wir werden sehen, was sie ausrichten kann.«

Da fing er an, sich zu wehren. Ein zorniges Aufbrüllen drang über seine Lippen, als die Wärter ihn an die x-förmigen Metallbalken zwangen, die auf der anderen Seite installiert waren. Man würde ihn festbinden, unfähig sich zu bewegen, unfähig sich zu wehren. Wenn sie ihn berührte, wenn er ihre Erregung witterte, wäre alles vorbei.

Die Schwächung durch das Potenzmittel ließ ihm nicht mehr viel Kraft zur Gegenwehr. Seine Muskeln waren träge und kraftlos, und nur sein Schwanz wäre wahrhaft stark. Wenn sie den berührte, würde er in Sekundenschnelle kommen.

Innerhalb von Minuten war er an die Kreuzbalken gefesselt. Arme und Beine waren festgeschnallt, die Taille an die Mitte des X fixiert. Er war hilflos. Sein wütendes Aufheulen war ein animalischer, rasender Laut. Dafür würde er Vergeltung üben, das schwor er sich, als er gegen die Fesseln ankämpfte. Und mit Charity würde er anfangen.

»Da ist er, Charity.« Bainesmith wies mit der Hand auf seinen nackten, gefesselten Körper. »Mach ihn hart, und er darf einen Tag länger leben.«

Charity näherte sich ihm vorsichtig, und er musterte sie mit nackter, ungezügelter Wut und knurrte. Der animalische Laut vibrierte ihm in Brust und Kehle, als er die bösartigen Reißzähne entblößte.

»Versuch es gar nicht erst«, grollte er und ignorierte ihre furchtsame Miene und ihre vorsichtige Körperhaltung. »Fass mich an, Charity, und ich verspreche dir, du wirst dafür bezahlen.«

Sie sah zu ihm auf, und ihre ernsten braunen Augen schimmerten feucht. Der Anblick jagte wie ein Blitz in seine Seele und erfüllte sein Herz mit Emotionen, die zu fremdartig waren, um sich genauer damit zu befassen.

»Ich werde dich nicht sterben lassen.« Sie legte ihre Hand auf seinen harten Bauch. »Das kann ich nicht, Aiden.«

Bei ihrer Berührung zogen sich seine Muskeln vor Wonne zusammen. Wieder knurrte er und schnappte warnend mit den Zähnen, als ihre Hand tiefer glitt.

»Ich töte dich eigenhändig.« Sie würde ihn in den Mund nehmen. Er sah die eindeutige Absicht in ihren Augen, und er wusste, dass er verloren war.

Wenn ihr weicher Mund sein Glied berührte, hätte er nicht mehr die Kraft, sich gegen sie zu wehren. Schon rührte sich sein geschwächter Leib, verlor seine Kontrolle, in dem unbändigen Drang, sie dazu zu bringen, dass sie ihn berührte.

»Aber wenigstens lebst du einen Tag länger«, flüsterte sie traurig.

Ihre Lippen berührten seinen Bauch. Er fühlte das Feuer über seinen Körper lecken, das Begehren, das in seinem Blut schwelte und bei ihrer feuchten Berührung aufflammte. Sein Schwanz zuckte flehend, um sich von seiner Kontrolle zu befreien. Er biss die Zähne zusammen und kämpfte gegen die Lust an, die durch seine Lenden jagte.

»Nur einen Tag«, flüsterte sie an seiner Haut. »Das ist alles, was du brauchst, Aiden. Nur einen Tag mehr.«

Sie ging auf die Knie, umschloss seinen Schaft mit der feuchten Hitze ihrer Lippen, und er brüllte seine Wut hinaus. Sie umfasste seine Hoden und massierte sie, während ihre Zunge über seinen zuckenden Schaft strich. Er konnte sich nicht dagegen wehren. Oh Gott, ihr Mund war so gut. Heiß und eng. Ihre Zunge war zaghaft, doch sie fühlte sich an wie eine Peitsche aus Feuer auf seiner Haut.

Er spürte, wie seine Erektion aufblühte. Sein Körper spannte sich an, als er sich dagegen wehrte, aber er konnte nicht gegen die Droge und ihren wundervollen Mund ankämpfen. Als seien dessen feuchte Tiefen allein für ihn geschaffen, wurde sein Schwanz härter, länger, bis sie die Hände um ihn winden musste, um mehr als die Hälfte seines Schaftes zu umfassen, damit er sie nicht erstickte, als seine Hüften plötzlich zuckten und ihn in ihrem Mund versenkten.

Sein Verstand tobte, und sein Körper verriet ihn ebenso wie Charity. Er spürte, wie sein Schwanz sich aufrichtete und die Lust über seinen Körper leckte. Es war extrem, zu intensiv, um zu widerstehen, zu heiß, um sich länger dagegen zu wehren. Er vergaß die verkommenen Wissenschaftler, die zusahen, vergaß die Soldaten und deren perverse Belustigung. Ohne bewusste Kontrolle fing er an, ihre saugenden Lippen zu vögeln. Die Fesseln konnten die rhythmischen Bewegungen seiner Hüften nicht verhindern.

Er wollte sie berühren. Er wollte sie streicheln und liebkosen. Jahre aufgestauter Erregung entluden sich in diesem Augenblick. Er spürte, wie sein Schwanz zu zucken begann und ihr Mund sich um ihn anspannte. Sein Stöhnen war ein Aufschrei gequälter Lust, als er spürte, wie er seinen Samen ergoss.

Er jagte ihn in ihren Mund, den Kopf in den Nacken geworfen, und sein erstickter Schrei klang ihm in den Ohren, als sie seinen Samen schluckte. Und noch weiter spannte sein Schaft sich an, zu einer Schwellung, verborgen unter ihren Händen, mit denen sie die Ekstase, die durch seinen Körper lief, noch verstärkte.

Ihre Hände umfassten die plötzliche, fast faustgroße Schwellung an seinem Schaft. Sie streichelte ihn, fuhr mit der Zunge über die pulsierende Eichel und lockte jeden brutalen Schwall seines Samens in ihren heißen Mund, bis er das Gefühl hatte, er müsse den Verstand verlieren vor Verlangen, ihre enge Vagina zu füllen.

Viel zu schnell war es vorbei, doch Aiden wusste, dass es viel zu lange gedauert hatte. Ihre Hände linderten die harte Schwellung, doch nichts konnte die drogeninduzierte Erregung lindern, die jetzt seinen Körper erfüllte. Sein Schwanz war noch immer steif, so hart, dass es schmerzte, und der Zwang zu vögeln verdrängte jedes andere Bedürfnis in seinem Kopf.

Er erschauderte, als sie sich zurückzog. Ihre Lippen waren feucht, und ihr Blick flehte still um Vergebung, als die kühle Luft des Labors die feuchte Wärme ihres Mundes ersetzte.

Aiden hing kraftlos in den Fesseln und starrte sie mit gesenktem Kopf an, wie sie vor ihm kniete. Hass wallte in ihm auf, rasende Wut entflammte jeden Nerv in ihm, während er zusah, wie sie die letzten verbleibenden Beweise seines Samens von ihren Lippen leckte.

Ihr Verrat war beinahe mehr, als er ertragen konnte. Hart und schnell pulsierte das Gefühl durch seinen Körper, versengte jeden Nerv in ihm und spannte seine Muskeln an. Doch nun, da er einmal stimuliert war, weigerte sich sein Glied, wieder schlaff zu werden, auch wenn die drängende Schwellung unter ihrer Hand verschwunden war. Charity hatte ihn verraten. Die Gründe dafür spielten keine Rolle.

»Dafür wirst du bezahlen«, knurrte er. »Irgendwie, irgendwann wirst du bezahlen.«

Nur die Tränen in ihren Augen waren noch stärker als ihr trauriges Lächeln. »Das habe ich schon, Aiden, auf eine Weise, die du nie erfahren wirst«, flüsterte sie.

Und er schwor sich: Eines Tages würde sie durch seine Hand für das, was sie ihm angetan hatte, bezahlen.

# 1

*Sechs Jahre später*
*Breeds-Versuchslabor, Südamerika*

*Flucht!*, hämmerte es die ganze Zeit in ihrem Kopf. Überall explodierten die Laborräume, und der mechanische Countdown zählte in der Finsternis um sie bis zur finalen Explosion herunter. Die Sicherungsgeneratoren waren am Ende ausgefallen, wodurch sich das Schloss zu der Zelle geöffnet hatte, in der sie die letzten Monate eingesperrt gewesen war.

Charity kümmerte sich weder darum, dass sie nackt war, noch um den brennenden Schmerz an ihren Fußsohlen, als sie über die Metallfußböden rannte. Wenn der Countdown das Ende erreichte, würde der Berg in sich zusammenstürzen, das war ihr klar. Sie befand sich am falschen Ende der unterirdischen Anlage, um auch nur um Hilfe beten zu können. Nachdem sie den geflügelten Breeds bei ihrem Fluchtversuch geholfen hatte, hatte man sie isoliert gefangen gehalten, so weit wie möglich von ihnen getrennt, in der Hoffnung, dass wenigstens sie zurückbleiben würde, sollten die anderen von ihren Brüdern befreit werden.

Um sie herum explodierten Chemikalien, und geborstene elektrische Leitungen tanzten wie wahnsinnige Marionetten umher, als sie durch die höhlenartigen Räume huschte. Das Adrenalin, das durch ihren Körper raste, würde die letzte Dosis Drogen nur noch schneller in ihrem Organismus verbreiten. Sie wusste, dass ihr die Zeit davonlief. Wenn das künstliche Hormon in ihr seine volle Kraft entfaltete, wäre sie zu schwach und hilflos, um sich zu schützen oder in Sicherheit zu bringen.

Die Luft um sie herum heizte sich immer mehr auf, als die Flammen stärker wurden. Sie spürte, wie ihre Füße brannten und von dem heißen Metall unter ihren Sohlen Blasen bekamen, und sie zwang sich, noch schneller zu rennen. Wenn sie nur rechtzeitig den Fluchttunnel erreichen konnte, dann, so wusste sie, war sie so gut wie in Sicherheit.

Das trübe Licht der batteriebetriebenen Lampen leitete sie. Das unheimliche rote Schimmern sorgte zumindest für eine teilweise Beleuchtung der langen Korridore, die durch das Breeds-Versuchslabor führten. Doch je schneller sie rannte, umso näher schienen Flammen und Hitze zu kommen.

Charity rang nach Luft. Sie spürte die Schwäche, die sich in ihr ausbreitete, und wusste, dass Zeit etwas war, das sie nicht hatte und dieses Mal auch nicht stehlen konnte. Ein abgehackter Wutschrei drang aus ihrer Kehle. Ihre Aufopferung würde doch sicher nicht mit ihrem eigenen Tod enden, wie sie immer befürchtet hatte. Sie war schon so nahe, so nahe an der Freiheit, dass sie sie förmlich riechen und fühlen konnte.

Sie keuchte, und Hoffnung keimte in ihr auf, als sie durch den markierten Ausgang taumelte. Der Boden war so heiß, dass sie den schneidenden Schmerz spürte, der ihre Knöchel versengte, während ihre Haut verbrannte, doch im Gesicht konnte sie die kühle Brise spüren.

»Zum Teufel mit dir, Aiden«, fluchte sie. Ihn verfluchte sie jedes Mal, wenn die Furcht sie überwältigte. Es verlieh ihr Kraft und gab ihr ein Ziel.

Vor sechs Jahren hatte er sie in diesem verdammten Labor zurückgelassen. Er war geflohen und hatte sie zurückgelassen, voll Sehnsucht und Verlangen – und voller Hoffnung, dass er zurückkehren würde, um sie zu holen. Jahrelang hatte sie die Hoffnung in sich genährt.

Sie hatte das Council auf Schritt und Tritt hinters Licht geführt. Sie hatte Informationen und Nachrichten weitergegeben, hatte für die gequälten Seelen gekämpft, die diese Bastarde erschaffen hatten, und jeden Tag gebetet, dass irgendein Wunder geschehen möge, um die genetischen Experimente aufzuhalten. Doch es geschah kein Wunder. Und jeden Tag hatte sie so sehr gehofft, dass er zu ihr kommen würde. Bis ihre Gebete langsam verstummt waren, die Hoffnung erstickt war und sie aufgab. Sie gab auf – doch ihr Körper vergaß nicht.

Die Erinnerung, die er in ihr hinterlassen hatte, war ihr Untergang gewesen. Ihre Strafe. Er hatte geschworen, dass sie bezahlen würde, und sie hatte bezahlt, in genauen Raten über die Jahre hinweg. In den letzten Monaten war der Preis, den sie zu zahlen hatte, so viel höher geworden, dass sie um ihre geistige Gesundheit gefürchtet hatte.

Tränen liefen ihr übers Gesicht und ließen alles vor ihren Augen verschwimmen, als sie sich durch den letzten Tunnel kämpfte. Der Countdown näherte sich seinem Ende, der allerletzten Fluchtmöglichkeit. Es wäre viel einfacher, dachte sie wie in weiter Ferne, abzuwarten und ein weiteres Opfer in der erbitterten Schlacht zwischen der Wissenschaft und ihren Geschöpfen zu werden. Doch ein Teil von ihr, ein letzter Hauch von Überlebensinstinkt, weigerte sich, kampflos aufzugeben. Sie musste entkommen. Sie musste leben. Doch wofür, das war ihr nicht mehr so klar.

Endlich zeichnete sich die einsame Öffnung zum Berg vor ihr ab. Inzwischen pulsierten die Drogen schneller durch ihren Leib, schwächten ihre Beine und jagten ihr Schmerzen durch den Unterleib. Sie umklammerte ihren Bauch und bemühte sich, die qualvolle Reaktion ihres Körpers auf die Chemikalien zu ignorieren, als sie durch den Ausgang hinaus in die klare Nacht rannte.

Alles um sie herum explodierte. Sie schrie vor Schreck auf und legte schützend die Hände über den Kopf, als Trümmer herabregneten. Eine Druckwelle aus heißer Luft warf sie zu Boden, aber sie durfte nicht liegen bleiben. Halb kroch, halb rannte sie in Richtung Dschungel, in den Schutz, den sie nur dort finden konnte, und immer weiter.

Der Schatten der Bäume dämpfte selbst die zartesten Strahlen des Mondlichts zu düsterem Schimmer, sodass es fast unmöglich war, etwas zu sehen. Trotz der Flammen hinter ihr und des Infernos, das den Nachthimmel erleuchtete, regierte hier die Dunkelheit. Kühl und lindernd flüsterte die Nachtluft, sicher und schützend, als sie sich durch den Dschungel trieb und sich zwang, so viel Distanz wie möglich zwischen sich und das explodierende Labor zu bringen.

Die weiche Erde unter ihren Füßen brannte in ihren Wunden, als sie weiterlief. Immer weiter. Flucht. Sicherheit. Jahrelang hatte sie darum gekämpft zu entkommen, und sie hatte zu viel Angst vor dem gehabt, was mit jenen geschehen würde, um deren Rettung sie kämpfte. Sie schwor sich, sie würde eher sterben als zulassen, dass sie sie diesmal zurückbrachten. Denn nun war sie dem Untergang geweiht. Sie kannten ihre Geheimnisse und wussten von den Veränderungen, die langsam in ihrem Körper stattfanden. Sie war sich selbst kaum eine Hilfe und schon gar keine für die Breeds, die sie so lange zu retten versucht hatte.

Charity stolperte in den Dschungel, und die Drogen, die sich in ihrem Organismus ausbreiteten, schwächten ihre Sicht. Der Schmerz war eine brutale Erinnerung daran, dass sie zumindest noch am Leben war, doch warum sie immer noch darum kämpfte, es auch zu bleiben, war ihr ein Rätsel. Sie hätte schon vor Monaten aufgeben sollen, dachte sie traurig. Die brutalen Tests hätten sie töten sollen, gar nicht zu reden vom Blutverlust und den erzwungenen Bluttransfusionen, die ihr Körper nicht länger akzeptieren wollte.

Sie fiel auf die Knie. Der Schmerz des Sturzes fügte sich nur in den Rest der Agonie ein, die sich ihres Körpers bemächtigte. Sie schnappte nach Luft und wimmerte, während sie sich weiterzwang. Sie schrie auf und kämpfte gegen die überwältigende Paranoia an, die ihr die Drogen bescherten. Die Geräusche des Dschungels waren zu laut: das Kreischen eines Vogels, das Rascheln von wilden Tieren im Unterholz.

Tiere konnten Blut wittern. Es lockte die Aasfresser und Raubtiere der Nacht an, auf der Suche nach einem bequemen Mahl. Ein schluchzendes Lachen entwich ihr. Sie wäre wohl kaum mehr als ein verseuchter Snack für jede Kreatur, die unglückselig genug war, sie zu fressen. Doch zugleich wusste sie, dass ihr Duft, der Geruch ihres verunreinigten Blutes, die Tiere abhalten würde. Tiere waren oft so viel klüger als ihre menschlichen Feinde.

Sie war zu schwach, um aufzustehen. Sie bräuchte mehr Kraft zum Aufstehen, als sie noch hatte, also kroch sie auf allen vieren weiter. Es linderte den Schmerz in ihren Füßen, auch wenn das tobende Feuer in ihrem Unterleib nur noch schlimmer wurde. Der Schnitt, den man ihr heute Morgen an ihrem Bauch zugefügt hatte, blutete wieder. Sobald man ihr die Drogen injizierte, ließ sich die Blutung nie mehr wirklich stoppen.

Sie konnte weder den Schmerz noch das Verlangen stoppen. Und in diesem Verlangen flüsterte sie Aidens Namen. Sie wusste, wenn die Drogen in ihr den Höhepunkt ihrer Wirkung erreichten, schrie sie ihn hinaus. Dann schrie sie und flehte um Erlösung, obwohl keines von beidem je kam. Und die Bastarde, die auf dem aufbauten, was auch immer Aiden ihr vor so vielen

Jahren angetan hatte, schnallten sie dann nur an das Metallbett, brachten Messsonden an ihrem Körper an und machten sich ihre Notizen.

Charity hoffte, dass sie tot waren. Sie hoffte, dass jeder von denen in diesem verdammten Berg gewesen war, als er einstürzte. Begraben im Unrat ihrer eigenen Sünden. Der Gedanke entlockte ihr ein hysterisches Lachen.

»Hundesöhne«, keuchte sie und schleppte sich mühsam durch das Dickicht des Dschungels. »Ich hoffe, sie schreien vor Schmerz.«

Sie hielt an, streckte sich und biss die Zähne zusammen, gegen die Schwäche, die sie weiter zu Boden drückte. Sie spürte, wie ihre Erregung ihr heiß und üppig die Beine hinunterrann. Inzwischen war die Erregung stärker, als sie sie ertragen konnte. Ihr Körper war hungrig, verlangte nach Erfüllung und forderte eine Erlösung, die einfach nicht existierte.

»Aiden …« Sie rief seinen Namen in einer Verzweiflung, geboren aus Wut, Schmerz und Furcht, die die Luft durchdrang. Dieses Verlangen schmerzte. Die hämmernde Raserei der sexuellen Begierde war anders als alles, was sie sich je vorstellen konnte.

Verdammt, es war noch schlimmer als zuvor. Sie drückte die Schenkel zusammen und kämpfte gegen den Schmerz der Erregung an. Er pochte durch jede Körperzelle, verkrampfte ihre Muskeln, bis sie aufschrie, während ihr Unterleib sich vor Verlangen zusammenzog. Sie spürte, wie ihr das Blut über den Bauch lief, spürte das Pulsieren in ihrem Unterleib. Das war mal wieder typisch für ihr Glück, dachte sie: Bevor sie erfolgreich entkommen konnte, würde sie verbluten.

Dämliche Wissenschaftler! Jahrelang hatten sie Charity direkt vor ihrer Nase gehabt, während sie alles daransetzten, um die Gefährtin eines Breeds aufzuspüren oder einzufangen.

Über Jahre hatten sie Samenproben gesammelt, für den späteren Gebrauch konserviert und ständig nach einer Kandidatin für ihre Bösartigkeit gesucht. Sie hatten keine Ahnung, dass Charity existierte. Dass sie an Aiden gebunden war, seit dem Tag, an dem sie törichterweise seinen Samen geschluckt hatte. Aber, Junge, Junge, nachdem sie es herausgefunden hatten, hatten sie alles versucht, um die verlorene Zeit wieder aufzuholen.

Sie hatte Mist gebaut und sich erwischen lassen, als sie den geflügelten Breeds half. Damals hatten sie eine Frau gebraucht, die sie mit dem Anführer, Keegan, paaren wollten, und eine Weile hatte man darüber diskutiert, sie dafür zu benutzen. Bis man ihr Blut untersuchte und feststellte, was sie selbst schon Jahre zuvor herausgefunden hatte: ein Hormon, das nur bei Wolf-Breeds bekannt war, und ein hohes Maß des Aphrodisiakums, welches Berichten zufolge nur im Blut gepaarter Gefährtinnen existierte. Von dem Augenblick an war ihr Leben zur Hölle geworden.

»Bastarde.« Sie biss die Zähne zusammen, als ihr Unterleib sich wieder verkrampfte.

Sie presste die Hände auf die Schnittwunde am Bauch und betete, dass die Blutung nicht noch schlimmer wurde. Manchmal passierte das. Manchmal war sie überzeugt, dass sie sterben würde.

Immer noch waren deutlich Schüsse, Explosionen und Kriegsgeschrei zu hören. Müde atmete Charity aus. Sie wusste, sie musste weiter; sie musste sich weiterschleppen, weg von den Kämpfen und der Gefahr, gefangen zu werden. Sie wollte sich nur noch hinlegen und ausruhen, den Horror der Bastarde vergessen, die sie hoffentlich hinter sich gelassen hatte. Aber sie hatte keine Zeit zu schlafen.

Sie mühte sich auf Hände und Knie und zwang ihren Körper, sich weiterzubewegen. Nur noch ein kleines Stück, versprach sie sich selbst. Sie schauderte, als ein Blatt über ihre Brustwarze streifte. Oh Hölle, das fühlte sich ja so gut an. Viel zu verdammt gut. Ihre Brustwarzen waren kleine, harte Knospen, empfindsam für jede Berührung, doch ohne Hoffnung auf Erleichterung. Sie wusste nur zu gut: Auch wenn sie sie berührte, und egal, wie sehr sie auch ihre verlangende Klitoris streichelte – ihre Erregung würde doch nur weiter ansteigen.

»Wo willst du denn hin, Charity?« Sie erstarrte. Sie war immer noch auf allen vieren, und ihre Augen weiteten sich, als ein Paar Stiefel und lange, muskulöse Beine auftauchten.

Sie schaute verzweifelt nach oben. Da oben, über den im Schatten stehenden Beinen, waren ein fester Bauch und ein breiter Brustkorb zu sehen. Sein Gesicht lag im Dunkel, die silbergrauen Augen waren verborgen, aber diese Stimme kannte sie. Sie kannte seine Stimme und, Gott helfe ihr, seinen Duft. Vollmundig und wild, mit einem Anflug von Sommerhitze.

»Tut mir leid. Mädelsabend«, keuchte sie, während ihr Unterleib sich erneut schmerzhaft zusammenzog, so als würde sein Duft ihre Erregung noch steigern.

Mühsam versuchte sie, die Richtung zu ändern, obwohl sie wusste, dass sie gefangen war, dass es keine Hoffnung gab. Er schnitt ihr den Weg ab.

»Du bist in Hitze«, knurrte er. Sie hörte die Wut in seiner Stimme pochen und erinnerte sich an sein letztes Versprechen an sie. Die Furcht ließ sie schaudern.

Charity lehnte sich an einen dicken Baumstamm und ließ sich müde nach unten sinken. Ihr war klar, dass sie gerade einen Schock erlitt. Sie hielt die Hand auf ihren Bauch gedrückt und fühlte das Blut, das aus der Wunde quoll. Sie machte sich nicht die Mühe, auf seine Anschuldigung zu antworten. Denn sie konnte weder ihre Erregung noch ihre Erschöpfung leugnen.

»Dann verklag mich doch.« Sie lehnte den Kopf an den Stamm und sah zu, wie er vor ihr in die Hocke ging. Sein Körper war so verführerisch, dass sie auf der Stelle über ihn hergefallen wäre, hätte sie die Kraft dazu gehabt. »Geh weg, ich brauche deine Hilfe nicht.«

Sie brauchte seinen Schwanz. Das war ein Unterschied. Hart, kräftig und lang. Charity wimmerte, als sie spürte, wie ihre Vagina pulsierte und ihre Säfte ihre Oberschenkel benetzten. Gott im Himmel, sie brauchte Sex. Der Gedanke zu sterben, so erregt und unbefriedigt, gefiel ihr gar nicht.

»Habe ich dir denn Hilfe angeboten?«, fragte er. Seine Stimme klang ein wenig zu lässig und unbekümmert. Dann stutzte er. Sie sah, wie er den Kopf schief legte, und hörte ihn scharf Luft holen. »Charity, du blutest.« Sein Tonfall hatte sich verändert. Jetzt lag widerwillige Besorgnis darin.

»Ich sterbe, Aiden«, flüsterte sie daraufhin traurig. Sie würde nie seine Berührung spüren, niemals Befriedigung.

Sie hörte, wie er Luft holte, und fragte sich, wie er das Blut durch den Duft tobender Lust wittern konnte.

»Noch nicht, auf keinen Fall«, stieß er hervor und bewegte sich so schnell, dass sie nur aufschreien konnte, als er sie auf seine Arme hob, sie an seine warme Brust presste. »So leicht entkommst du mir nicht, Charity.«

Gott, sein Körper war fest und sexy. Sie schlang einen Arm um seinen Nacken und presste die andere Hand weiter auf den Bauch im Bemühen, den Blutfluss zu stoppen.

Sie atmete seinen Duft ein, so wild und rein, und ihre Brüste streiften über den Stoff seines Shirts.

»Ich brauche dich«, wimmerte sie an seinem Hals, als das schmerzvolle Verlangen jeden gesunden Menschenverstand oder Sinn für Anstand überwältigte.

Sie war nackt in seinen Armen, und er war heiß und erregt.

Sie konnte seine Erregung riechen. Ein stürmischer, animalischer Duft, der sie einhüllte und ihre eigene Lust steigerte.

»Und du wirst mich bekommen«, brummte er. »Früher, als du denkst. Aber nicht, solange du verblutest.«

»Das schuldest du mir«, rief sie niedergeschlagen. »So ist es, Aiden. Das schuldest du mir. Bitte mach, dass es aufhört.«

Seine um sie geschlungenen Arme spannten sich an, und er ging schneller, während sie sich an seiner Brust wand. Sie litt. Der erregte Schmerz, der sie immer wieder wie ein Blitz durchfuhr, war qualvoll, schlimmer als je zuvor.

»Bald, Charity.« Seine Antwort war nur ein Hauch. Versprechen oder Warnung?, fragte sie sich. »Eher, als wir beide es gebrauchen können.«

Er durchquerte den Dschungel mit raschen Schritten, hielt sie fest an sich gedrückt und teilte seine Wärme und seine Stärke mit ihr. Unter ihrer Hand lief das Blut. Sie fühlte die kalte Schwäche, die sie überkam, und wusste, dass sie den Blutverlust dieses Mal nicht überleben würde. Sie hatte zu viel Blut verloren, und es dauerte zu lange, bis ihr Körper die Transfusionen akzeptierte. Sie würde sich in den Tod flüchten. Was sie so viele Jahre zuvor gesucht hatte, würde sich nun vollenden.

»Kann ich jetzt schlafen, Aiden? Ich bin so müde«, sagte sie leise, als sie spürte, wie die Schwäche sie überwältigte.

Sie hörte ihn fluchen. Ein finsterer, tödlicher Laut. Einmal mehr hatten die Wissenschaftler ihm genommen, was er als das Seine betrachtete. Zuerst seine Beherrschung und jetzt seine Rache.

Charity ließ den Kopf an seine Brust sinken, und ein Lächeln spielte um ihre Lippen. Und in einem stillen Atemzug flüsterte sie Lebewohl, während sich die Finsternis über sie legte.

# 2

»Sie ist deine Gefährtin, daher verträgt sie nur dein Blut.« Eilig bereitete die Ärztin die Transfusion vor, während ihre Assistentin die Wunde an Charitys Bauch nähte.

Ihre blasse Haut war blutverschmiert. Viel zu viel Blut. Es war über ihren Bauch gelaufen, hatte ihre Schenkel und die glatte, unbehaarte Haut zwischen ihren Beinen besudelt. Er hatte gefühlt, wie sie immer schwächer wurde, Sekunden bevor er das Lager erreichte. Er hatte gespürt, wie der Kampfgeist, der immer so sehr ein Teil von ihr gewesen war, langsam aus ihrem zerbrechlichen Leib wich, und er wusste, dass er dabei war, sie zu verlieren. Dass sie gerade in seinen Armen starb.

Seine Muskeln spannten sich an, als er gegen den aufwallenden Zorn ankämpfte. Er wandte den Blick ab und starrte auf die Wand des Zeltes, in dem sich das Feldlazarett befand. Wenn er sie weiter ansah, während sie da lag, so blass und hilflos, wusste er nicht, ob er seine Wut noch zügeln konnte.

Man hatte ihn vor dem gewarnt, was kommen würde, auch wenn er den Erklärungen der Breeds bezüglich der übernatürlichen Fähigkeiten, die sie, wie sie behaupteten, besaßen, nur wenig Glauben geschenkt hatte. Er hatte mit Spott darauf reagiert, dass sie von der Bindung wussten, die, wie ihm klar war, zwischen ihnen existieren würde. Er hatte sich über ihre Vorhersagen kommender Ereignisse lustig gemacht. Er hatte sich eingeredet, jene Nacht im Labor sei ein Resultat der Drogen gewesen, nicht mehr. Obwohl eine innere Stimme ihm das Gegenteil gesagt hatte.

Er war bereit gewesen, sie so kalt und gefühllos zu behandeln wie jedes andere Schoßhündchen des Councils. Aber in dem Augenblick, als er ihren Duft gewittert und ihr Gesicht gesehen hatte, so bleich, so leidend, war er nicht in der Lage gewesen, seine Entschlossenheit beizubehalten. Ihr Duft rief nach ihm, und ihre Zartheit erschreckte ihn. Sie war so klein, so zerbrechlich, dass er sich fragte, wie sie es geschafft hatte, ganz allein zu fliehen. Sie wirkte zu schwach, um auch nur aus eigener Kraft zu stehen, geschweige denn in den Dschungel geflohen zu sein.

Aiden war drauf und dran, alle Soldaten und Wissenschaftler des Councils zu vernichten, statt sie festzuhalten, damit sie später von den Breed-Anwälten und Regierungsbeamten, die auf dem Weg hierher waren, verhört werden konnten. Die Erinnerung an den Geruch von Charitys Blut, an ihren drohenden Tod, war mehr, als er ertragen konnte. Sie hatten ihr das angetan. Sie hatten ihr jegliche Würde geraubt und sie für ihre geisteskranken Experimente missbraucht. Sie hatten sie beinahe umgebracht, weil sie unbedingt Gott spielen wollten.

Er hielt sich nicht damit auf, seine widersprüchlichen Gefühle in Bezug auf Charity zu hinterfragen. Seine Wut über ihren Verrat, seinen Hass, weil sie beim Council geblieben war und nicht um ihre Freiheit gekämpft hatte. Sein Verlangen nach ihr, sein Zorn auf sie. Alles traf in ihm aufeinander, bis das Durcheinander an Emotionen übermächtig wurde.

»Hör auf, mich anzuknurren, Aiden«, stieß die Ärztin nervös hervor, und ihre Augen im dunklen Gesicht musterten ihn eindringlich. »Es tut nicht weh. Es ist nur eine Nadel.«

Sie führte besagte Nadel in seine Vene ein und öffnete das Ventil, damit sein Blut durch den Schlauch laufen konnte, der ihn mit Charity verband. Die verdammte Nadel war ihm vollkommen egal. Im Laufe seines Lebens hatte Aiden mehr Nadeln gesehen, als er zählen konnte.

»Sie ist nicht meine Gefährtin«, knurrte er. Er konnte die Worte nicht länger zurückhalten. Doch er wusste, dass es eine Lüge war. »Ich habe das nicht akzeptiert.«

Die Ärztin schnaubte. Sie war jung für ihre bemerkenswerten Fähigkeiten in Breed-Medizin. Ein wenig kurz geraten, mit vollen Brüsten und Hüften, die die meisten Männer liebend gern einmal an sich drücken würden. Ihre Haut war so zart wie Milchschokolade, und sie hatte langes, glänzend schwarzes Haar, das ihr in einer Vielzahl von Zöpfen über den Rücken fiel.

»Ihr Körper sagt etwas anderes.« Sie verschränkte die Arme und sah ihn an, mit wiederholt prüfenden Blicken auf die Geschwindigkeit der Bluttransfusion. »Du kannst die Paarung nicht leugnen, Aiden. Das weißt du.«

Er blickte finster zu ihr auf, und sie sah ihn an wie ein störrisches Kind. Seine erzwungene Geduld und ihre spöttische Belustigung ließen ihn warnend die Zähne fletschen.

»Ich kann alles leugnen, was ich will«, fauchte er. »Ich habe sie nicht markiert. Wie kann sie da meine Gefährtin sein?«

Daraufhin runzelte sie die Stirn. Ihre Studien über die Phänomene der Paarung, die mit Hope begonnen hatten, waren wohlbekannt. Sie war entschlossen, herauszufinden, warum die Katzen-Breeds sich so einfach fortpflanzen konnten, während die Wolf-Breeds dazu nicht in der Lage waren. Jahrelang hatten die Wissenschaftler theoretisiert, dass das Unvermögen, sich fortzupflanzen, umgekehrt werden könne. Mit den Katzen-Breeds war die Theorie bewiesen worden. Doch die Wolfsrudel hatten diese letzte Schlacht mit Mutter Natur noch nicht geschlagen.

»Wenn das, was wir vermuten, stimmt, dann hat es schon ausgereicht, dass sie vor sechs Jahren im Labor deinen Samen geschluckt hat. Ich hatte vermutet, dass die Paarung auch ohne das Mal stattfinden kann, und das hier ist der Beweis. Die Bluttests lügen nicht, Aiden. Ihr Körper ist an deinen gebunden. Das Hormon und die einzigartige DNA in ihr passen perfekt zu dir. Das Enzym in ihrem Blut, das jede andere Transfusion abstößt, ist ein weiterer Beweis. Leugne, so viel du willst, aber sie ist ein Teil von dir.«

Aiden weigerte sich, darauf zu antworten. Bei dem Gedanken, an diese Frau gebunden zu sein, kochte sein Blut. Überhaupt an irgendeine Frau. Das Leben eines Breeds war zu gefährlich. Und das Leben einer Breed-Gefährtin umso mehr. Das tiefe, bösartige Knurren in seiner Kehle ließ sich nicht zum Schweigen bringen. Und die stumme Missbilligung seines eigenen Gewissens war kein bisschen leiser.

Ohne Keegans Warnung, dass Charitys Körper kein anderes Blut als Aidens akzeptieren würde, hätten sie sie verloren. Trotzdem hatte Dr. Armani die ersten unverzichtbaren Tests durchgeführt, ob das Blut passte. Sie hatte die Tests gemacht, während ihre Assistentin Charity für die Transfusion vorbereitete. Jede Sekunde mehr, die sie unkontrolliert blutete, war ihm wie eine Ewigkeit vorgekommen.

»Wie lange wird das noch dauern?« Er warf einen herablassenden Blick auf den blutgefüllten Schlauch, der von seinem Arm wegführte. »Ich habe noch viel zu tun.«

Der Duft ihres Verlangens, selbst während sie bewusstlos war, vernichtete ihn. Süß und verlockend, erregte ihn der feine Duft und sorgte dafür, dass sein Schwanz hart blieb und sein Körper bereit war, sie zu nehmen.

Er hasste die unkontrollierbare Reaktion seines Körpers, dieses Verlangen, so stark und brutal wie vor Jahren, als die Drogen durch seinen Organismus pulsierten.

»Sie ist wichtiger«, erklärte sie ihm, und ihr Tonfall wurde kalt.

Aiden zog verächtlich die Lippe nach oben. Für die Ärztin mochte sie wichtiger sein. Für die Wolf-Breeds mochte sie wichtiger sein. Doch für ihn war sie der Feind, versicherte er sich selbst. Er würde nicht zulassen, dass sein störrischer Körper ihn umstimmte, wenn es um sie ging. Sie hatte jahrelang mit dem Council zusammengearbeitet, war Teil interner Prozesse gewesen, kannte die Geheimnisse und das Böse der Organisation. Selbst als sie hätte fliehen können, war sie geblieben und hatte lieber kollaboriert, als um ihre Freiheit zu kämpfen.

Kein geistig gesunder Mensch hätte so viele Jahre inmitten solcher Monster verbringen können, ohne selbst zu einem zu werden. Das war die Wahrheit, auch wenn Aidens Unterbewusstsein sich weigerte, das zu glauben. Doch er würde sich nicht von seinen Emotionen leiten lassen!

Charity war eine Ärztin in den Diensten des Councils, eine der geschätztesten Labortechnikerinnen und Paarungsforscherinnen der Organisation, und dennoch sah niemand hier die Möglichkeit eines Verrats.

»Erledigt.« Dr. Nicole Armanis Stimme klang sanft, mit einem Hauch von Missbilligung, als sie den Transfusionskatheter entfernte. »Jetzt kannst du zurück zu dem, was auch immer du für so wichtig hältst, Aiden.«

Langsam stand er auf.

»Wie lange wird sie bewusstlos bleiben?« Er bildete sich einiges auf seine Selbstbeherrschung ein. Er stand vor der Ärztin, unbekümmert und gleichgültig.

»Ich weiß es nicht, Aiden.« Sie schüttelte den Kopf und sah zu, wie ihre Assistentin Charity versorgte. »Sie hat eine Menge Blut verloren, ihr Körper stand unter Schock durch irgendwelche Drogen, die man ihr verabreicht hat, und sie war bereits geschwächt. Vielleicht Stunden, vielleicht auch Tage.«

Er öffnete vorsichtig seine Faust. »Ich lasse einen meiner Männer als Wache hier. Falls sie aufwacht, ruft mich. Falls nicht, wird sie mit dem Lufttransport heute Abend ausgeflogen.«

»Aiden, dafür ist sie zu schwach.« Dr. Armani drehte sich zu ihm um. Sie war überrascht und wütend. »Kann sein, dass sie die Reise nicht überlebt. Sie muss erst weiter stabilisiert werden.«

Er öffnete den Mund und wollte sie anfahren und seinem Befehl Nachdruck verleihen, aber er konnte den Blick nicht von der stillen, viel zu blassen Frau auf dem Bett wenden. Er wollte vor Wut aufheulen bei der unvertrauten Schwäche, die in ihm aufstieg. Sie war zu bleich, nicht stark genug. Er wollte sie hier weghaben, aber er durfte sie nicht noch weiter in Gefahr bringen. Irgendein Instinkt, den er nicht leugnen oder unterdrücken konnte, weigerte sich, zuzulassen, dass er ihre zerbrechliche Verfassung auf die Probe stellte.

»Wann?« Seine Stimme war ein barsches, unterdrücktes Grollen der Wut.

»Nicht, bevor sie stabil ist«, antwortete Armani noch einmal in unbeugsamem Tonfall. »Ein Tag, eine Woche, ich weiß es nicht. Ich gebe dir Bescheid, wenn sie transportfähig ist.«

Frust nagte an ihm, mit scharfen, gierigen Zähnen. Wenn Charity hierblieb, wäre sie bald in größerer Gefahr, als wenn sie zu früh bewegt würde. Ihr Gesundheitszustand und der Krieg mit den entkommenen Soldaten des Councils und den Kojoten, der im Dschungel tobte, waren zwei schwierige Probleme. Probleme, die er schnell lösen musste.

»Wir haben hier nur begrenzt Zeit.« Er knirschte mit den Zähnen, und der Frust in ihm wurde immer stärker.

»Aiden, willst du, dass sie stirbt?« Sie wandte sich ihm zu und sah ihn stirnrunzelnd und mit vor Wut blitzenden Augen an. »Es ist mein Job, sie am Leben zu halten. Punkt. Glaubst du, ich weiß nicht, was ich tue? Ich gebe dir Bescheid, sobald ich denke, dass sie transportiert werden darf. Wenn alles gut geht, dann möglicherweise – mit Betonung auf *möglicherweise* – morgen.«

In einem Anfall von Wut fuhr er sich mit den Fingern durchs Haar. »Wir haben vielleicht nicht so viel Zeit, wie du brauchst, Doktor«, stieß er hervor. »Wir müssen so schnell wie möglich hier raus. Das ist dir bewusst, nehme ich an?«, fragte er spöttisch.

Sie konnten sich keinen organisierten Angriff von Soldaten leisten, die vielleicht schon auf dem Weg waren, um die Gefangenen zu befreien. Der Krieg zwischen Council und Breeds heizte sich auf eine Weise auf, die ihn mühsam nach einer Lösung für ihr Überleben suchen ließ.

Dr. Armani richtete sich kerzengerade auf. Ihre Stirn war bedrohlich gerunzelt, und ein angespanntes Lächeln umspielte ihre Lippen. »Dräng mich nicht, Aiden. Ich gehöre nicht zu deinen Enforcern, und ich lasse mich nicht herumkommandieren. Du kümmerst dich um deine Zuständigkeiten und ich mich um meine. So können wir beide leben.« Plötzlich wirkte sie entschieden gewaltbereit.

»Willst du mir drohen, Armani?«, fragte er herausfordernd. Seit jenem Tag, als sie aus dem Labor geflohen waren, hatte niemand es gewagt, ihm zu drohen.

»Sieht ganz so aus, Aiden.«

Faith kam ins Zelt, mit Schmutz beschmiert, die Stirn besorgt gerunzelt. »Wir brauchen dich draußen. Jacob und Wolfe haben gerade den leitenden Wissenschaftler hereingeholt. Es ist Robertson, und er ist bereit, zu reden.«

Robertson. Dr. Andrew Robertson, der nur Bainesmith über sich gehabt hatte – vor ihrem Tod. Inzwischen galt er als der

Top-Experte des Councils in Bezug auf Breeds-Experimente. Aiden lächelte kalt. Er warf einen Blick auf Charity und schwor sich, sie würde bald aufwachen, und dann würde sie weder ihm noch seiner Rache entkommen.

»Konnten sie auch irgendwelche Aufzeichnungen finden?«, fragte er rasch und zwang sich, nicht an Charity und ihre zerbrechliche Gesundheit zu denken. »Wir brauchen diese Aufzeichnungen, Faith.«

Sie schüttelte den Kopf und eilte wieder aus dem Zelt. »Nichts, Aiden. Keegan konnte vor der Explosion ins Archiv kommen. Beten wir, dass sie vernichtet wurden. Nach dem, was ich gesehen habe, zu urteilen, wollen wir gar nicht genauer wissen, was hier alles Schreckliches passiert ist.«

Aiden hörte ihr Mitgefühl und ihren Schmerz. Und in vielerlei Hinsicht stimmte er ihr zu. Das Labor war die Hölle gewesen, und der Geruch von Tod und Verderbtheit hatte sie beinahe erstickt, als sie es betreten hatten. Sie hatten schon genug Albträume. Gott wusste, dass sie nicht noch mehr brauchten.

»Dann wollen wir mal schauen, ob wir nicht ein paar Fakten aus ihm herausquetschen können.« Er lächelte gnadenlos. »Ich bin gerade in überredungsfreudiger Stimmung.«

# 3

Er war nahe daran, sich zu übergeben. Aiden stand im Dschungel, knapp außer Sichtweite des Camps, und rang um Atem. Doch es war nicht die Übelkeit in seinen Eingeweiden, die ihm Probleme bereitete, sondern der emotionale Aufruhr in seiner Seele. Er wischte sich über das feuchte Gesicht und redete sich ein, sein Gesicht sei nass von der Hitze der Nacht und nicht von seinen Tränen.

Er lehnte sich an einen Baum und vergrub sein Gesicht in der Armbeuge. Seine Muskeln waren verkrampft vor Anspannung. Gott helfe ihm, er wollte sie alle umbringen. In dem Zelt, das er gerade verlassen hatte, befanden sich fünfundzwanzig Soldaten und fast ein Dutzend Wissenschaftler als Gefangene, und er wollte ihnen mit bloßen Händen die Kehle herausreißen. Er wollte sie vor Schmerz schreien hören, wollte sie auf Knien betteln sehen, bevor er ihr Blut schmeckte.

*»Wir banden sie fest. Das Hormon musste direkt in die Gebärmutter injiziert werden, um die daraus resultierenden Veränderungen zu beobachten. Wir beschlossen, es sei einfacher, nicht durch den Muttermund zu gehen, sondern den Einschnitt an der Gebärmutter selbst vorzunehmen und die Kamerasonde direkt darin zu platzieren.«*

Einfacher für sie. Das Grollen in seiner Kehle war ein animalischer Protest gegen die Behauptung. Es war nicht einfacher. Es war schmerzhafter. Es war ein Schock für den Körper, der nicht notwendig war, und Charity war im Verlauf der Prozedur mehr als einmal fast verblutet.

Bestandteil der Experimente war ein hormonelles Aphrodisiakum, gewonnen aus dem Hormon in seinem Samen. Man fand heraus, dass die Erregung, die es verursachte, die Eierstöcke irgendwie verändert hatte. Sie warteten einfach auf einen neuen Zyklus, bevor sie versuchten, mit den paar Proben, die sie noch von seinem Sperma hatten, eine Empfängnis zu erzwingen. Sie waren sicher gewesen, dass die Veränderungen in ihrer Gebärmutter eine Empfängnis zulassen würden.

Die Aufzeichnungen über sie hatten die Aufnahme seines Samens offenbart. Sie hatten das perfekte Exemplar für noch mehr monströse Tests gefunden. Sechs Monate lang. Sechs qualvolle Monate, in denen sie dahingesiecht und dem Tode immer näher gekommen war.

Und wäre sie gestorben, hätte man ihren Körper einfach weggeworfen, lediglich ein weiteres kaputtes Versuchsobjekt. Sie selbst hatte keine Rolle gespielt, nur die Ergebnisse der Tests waren wichtig gewesen. Tests, die den Verstand zerstörten und die Seele in Entsetzen stürzten. Aiden war immer noch erschüttert von den Berichten, welche die Wärter und untergeordneten Wissenschaftler nur allzu bereitwillig lieferten, im Austausch für ihr Leben.

»Sie lebt. Das sollte alles sein, was zählt.« Er hob den Kopf und starrte den geflügelten Breed an, den sie aus dem brennenden Labor hatten zerren müssen, während er darum gekämpft hatte, zurückzukehren und die Frau zu retten, die, wie er wusste, noch immer dort festgehalten wurde.

Keegan war fast zwei Meter groß, doch fehlten ihm die schweren Muskeln, welche die meisten Breeds entwickelten. Was nicht hieß, dass er schwächlich wirkte. Er stand aufrecht da, die Arme verschränkt, aristokratisch und anmutig. Sein langes, braunes Haar fiel ihm über die Schultern, und seine bernsteinfarbenen Augen blickten eindringlich und konzentriert.

Aiden schüttelte den Kopf. Er konnte immer noch nicht glauben, dass sie das geschafft hatten. Sie hatten dem Menschen Flügel verliehen. Vollständige, starke, anmutige Flügel, die sich auf seinem Rücken falteten. Sie gingen von den in Stiefeln steckenden Füßen bis zum Scheitel und hatten eine Spannweite von fast fünfeinhalb Metern, um seinen Körper in der Luft zu halten. Der Knochenbau der geflügelten Breeds war weniger dicht und flexibler als der von Vollmenschen und anderen Breeds. Der Mann war ein Wunder genetischer Perfektion und übersinnlich noch dazu. *Verdammter Mist, wenn der einem nicht tierisch auf die Nerven ging.*

»Ich sollte jeden verdammten Wissenschaftler, der da in dem Zelt hockt, umbringen«, grollte Aiden. »Am Ende werden sie doch freigelassen, genau wie die anderen Bastarde vor sechs Jahren. Es wird nie aufhören, Keegan.«

Das Wissen, dass er nur wenig tun konnte, um den Wahnsinn aufzuhalten, nagte an ihm, so wie immer. Die Experimente gingen einfach weiter, und die Grausamkeiten des Councils schienen immer gewaltiger zu werden, jedes Mal, wenn ein weiteres Labor gefunden wurde. Es gab keine Gnade, keine Menschlichkeit in den Männern und Frauen, die diese Labore führten. Nur das Experiment zählte.

Die Flügel auf Keegans Rücken bewegten sich, als wäre er aufgeregt. Er holte tief Luft, hob den Blick zu den schützenden Ästen über seinem Kopf und sah wieder Aiden an.

»Es sieht sehr hoffnungslos aus, ich weiß«, seufzte er. »Aber ich glaube nicht, dass es immer so sein wird, Aiden. Ich glaube, dass die Zukunft, auch wenn sie manchmal aussichtslos erscheinen mag, einen Weg für uns alle finden wird. Wir müssen unsere Kinder auf diesen Tag vorbereiten. Sie stark genug machen, um die Führung zu übernehmen. Stark genug, um zu überleben.«

Als ob die Breeds auch noch Kinder bräuchten, um die sie sich Sorgen machen mussten. Unschuldige Leben, hingeworfen in einen wissenschaftlichen Krieg um Menschlichkeit und das Fehlen derselben. Und wie Keegan angedeutet hatte: Bis zum Sieg war es noch ein weiter Weg in die Zukunft.

Aiden brummte. »Ja, ich dachte mir schon, dass ich es vergessen kann, diesen Tag jemals selbst zu erleben.«

Er fuhr sich mit der Hand übers Gesicht und dann ruhelos mit den Fingern durchs Haar. Dieses Mal war es ein Kampf, seine Beherrschung wiederzufinden. Dieses Labor und die Tests, die man ihm beschrieben hatte, waren zu entsetzlich für ihn, um sie einfach nur hinzunehmen.

»Es kommt der Tag, an dem es endet. Aber der ist noch weit entfernt«, meinte Keegan schließlich achselzuckend. »Aber bisher lächelt die Natur uns zu. Sie hat uns für wert befunden, zu leben und weiter zu bestehen. Deine Gefährtin wird es der Welt beweisen. Dein Sohn wird helfen, einen künftigen Weg zum Triumph anzuführen. Wir können nichts weiter tun, als den Weg zu bereiten, für ihn und die anderen, die folgen werden.«

*Gefährtin.* Bei dem Wort biss Aiden die Zähne zusammen. Seine Gefährtin und sein Kind. Er ignorierte das Auflodern von Lust in seinem Schwanz, kämpfte seinen Besitzerinstinkt nieder und knurrte wild.

»Ich akzeptiere diese Frau nicht als meine Gefährtin!«, stieß er hervor.

Ein leises Lachen in der Dunkelheit. Keegans Lachen. Seine überlegene Haltung ging Aiden langsam auf die Nerven.

»Das hat die Natur schon für dich getan«, erklärte Keegan mit einer gehörigen Spur von Belustigung. »Vielleicht wusste sie, dass du nicht würdig warst zu wählen. Oft verbergen Stolz und unsere menschlichen Schwächen die Wahrheit vor unseren Augen, bis unsere Fehler zu groß sind und zu viel Schaden angerichtet haben, um es je wieder in Ordnung zu bringen. Also hat sie Entscheidungen wie diese dem Tier in uns übertragen, um unsere andere Hälfte zu erkennen. Die eine, die ganz allein für uns geschaffen ist.«

Aiden schnaubte. »Es gibt, nach neuester Zählung, fünf Frauen für jeden Mann auf der Welt …«

»Gegenwärtig gibt es weniger als ein Dutzend weibliche Breeds unter allen erschaffenen. Es gibt über sechshundert bekannte männliche Breeds – und vielleicht noch mehr, von denen wir nichts wissen.«

Aidens Augen weiteten sich geschockt. »Dreihundert«, widersprach er. »Die letzte Zählung war dreihundert.«

»Ah.« Keegan nickte. »Dann also sechshundert, von denen ich weiß. Meine Zählung ist natürlich genauer, das kann ich dir versichern. Aber das ist ohne Belang. Menschen sind von Natur aus auf weibliche Kinder prädisponiert. Für Breeds wird es anders sein, da sie auf Jungen prädisponiert sein werden. Was würdest du daraus schließen, Aiden?«

*Mist.* Aiden verkniff sich eine Reihe von Flüchen. Nicht, dass er dem Wissen des geflügelten Breeds gänzlich traute. Doch leider, so sein Verdacht, wusste der Mann ganz genau, wovon er sprach. Was die Dinge nur noch komplizierter machte.

»Mehr Probleme, als wir gebrauchen können«, seufzte er rau. »Unsere Männer werden sich mit vollmenschlichen Frauen paaren. Und die Rassenfanatiker, die sich zu Wort melden werden, werden durchdrehen.«

»Ja.« Keegan nickte langsam. »Aber nicht mehr, als die Breeds bewältigen können.«

Er hätte noch mehr gesagt, dachte Aiden, wäre nicht genau in diesem Moment einer der Enforcer auf sie zugekommen und hätte nach ihm gerufen.

»Aiden, Armani braucht dich im Zelt. Das Mädchen blutet wieder, und sie fürchtet, dass es vielleicht noch eine Bluttransfusion benötigt.«

Aiden zuckte zusammen und drehte sich besorgt zu Keegan um.

»Ihr Leben liegt in deinen Händen, Aiden«, sagte der leise. »Es ist jetzt deine Entscheidung, ob sie lebt oder stirbt. Jetzt ist die Zeit gekommen, die Wahl zu treffen.«

Aiden kniff in frustriertem Zorn die Augen zusammen. »Du weißt schon, Keegan, ich könnte anfangen, dich zu hassen«, knurrte er. »Wäre nicht schwer.«

Er gab dem geflügelten Breed keine Chance, darauf zu antworten, sondern drehte sich um und eilte zurück ins Lager, zum Krankenzelt und zu der Frau, die Mutter Natur in all ihrer Weisheit zu seiner Gefährtin erkoren hatte.

»Und ich könnte ebenso anfangen, dich zu hassen, Aiden; wäre auch nicht schwer«, murmelte Keegan, während er den anderen Breed aus der Dunkelheit ins Lager eilen sah.

*»Ist das denn nicht bei allen Alphas so?«*, fragte eine leise Stimme mit sanfter Belustigung und berührte seinen Verstand – eine leichte, feminine Berührung.

Keegan schnaubte. *»Es gibt Alphas, und es gibt Narren. Welcher von beiden wird er am Ende sein, frage ich mich?«*

*»Das hast du noch nicht gesehen?«*, fragte die Stimme sanft. *»Das muss wohl daran liegen, dass du es nicht sehen wolltest.«*

Er zuckte trotzig mit den Schultern, als könne die Stimme die Bewegung sehen. *»Ich würde es vorziehen, nicht zu bedauern, was ich nicht ändern kann.«*

Er empfand Zuneigung für Charity. Nicht Liebe oder Eifersucht auf das, was Aiden gehörte, sondern Zuneigung. Ihre Seele war sanftmütig, und ihr Herz war voller Wärme. Sie war der einzige Mensch, den er kannte, der solche Eigenschaften besaß.

*»Und wenn du es nicht sehen willst, woher weißt du dann, dass es sich nicht ändern lässt?«*, fragte die Stimme.

Er seufzte müde. *»Hast du denn keine anderen Pflichten? Dort, wo auch immer du gerade bist, gibt es doch sicher anderes zu tun, als mich zu belästigen.«*

*»Tatsächlich ist es meine Pflicht, dich häufiger zu belästigen.«* Ihr Lachen klang in seinem Kopf. *»Mir wird gern vorgeworfen, dass ich ziemlich nachlässig bin, was dich angeht.«*

*»Wer würde das denn wagen?«*, spöttelte er geduldig.

Sie lachte wieder. Ein flüsterleises Kichern, das ihm ein Lächeln entlockte.

*»Wirst du bald von dort aufbrechen?«*, fragte sie.

*»Noch in dieser Stunde. Wir machen uns gerade bereit zu fliegen. Sie werden über unser Verschwinden aufgebracht sein.«*

*»Es gibt Dinge, die du tun musst, Keegan. Sie werden auch ohne dein Wissen überleben. Vergiss nicht, was einfach gewonnen wird, ist nicht annähernd so wichtig wie das, wofür man kämpfen muss.«*

Und es gab vieles, um das man noch kämpfen musste, dachte er. Keegan schüttelte den Kopf über die Grausamkeit des Menschen und den Wankelmut des Schicksals, während er tiefer in den Dschungel ging, zu der Lichtung, auf der er zuvor gelandet war. Er breitete seine Flügel aus, hob sie in die Brise, die hinter ihm heranwehte, nahm Anlauf und sprang in die Luft, um loszufliegen.

Charity würde darunter leiden, dass er ging, aber er hatte genug gesehen, um zu wissen, dass sie die Prüfungen, die noch vor ihr lagen, allein bestehen musste. Er hatte sein eigenes Schicksal zu erobern und seine eigenen Prüfungen zu erdulden. Und das alles musste jetzt seinen Lauf nehmen.

# 4

*Lager der Breeds*
*Colorado Mountains*

Charity erwachte mit einem schmerzvollen Stöhnen. Sie wusste nicht, wie sie es geschafft hatte, zu schlafen und dem stechenden Schmerz der Drogen zu entfliehen. Noch verwirrender war, wie sie in einem fremden Zimmer aufwachen konnte. Schwach blinzelte sie an die grobe, beleuchtete Decke und fragte sich, wo sie war und was passiert war.

Krampfartige Zuckungen erschütterten ihren Unterleib und raubten ihr den Atem, und sie stöhnte auf. Sie konnte die Feuchte zwischen ihren Beinen spüren, die immer präsente Erregung, die durch ihren Leib jagte. Das sexuelle Verlangen konnte sie ertragen, das hatte sie über die Jahre zu akzeptieren gelernt. Es war der grelle Schmerz durch die versuchte erzwungene Fruchtbarkeit, der ihren Geist schwächte.

Als die Krämpfe wieder abklangen, sah sie sich um. Ein Schlafzimmer, groß und fast heimelig. Im offenen Kamin auf der anderen Seite brannte fröhlich ein Feuer und verbreitete behagliche Wärme. Das Bett war überdacht, die dicken Flanellvorhänge bis an die groben Holzpfosten zurückgezogen. Mehrere bequeme Stühle standen auf der anderen Seite, daneben eine große Truhe und eine Kommode.

An der Seite führte eine Tür in einen anderen Raum, offensichtlich ein Badezimmer. Gott sei Dank, das konnte sie gebrauchen. Vorsichtig prüfte sie, ob sie in irgendeiner Weise gefesselt war. Ihre Handgelenke waren nicht wund, aber ihre Füße schmerzten höllisch. Sie schob die Quiltdecken von sich und bemerkte schließlich, dass sie ein großes T-Shirt trug, sonst jedoch nichts. Darüber würde sie sich nicht beschweren. Schließlich hatte sie sechs Monate lang überhaupt keine Kleidung tragen dürfen.

Schwach rutschte sie an die Bettkante und biss die Zähne zusammen bei dem Schmerz in ihren Beinen und Knöcheln, als sie sie vom Bett schwang. Der Gedanke, ihre Füße zu belasten, erfüllte sie mit Grauen. Sie konnte spüren, wie empfindsam sie waren und welcher Schmerz sie erwartete.

Vorsichtig stand sie auf und unterdrückte einen qualvollen Aufschrei. Tränen stiegen ihr in die Augen und liefen über ihre Wangen, als sie sich in das kleine Badezimmer schleppte. Dort angekommen, benutzte sie die Toilette, wusch sich Hände und Gesicht und warf einen sehnsüchtigen Blick auf die Badewanne, schüttelte dann aber den Kopf. Wenn sie da hineinstieg, käme sie allein nicht wieder heraus.

Als sie sich das Gesicht wusch, bemerkte sie eine saubere, noch eingepackte Zahnbürste, die sie eilig auspackte. Nachdem sie ihre Zähne geputzt und sich zurück zum Bett geschleppt hatte, fühlte sie sich beinahe erfrischt. Ihre Atemzüge waren ein keuchendes Wimmern, als sie sich endlich auf der Matratze niederließ und ihre Beine auf das Bett hob.

Schwer atmend ließ sie sich aufs Bett fallen und versuchte, sich trotz der Kontraktionen in ihrem Bauch zu entspannen. Sie betastete die Schnittwunde und stellte überrascht fest, dass sie nicht blutete. Die Wunde war verbunden und offensichtlich genäht worden. Verwirrt blinzelnd sah sie zum Kamin und versuchte sich zu erinnern und die veränderte Umgebung zu begreifen.

Keine Zellen, keine Wissenschaftler, keine Fesseln. Charity

holte tief Luft. Sie wusste, da war etwas, das sie vergessen hatte, etwas, woran sie sich erinnern musste. Schattenhafte Bilder geisterten durch ihren Kopf. Flammen und Angst, grelle Hitze, als sie zu fliehen versuchte. Sie schüttelte den Kopf und bemühte sich, einen Sinn zu erkennen.

»Du solltest nicht aufstehen. Wenn du gerufen hättest, hätte ich dir geholfen.«

Angst durchfuhr sie wie ein Schock. Ihr stockte der Atem, als sie starren Auges ins Feuer sah und versuchte, die Stimme, die gerade gesprochen hatte, zu verleugnen. Es war nicht möglich, versicherte sie sich. Nicht jetzt. Nicht nach all diesen Jahren.

Seine Stimme klang kälter als damals in dem Labor in Mexiko. Wilder und kontrollierter, als sie sie im Gedächtnis hatte. Nervös fuhr sie sich mit der Zunge über die Lippen und fragte sich, ob sie die Grausamkeit, die sie in seinen Augen erblicken würde, überleben würde.

»Du kannst mich nicht ewig ignorieren, Charity.« Milde, spöttische Belustigung strich über ihre Nervenenden, als schlanke, muskulöse Beine in ihr Blickfeld traten. Zwischen den in Jeans steckenden Oberschenkeln wölbte sich eine kräftige, harte Erektion unter dem eng anliegenden Stoff.

Charity schluckte angespannt, ihre Brustwarzen wurden hart und richteten sich auf, und ihre Erregung wuchs. Sie rang um Atem zwischen den verlangenden Zuckungen in ihrem Unterleib. Als habe ihr Körper instinktiv seinen sexuellen Meister erkannt, begann er nun vor Freude zu summen. Es war eine Freude, die ihr Verstand ablehnte, und der intellektuelle Teil in ihr war sich dessen bewusst, dass sie dem physischen Schmerz wohl entkommen konnte, doch die emotionale Qual, die kommen würde, konnte sehr wohl schlimmer sein.

Muskeln spielten, und seine Bauchmuskeln spannten sich an, als er die Knie beugte, bis er sie vom Fußende des Bettes her ansehen konnte. Ihr stockte der Atem. Er war älter, seine Züge ausgeprägter und härter. Seine Augen waren silbergrau, erbarmungslos und so kalt wie Eis.

Dichtes schwarzes Haar fiel ihm wirr ins Gesicht, als er die Unterarme auf die Matratze stützte und sie schweigend musterte. Zufriedenheit, quälend und wissend, stand in seinen Zügen.

»Tja«, sie räusperte sich schwach, »da bin ich wohl vom Regen in die Traufe gekommen.« Da war sie offenbar aus dem Labor gerettet worden, nur um sich in den Händen des einen Mannes wiederzufinden, dem sie jahrelang zu entkommen versucht hatte.

Eine dichte schwarze Augenbraue hob sich fragend. »Interessante Analogie. Möchtest du, dass ich das Council kontaktiere und dich zurückbringe?«

Charity zuckte zusammen. Das würde er tun, dachte sie, und wahrscheinlich mit Freuden. Aber was von beiden war nun wirklich schlimmer?

»Wie hast du mich gefunden? Hast du auch die geflügelten Breeds gefunden?«, stieß sie schließlich hervor, als sie sich ihre eigene Frage nicht beantworten konnte. Der Schmerz in ihrem Unterleib schürte nur den Zorn und das Gefühl der Verzweiflung in ihr.

Seine Miene wurde düsterer. »Wir haben sie gefunden. Erinnerst du dich überhaupt an den Angriff? An deine Flucht aus dem Labor?«

*Flucht? Es hatte gar keine Rettung gegeben?* Charity zwang sich, den Kopf zu schütteln. »Was ist passiert?« Nicht, dass es ihr in diesem Moment wichtig gewesen wäre. Sie war geflohen, und sie würde eher sterben, als dorthin zurückzukehren.

»Irgendwie hast du es geschafft, zu entkommen, kurz bevor die Explosion den Berg zum Einsturz brachte. Wir hatten Keegan und die anderen bereits gerettet, aber wir waren nicht in der Lage, dich zu erreichen. Ich habe dich danach gefunden, fast bewusstlos im Dschungel.« Er musterte sie genau. Sein Blick war so eindringlich, dass sie den Blick abwandte.

»Wie hast du mich gefunden?« Erinnerungsfetzen blitzten in ihrem Kopf auf, und mit jeder Sekunde ergaben sie mehr Sinn.

»Keegan hat mich zu dir geführt.« Seine Stimme klang ruhig und verriet nur wenig Emotion, wenn überhaupt. Die reine Tatsache, dass er so emotionslos wirkte, war beängstigender, als sein Zorn je hätte sein können.

»Er hätte mich dort zum Sterben liegen lassen sollen«, schnaubte sie sarkastisch. »Wäre weit humaner gewesen.«

»Und erst recht weniger kompliziert.« Aiden stand auf, und sie zuckte benommen zusammen. »Unsere Ärztin hat dich untersucht und keine bleibenden Verletzungen festgestellt. Man hat dich gewaschen, desinfiziert und genäht. Du solltest bald wieder auf den Beinen sein.«

Desinfiziert. Morbide Belustigung erfüllte sie. Als sei sie irgendwie ansteckend gewesen. Sie schloss die Augen und kämpfte gegen die überwältigende Sinnlosigkeit an, sich weiter zu wehren. Unglücklicherweise weigerte sich etwas in ihr, nachzugeben. Ein Funke von Zorn, von Wut. Nicht nur auf das Council, sondern auch auf Aiden. Ohne ihn und seine Entschlossenheit, zu früh zu sterben, wäre sie jetzt nicht in dieser misslichen Lage.

»Danke für das Update«, stieß sie hervor, schloss die Augen und rang um Atem, während die Kontraktionen in ihrem Unterleib immer stärker wurden. Wenn er doch nur endlich verschwinden würde, dann könnte sie in Frieden leiden.

Sie hörte ihn seufzen. »Ich kann den Duft deiner Erregung wittern. Du bist geil, Charity.« Frust klang in seiner Stimme mit.

»Ich Arme«, bemerkte sie trocken und biss erneut die Zähne gegen den Schmerz zusammen.

»Der Duft ärgert mich.« Er klang wütend, als erwarte sie von ihm, dass er den Schmerz linderte.

»Du Armer.« Sie hatte nicht die Absicht, ihn um irgendetwas zu bitten, selbst wenn es seine verdammte Schuld war. »Wenn es dich so ärgert, dann lass mich doch endlich in Ruhe!« Sie warf ihm einen Blick zu, von dem sie hoffte, dass er ihren wachsenden Zorn deutlich machte. Als bräuchte sie ein verdammtes Update über den Zustand ihres eigenen Körpers.

Dann versteifte sie sich, als ein besonders quälender Schmerz durch ihren Unterleib fuhr. Es wurde schlimmer. Charity versuchte mühsam, den Schrei, der ihr in die Kehle stieg, zu unterdrücken, doch das Wimmern, das über ihre Lippen drang, konnte sie nicht aufhalten. Bevor sie mehr als auch nur aufkeuchen konnte, drehte Aiden sie auf den Rücken und drückte sie nieder, und der Schmerz, der wie ein Feuerwerk durch ihren Körper strahlte, wurde stärker.

»Hör auf«, keuchte sie und versuchte verzweifelt, sich wieder in die Fötalposition einzurollen, die sie eingenommen hatte, als der Schmerz begann.

Sie fühlte, wie kalter Schweiß auf ihrem Gesicht ausbrach, und sie hörte die Schreie, die sich in ihrer Kehle bildeten. Sie hasste es, so schwach vor ihm zu liegen, so voller Schmerz, dass sie hilflos jeder Grausamkeit ausgeliefert war, die er ihr zufügen wollte.

»Glaubst du, du kannst noch weiter solchen Schmerz erdulden?« Seine Stimme war ein hartes, raues Grollen. »Der Schmerz bringt dich um, Charity.«

»Erspar dir die Mühe«, schrie sie wütend und wehrte sich gegen das Verlangen, sich an ihn zu schmiegen und sich an ihm zu reiben. Gott, er lag schwer und hart auf ihr, und sie brauchte ihn so unbedingt. Dazwischen blitzte immer wieder Wut in ihrem Kopf auf. Er verhielt sich alles andere als rücksichtsvoll gegenüber einem Zustand, der im Grunde seine Schuld war. Doch seine nächsten Worte explodierten in ihr und brodelten durch ihre Erregung hindurch zu einem Zorn, der an Raserei grenzte.

»Bitte mich, und ich verschaffe dir Linderung.« Sie sah das kalte Lächeln in seinem Gesicht und das Aufblitzen seiner Reißzähne.

Endlich, glücklicherweise, ließ der Schmerz ein wenig nach, bis sie normal atmen konnte und sich weniger so fühlte, als würde sie ihm gleich ins Gesicht kotzen. Bastard, verdient hätte er es.

»Du kannst mich mal, Aiden«, knurrte sie.

Sie riss das Knie hoch, nicht übermäßig hart, da sie immer noch benommen und schwach vor Schmerz war, aber hart genug. Seine Augen weiteten sich, und er wurde blass, bevor er mit einem schmerzerfüllten Stöhnen auf die Seite fiel und die Hände instinktiv auf seinen malträtierten Schwanz drückte.

Charity wusste, dass die Vergeltung rasch kommen würde, und wollte sich vom Bett rollen, um von ihm wegzukommen. Sie konnte gar nicht glauben, dass sie ihn getroffen hatte, dass sie es wirklich getan hatte. Belustigung durchfuhr sie eine Sekunde lang, als sie sich an den entsetzten Ausdruck in seinem Gesicht erinnerte, bevor sie ein Knurren animalischer Wut hinter sich hörte.

# 5

Schmerz bleibt eben Schmerz, dachte Charity, als er sie an den Schultern packte und zurück aufs Bett warf. Abgesehen von Knochenbrüchen, war das augenblickliche Aufbranden von Feuer in ihrem Leib schlimmer als alles, was er ihr antun konnte.

Er kam über sie, seine Knie wie ein Schraubstock um ihre Beine, und starrte mit finsterer, eisiger Ruhe auf sie herab. Sie wusste, sie sollte Angst vor seinem Zorn haben. Sie konnte es in seinen Augen sehen, es in den Wellen der Wut fühlen, die von ihm ausgingen. In seiner selbstzufriedenen Miene stand das Versprechen, dass sie sich seinem Zorn würde unterordnen müssen.

»Ich werde dich nicht anflehen, und ich werde vor dir auch nicht den Kopf einziehen«, stieß sie hervor und biss die Zähne zusammen, als ihre Muskeln sich wieder anspannten, um den Schmerz, der durch ihren Unterleib zuckte, abzuwehren.

Sie zitterte, und ihre Haut war schweißfeucht, als sie gegen die Tränen ankämpfte. Und Aiden machte es nur noch schlimmer. Die Berührung seines Körpers, sein Gewicht, das sie niederdrückte, seine Hände, warm und rau, als er ihre Handgelenke über ihrem Kopf festhielt, das alles zusammen steigerte ihre Erregung und damit die feurigen Wellen der Begierde, die sie überfluteten. Der Schmerz war brutal, wie ein Faustschlag in die Eingeweide, als ihr Unterleib sich vor Verlangen verkrampfte.

»Du brauchst so unbedingt Sex, dass dein ganzer Körper

förmlich danach schreit«, spottete er. »Du wirst mich bald anflehen.«

»Nicht dich«, knurrte sie zurück. »Lieber treibe ich es mit einem Kojotenbastard, bevor ich dich um irgendwas bitte, Aiden. Du würdest mich sowieso meinem Schmerz überlassen.«

Er kniff seine Augen zu kleinen Schlitzen zusammen, zog einen Mundwinkel nach oben und entblößte einen tödlichen Reißzahn. Als würde ihr der Anblick Angst machen. Sie hätte geschnaubt, hätte sie dafür den Atem gefunden, um so viel Luft auf einmal durch ihren Leib zu jagen.

»Du wirst zu keinem anderen gehen«, gab er warnend zurück. »Wenn du beschließt, mich freundlich um Erleichterung zu bitten, Charity, dann bin ich vielleicht auch so freundlich und gewähre sie dir.«

Daraufhin sprang er vom Bett und starrte schwer atmend auf sie herab. Ihre Augen glitten über ihn und richteten sich dann auf die große Beule in seiner Jeans.

»Du bist auch erregt, Aiden«, sagte sie leise. »Vielleicht musst ja du mich anflehen. Bitte mich höflich um Erleichterung, und vielleicht werde ich sie dir gewähren.«

Und dann schnappte sie nach Luft, als ein besonders heftiger Krampf ihren Unterleib durchfuhr. Sie rollte sich auf die Seite, zog, auf Linderung hoffend, die Beine an, kämpfte gegen die Wellen des Schmerzes an und spürte dabei, dass sie zwischen den Beinen immer feuchter wurde.

»Verdammter Kerl!«, fluchte sie atemlos. »Es ist deine Schuld. Du hast mir das angetan, und du hasst mich, weil ich dein erbärmliches Leben gerettet habe. Bastard.«

»Ist es das, was du glaubst, Charity?« Er beugte sich zu ihr, die Zähne zornig gefletscht. »Dass ich dich hasse? Ich hasse dich nicht, Liebes, weil du mich gerettet hast. Ich hasse dich, weil du mich an dich gebunden hast. Weil du mir die Wahl und meinen freien Willen geraubt hast. Aber mehr als alles andere werde ich dir nie vergeben, dass du mich verraten und mich hilflos in den Händen dieses Miststücks gelassen hast. Das verzeihe ich dir nie!«

Aiden verließ das Schlafzimmer. Er konnte sie nicht länger ansehen und den süßen Duft ihres Verlangens wittern. Sie war seine Gefährtin. Er hatte es nicht wirklich geglaubt und den Behauptungen Cians in den Wochen vor ihrem Angriff auf das Labor nur wenig Beachtung geschenkt. Aber jetzt glaubte er es. Schon bevor er sie in sein Haus gebracht hatte. Aber das bedeutete nicht, dass es ihm gefallen musste. Und es bedeutete schon gar nicht, dass er sich nicht dagegen wehren konnte.

Unruhig fuhr er sich mit den Fingern durchs Haar, als er sie erneut stöhnen hörte. Jeder Muskel in ihm zog sich vor Qual zusammen. Das Blut pulsierte heiß in seinen Adern, versengte seinen Schwanz. Die Sehnsucht nach ihr brannte in ihm wie nichts, was er je in seinem Leben gekannt hatte. Und er wusste, dass er sie nicht mehr lange zurückweisen konnte.

Er ging zum Herd, wo ein Eintopf fröhlich vor sich hin köchelte. Sie musste etwas essen. Sie war zu dünn und zu geschwächt, um ein Kind zu tragen, falls sie eines empfangen würde, wie Cian behauptet hatte. Im Augenblick bezweifelte er, dass sie überhaupt seiner Lust standhalten könnte. Doch was ihm am meisten Angst machte, war die Frage, ob sie die Intensität ihrer Paarung überstehen würde, um sicherzustellen, dass sein Samen jede Chance hatte, in ihrem Leib Früchte zu tragen.

Wieder hörte er sie stöhnen. Ein rauer Schmerzenslaut, der sich in seine Seele bohrte. *Verdammte Frau.* Er stellte den Herd ab, schob den Topf auf eine Platte weiter hinten und warf den Kochlöffel in das sonnenbeleuchtete Spülbecken. Sein Schwanz war schwer, voll aufgerichtet, eingesperrt in seiner Jeans und verlangte nach Erleichterung. Noch nie hatte die Erregung sein Blut mit einem solchen Feuersturm aus Begierde auflodern lassen.

Er erinnerte sich an den Tag, als sie seine Erektion bis zum explosiven Erguss liebkost hatte. Nachdem sie seinen ersten Erguss mit dem Mund aufgenommen hatte, war sie Bainesmiths Befehl gefolgt und hatte das Labor verlassen. Und danach hatte seine Hölle erst wirklich begonnen.

Hart und voll Sehnsucht nach ihr war sein Glied steif geblieben, voll verzweifeltem Verlangen nach Erleichterung. Mit Mund und Händen hatte Bainesmith ihn mehr als einmal in ihre verdammten Testphiolen gemolken. Stundenlang, bis er kraftlos an diesem verfluchten Metallkreuz hing und ihm der Schweiß vom Körper lief. Und danach hatten sie seine widerwillige Erektion erst richtig missbraucht.

Genau so, wie sie es von Anfang an gewollt hatten. Als sie die fremde Frau auf der Trage zu ihm rollten und so positionierten, dass er tief in sie eindringen konnte, hatte er sie gevögelt. Und gevögelt. Und noch immer hatte es keine Linderung für ihn gegeben. Bainesmith war mehr als erfreut gewesen.

Doch zum Glück war nach dem ersten Mal, als Charity ihm seinen Samen entlockt hatte, diese weitere Schwellung seines Schaftes ausgeblieben. Der faustgroße Knoten hatte sich nicht bemerkbar gemacht, obwohl er den Drang direkt unter seiner Haut spürte.

Als man ihn endlich in seine Zelle zurückbrachte, sein Schwanz nass vom Saft der Frau und seinem eigenen Samen, hatte er nur noch auf seine Pritsche sinken und Rache schwören können. An Bainesmith und an Charity.

Aber wie nahm man Rache an der eigenen Gefährtin?

Wieder schrie sie auf, ein halblauter, gequälter Laut. Sie litt. Ihr Körper war heiß, pulsierte und flehte ihn still an, sie zu füllen. Die Drogen, die man ihr injiziert hatte, um ihre natürliche Erregung zu steigern, und die, die man ihr verabreicht hatte, um ihre Fruchtbarkeit zu erhöhen, würden dafür sorgen, dass sie sein Kind tragen würde.

Seine Hände zitterten, und sein Schwanz pochte so sehr, dass er gezwungen war, schützend die Hände darauf zu drücken. Hilflos fletschte er die Zähne. Sie war sein. Seine Gefährtin. Und bei Gott, jetzt war ein ebenso guter Zeitpunkt, es zu beweisen, wie jeder andere auch.

# 6

»Weißt du, was passiert, wenn ich dich nehme?« Charity öffnete überrascht die Augen, als Aiden ans Ende ihres Bettes kam.

Ihre Augen weiteten sich, als sein Hemd zu Boden fiel und seine Hände an den abgenutzten Ledergürtel in den Laschen seiner Jeans glitten. Ihr lief das Wasser im Mund zusammen, und sie konnte das heiße, männliche Aroma seiner kräftigen, harten Erektion schon beinahe schmecken. Sie erinnerte sich noch deutlich daran, und oft erlebte sie es wieder in ihren Träumen.

»Du hast mich noch nicht höflich darum gebeten«, erinnerte sie ihn und wollte knurren – doch dann zuckte sie zusammen, als sie die schwere Erregung in ihrer Stimme hörte. Als ob er darum bitten müsste. Ihr war klar, wenn er sie berührte, würde sie abgehen wie eine Rakete.

Inzwischen schmerzten ihre Brüste, und ihre Brustwarzen fühlten sich geschwollener an als je zuvor. Als wäre das überhaupt noch möglich.

Er löste die Metallknöpfe seiner Jeans, einen nach dem anderen, und ihr Atem ging schneller.

»Weißt du, was passieren wird, Charity?«, fragte er noch einmal. Die deutliche Warnung in seinem Tonfall machte sie nervös, und sie schluckte ängstlich.

»Ich kenne die Grundlagen«, gab sie zurück. »Ich bin ja nicht dumm. Und ich bin auch noch nicht bereit, mit dir zu schlafen. Bitte mich darum, Aiden.« Ihr Unterleib krampfte sich protestierend zusammen.

Seine Hände hielten inne. Die Jeans war offen, verhüllte ihn aber immer noch züchtig.

»Du kennst die Grundlagen von Wolf-Breed-Sex?«, fragte er vorsichtig. »Du weißt, dass ich in dir festhängen werde?«

Da fiel ihr die harte Schwellung wieder ein, die sie mit Mühe vor den Wissenschaftlern verborgen hatte, als er seinen Samen in ihren Mund ergoss. Sie zitterte, und ihre Augen weiteten sich, als sie zu ihm aufsah. Wie ein Tier würde er sich in ihr verankern und so sicherstellen, dass sein Samen Zeit hatte, ihren fruchtbaren Schoß zu erreichen.

Freudlos stöhnte sie auf. Ihre Augen fielen zu, und sie wehrte sich gegen die Erkenntnis, was bevorstand. Jetzt begriff sie den Sinn der sorgfältigen Bluttests, die die Wissenschaftler durchgeführt hatten, als sie versuchten, ihr Blut mit dem eines der dort stationierten Kojoten zu paaren. Sie suchten nach einem passenden Gegenstück. Einem Zuchtpärchen. Nach einem Tier, das sich in ihr verankern würde.

»Fass mich nicht an!« Sie wich zurück, als sie seine Berührung an der Schulter spürte. »Geh weg von mir, verdammt noch mal.«

Charity krabbelte ans Kopfende des Bettes und weigerte sich, ihn anzusehen. Sie mühte sich, den flehenden Schmerz in ihrem Körper zu ignorieren, die Erregung, die immer weiter zu wachsen schien. Wie in aller Welt sollte sie es ertragen, wenn er sie berührte?

»Der Schmerz bringt dich um, Charity«, sagte er leise.

Sie warf ihm einen Blick zu und wandte ihn dann wieder ab, als er die Jeans auszog. Charity schauderte. Sie wusste, wie kräftig und hart sein Schwanz war, und sie wusste, wie unbedingt ihr Körper ihn wollte. Ihr Körper und ihr Herz, aber nicht ihr Verstand. Sie war kein Zuchttier.

»Aiden, ich kann das nicht.« Verzweifelt schüttelte sie den

Kopf. »Bitte, bitte lass mich in Ruhe. Der Schmerz wird vergehen …«

»Ich erinnere mich an eine Zeit, als ich dich ähnlich angefleht habe«, erinnerte er sie kühl. »Weißt du noch, Charity? Trotzdem hast du mich zum Orgasmus gebracht, und dann hast du mich verlassen, sodass ich Qualen litt vor Verlangen nach allein deinem Körper und gezwungen wurde, die Alternative zu akzeptieren.«

»Wenigstens hattest du Sex, anstatt zu verbluten«, fauchte sie und sah ihn wütend an. »Wenn der Tod so viel wünschenswerter für dich ist – jetzt hält dich niemand auf. Soll ich dir helfen, die Waffe zu laden?«

Er bewegte sich über das Bett auf sie zu, und seine grauen Augen waren kalt und hart, als er sie ansah.

»Ich habe für sie gevögelt, Charity«, knurrte er böse, als hätte sie nichts gesagt. »Über Stunden. Ich konnte nicht genug bekommen, konnte gar nicht oft genug kommen. Ich habe alles gebumst, in das ich in jener Nacht meinen Schwanz stecken konnte, und trotzdem wollte er nicht schlaff werden. Jetzt wirst du den Schmerz stillen, Charity. Den Schmerz, der seit diesem verfluchten Tag nicht mehr vergehen will.«

*Er ist wütend, weil ich sein armseliges Leben gerettet habe?* Charity biss wütend die Zähne zusammen. Wieso überraschte sie das? Aus irgendeinem Grund hatte sie gedacht, dass er mit den Jahren die Vernunft hinter ihrer Tat erkannt hätte. Aber, oh nein, nicht Aiden. Sie hätte wissen müssen, dass das zu viel der Hoffnung gewesen war.

»Sie hätten dich umgebracht.« Sie schlug nach seiner Hand, als er den Saum des T-Shirts berührte, das sie trug. »Ich konnte dich damals nicht sterben lassen, aber bei Gott, jetzt kannst du zur Hölle fahren.« Sie sah ihn finster an, zitternd vor Zorn und Verlangen.

»Und jetzt werde ich dich nicht sterben lassen.« Der Stoff riss unter seinen Händen. Vom Saum bis zum Halsausschnitt, über den ganzen Rücken, als er das T-Shirt so leicht zerriss, als sei es aus Papier.

Sie schrie auf und mühte sich zappelnd, von ihm wegzukrabbeln, seinem Duft zu widerstehen, der Berührung, die sie lockte und ihren Körper um mehr flehen ließ.

»Langsam, Charity.« Er hielt sie fest und drückte sie an sich, als sie sich ihm entwinden wollte.

Er war warm. Das Verlangen, sich enger an ihn zu schmiegen, ließ sie schaudern. Oh Gott, sein Körper war so warm, dass er bis in jenen verborgenen, zu Eis erstarrten Kern ihrer Seele zu dringen schien, der nie tauen wollte.

»Lass mich dich einen Moment lang halten.« Seine Arme um sie spannten sich an, und sie rang um Atem.

Ihr Rücken war an seine Brust gedrückt, seine Arme hielten ihre an die Seiten gepresst, und seine Hände legten sich flach auf ihre schmerzvoll verkrampften Bauchmuskeln. Seine Finger strichen über ihre Haut, massierten vorsichtig die bebenden Muskeln und linderten die Krämpfe.

»Ich wollte dich nur retten«, flüsterte sie, während seine Wärme in ihren Körper sickerte. »Ich wusste, dass Rettung unterwegs war, Aiden. Ich habe diesen Reporter kontaktiert und ihm erzählt, wo das Labor war. Ich wusste, dass Hilfe kommen würde.«

»Du hast mich gezwungen, meinen Körper und meine eigenen Instinkte zu verraten, Charity«, flüsterte er ihr ins Ohr, finster und wild. »Du warst meine Gefährtin, und du hast mich gezwungen, dir untreu zu werden. Ich habe meine Lust und meinen Samen einer anderen gegeben. Und du bist seelenruhig gegangen.«

Verzweifelt schüttelte Charity den Kopf. »So war es nicht.«

Sie wollte – musste – wütend bleiben, aber ihr Körper war geschwächt, erschöpft und so erregt, dass das krampfartige Zusammenziehen ihrer Vagina eher eine spasmische Reaktion auf ihre überwältigende sexuelle Begierde war als ein Ausdruck ihrer Bereitschaft, den Akt zu vollziehen.

Heiß und hart zuckte sein Schwanz an ihrem Rücken, ein samtweiches und zugleich kraftvolles Streicheln, das ihren Körper entflammte.

»Ich werde dich nehmen. Und zwar so, wie ich es für richtig halte und so oft, wie ich will. Ab sofort. Wenn du dich wehrst, gegen mich, gegen dein Verlangen, wird es nur noch schlimmer. Ich weiß das aus eigener Erfahrung, Gefährtin.«

Er war immer noch wütend. Seine Wut strich ebenso leicht über ihre Haut wie seine Hände, die ihren Bauch massierten, tiefer glitten und sich mit jeder Sekunde näher an die feuchte Hitze zwischen ihren Beinen schoben. Sie hockte auf den Knien, fest an ihn gedrückt, hilflos in seinem Griff und in ihren eigenen Bedürfnissen gefangen.

»Ich kann es nicht erwarten, mich in dir zu versenken.« Die animalische Erregung im Grollen seiner Stimme überraschte sie. »Ich fühle mich, als würde mein Blut kochen, Charity, und es verlangt nach dir, nach deinem engen Schoß um meinen Schwanz.«

Charity holte scharf Luft. Seine Stimme klang tief, als er ihr ins Ohr flüsterte, und sein Atem strich erotisch über ihre zarte Ohrmuschel. Sie wollte ihn, brauchte ihn so unbedingt, dass es sinnlos erschien, sich dagegen zu wehren. Bis sie an die Konsequenzen dachte.

»Aiden, warte.« Sie schauderte, als seine Lippen über ihren Nacken streiften, seine Zähne die empfindsame Haut berührten und mit kaum gezügeltem Hunger an ihr knabberten.

»Worauf?« Seine Hände glitten nach oben, seine Handflächen umfassten ihre vollen Brüste und eroberten mit Daumen und Zeigefinger ihre aufgerichteten Nippel.

Charity blieb die Luft weg und im selben Augenblick auch der Verstand. Sie schloss die Augen, ließ den Kopf nach hinten an seine breite Schulter sinken und drückte sich seinen Händen entgegen.

»Gefällt dir das, Charity?« Er drückte sich enger an sie, und seine Reißzähne, die über ihre Schulter schrammten, waren ein sinnliches Versprechen.

Langsam strichen seine Finger über ihre Brustwarzen, mit gerade so viel Druck, um die Lust, die sich in ihr aufbaute, noch weiter zu steigern. Seine warmen Hände umfassten sie, doch seine sündigen Finger ließen das Feuer in ihr nur noch heißer brennen. Und das alles, während seine Lippen, seine Zunge, seine scharfen Reißzähne über ihren Hals und ihre Schulter strichen. Sie spürte, wie ihre Haut kribbelte und nach intensiveren Zärtlichkeiten verlangte.

»Du folterst mich. Absichtlich«, keuchte sie mit einer rauen Stimme, die beinahe ebenso zitterte wie ihr Körper.

»Ich habe jahrelang an diesen Tag gedacht«, grollte er an ihrem Ohr. »Jedes Mal, wenn ich eine andere Frau nahm und spürte, wie sie sich für mich öffnete und mich aufnahm, habe ich an dich gedacht, Charity. Ich habe an dich gedacht und mich gefragt, wie lange ich wohl noch vögeln muss, bis ich dich endlich vergessen kann.«

Ein Schock fuhr ihr durch den Leib, und dann riss sie sich aus seinen Armen los. Bevor er sie daran hindern konnte, rutschte sie ans andere Ende des Bettes und unterdrückte einen Aufschrei schmerzlichen Bedauerns über den Verlust seiner Körperwärme. Sie ignorierte die krampfartigen Zuckungen in ihrem Unterleib, hob sich auf die Knie und sah ihn an.

Er erwiderte ihren Blick. Er rührte sich nicht, um sie wieder in die Arme zu ziehen oder in irgendeiner Weise zu berühren. Aber das Grinsen, das um seine Lippen spielte, weckte in ihr den Wunsch, gewalttätig zu werden. Und sein schwerer, kräftiger Schaft weckte in ihr Wünsche, über die sie gar nicht erst nachdenken wollte.

»Ich bin nicht deine Gefährtin«, keuchte sie. »Der Schmerz vergeht wieder. Das Verlangen wird zu einem bloßen Echo abklingen, und wenn ich wieder laufen kann, werde ich dir zeigen, wie schnell ich aus deinem jämmerlichen Leben verschwinden kann, Aiden. Ich will nichts von dir.«

»Zu schade aber auch«, knurrte er. Sein Blick verdüsterte sich, und seine Muskeln spannten sich zornig an. »Du wirst nicht gehen, Charity. Weder jetzt noch sonst wann. Paarung ist für immer, Baby.«

»Ach ja?« Sie hob sarkastisch eine Augenbraue. »Drogen machen noch keine Gefährtin, Aiden.«

»Und alles Leugnen der Welt kann die Natur der Bestie nicht ändern, Charity«, gab er zurück. »Ob du es akzeptierst oder nicht. Dein Körper wird kein Blut außer meinem akzeptieren, und dein Körper sehnt sich nach meinem. Das Hormon, das dich wahnsinnig macht, ist meines …«

»Es ist eine Droge!«, rief sie und fuhr sich durchs Haar. »Es sind die verdammten Drogen, Aiden. Nichts anderes.«

Er schnaubte spöttisch und stand vom Bett auf.

»Von wegen Drogen, Mädchen.« Er warf ihr einen hitzigen, wütenden Blick zu. »Du kannst mir nicht erzählen, dass du keine Sehnsucht nach mir hattest. Dass dein Körper nicht täglich vor Verlangen dahingeschmolzen ist. Dass dein Schoß nicht weiter heiß und feucht für mich war, nachdem du mein Sperma geschluckt hattest. Sag mir, dass das alles nicht wahr ist. Wage es.«

Sein überheblicher Gesichtsausdruck und die spöttische Gewissheit in seinen Augen entflammten ihren Zorn. Sie hob das Kinn, sah ihm in die Augen und verzog spöttisch den Mund.

»Natürlich ist es wahr, Aiden.« Sie zuckte mit den Schultern. »Ich habe nicht behauptet, du könntest mich nicht scharf machen. Ich war ebenso sehr eine Gefangene wie du. Natürlich hätte ich mit dir geschlafen. Du hast mich angemacht. Aber das macht mich nicht zu deiner Gefährtin. Es macht mich in keiner Weise zu einem Teil von dir. Das waren die Drogen, nicht die Natur.«

Charity sah, wie er die Lippen zusammenkniff und seine Augen schmal wurden. Als könne er hinter ihre immer stärker werdende Wut und ihren Protest blicken. Sie hatte nicht vor, ihm zu sagen, wie heiß sie seinetwegen gewesen war, all jene Jahre, bevor ihr Verrat am Council entdeckt wurde. Und ebenso wenig hatte sie vor, ihm von den Ergebnissen der Tests zu erzählen, die sie selbst vorgenommen hatte.

Sie musterte ihn, während er tief Luft holte und sich mit Mühe beherrschte. Sein Gesichtsausdruck strahlte reine Sinnlichkeit aus. Seine Lippen sahen ein klein wenig voller als normal aus, und seine bronzefarbene Haut war um die Wangenknochen gerötet. Sein unbehaarter Brustkorb, breit und muskulös, war angespannt, als er sich anstrengte, seine eigene tobende Lust unter Kontrolle zu halten.

Schließlich verzog er die Lippen. Nicht spöttisch, sondern in echter Belustigung.

»Wenn ich dich berühren kann, Charity, ohne dass dein Körper vor Sehnsucht brennt und du vor Verlangen feucht wirst, dann können wir darüber diskutieren, ob es an den Drogen oder an der Natur liegt. Bis dahin bist du meine Gefährtin, ob du das so willst oder nicht.«

»Du bist ein Bastard, Aiden.« Charity biss die Zähne zusammen und kämpfte gegen den wachsenden Zorn an, gegen das Rauschen ihres Blutes, das ihre Erregung nur noch steigerte.

»Höchstwahrscheinlich«, pflichtete er leise bei. »Aber für den Augenblick, Gefährtin, bin ich dein Bastard. Sieh zu, wie du damit klarkommst.«

# 7

»Zeit zu essen.« Charity sah zu, wie Aiden einige Stunden später langsam zum Bett kam. Mit entschlossener Miene nahm er ein Paar lange Sweathosen vom Stuhl neben dem Bett und trat zu ihr. »Komm, ich helfe dir beim Anziehen und trage dich in die Küche.«

Der Klang seiner Stimme ließ sie erbeben.

»Ich habe keinen Hunger.« Charity schüttelte den Kopf. Im Augenblick war sie eher damit beschäftigt, sich davon abzuhalten, sich auf seinen kräftigen Körper zu stürzen und sich seinen Schwanz in den Schoß zu treiben. Sie kam sich wie ein tollwütiges Tier vor, fixiert auf die Paarung.

»Du siehst hungrig aus.« Er sah sie stirnrunzelnd an.

*Oh, er hat ja keine Ahnung.*

»Mir geht es gut«, stieß sie hervor.

»Du siehst aber nicht so aus«, bemerkte er, ein wenig zu geduldig für ihren Geschmack.

Sie öffnete die Augen und sah ohne jede Belustigung oder Geduld zu ihm auf.

»Ich sehe aus wie eine abgemagerte, läufige Hündin, was ziemlich genau beschreibt, was ich bin«, antwortete sie mit glühendem Nachdruck. »Also geh weg und lass mich in Frieden sterben.«

Aidens geduldiges Seufzen zerrte noch mehr an ihren Nerven. Er hielt ihr die Hose hin. »Zieh dich freiwillig an, oder ich kann dich dazu zwingen. Du hast die Wahl, Charity.«

Sie wusste, dass sie Nahrung brauchte und wieder zu Kräften kommen musste, aber die glühende Erregung, die sie quälte, war anders als alles, was sie bisher kennengelernt hatte. Der Schmerz war nicht annähernd so grausam wie das Verlangen nach Berührung. Doch wenn er sie nahm, wären die Konsequenzen verheerend, das war ihr klar.

Sie nahm alles an Kraft und Mut zusammen, setzte sich langsam auf und musterte ihn misstrauisch, während sie die Hand nach der Hose ausstreckte. Er ignorierte sie und kniete sich stattdessen mit einem scharfen Blick zu ihren Füßen nieder. Wahrscheinlich wollte er sie warnen, ihm nicht die Zähne einzutreten, dachte Charity und unterdrückte ein Lächeln. Oh, wie befriedigend das wäre.

Aiden unterdrückte ein Grinsen, während er sie beobachtete. Ihre Miene blieb unverändert, aber die gezwungene Linie um ihren Mund und die Unbeweglichkeit um die Wangenknochen herum warnten ihn. Plötzlich erinnerte er sich daran, dass er diesen Ausdruck vor Jahren schon einmal in ihrem Gesicht gesehen hatte, eine Sekunde bevor sie einem Labortechniker beinahe die Eier abgerissen hatte. Geduldig, ruhig. Abschätzend.

Er schob die Hose über ihre Beine und beobachtete ganz genau, ob sie sich in irgendeiner Weise anspannte. Eine Sekunde würde ihm schon als Warnung genügen, aber er wollte verdammt sein, wenn diese Warnung nicht nützlich wäre.

Als er ihre Oberschenkel erreichte, schluckte er schwer und kämpfte gegen das instinktive Bedürfnis an, sie zu streicheln. Er konnte ihre Hitze immer noch wittern. Sie war weich und süß, sehnsüchtig. Verdammter Mist, sie war so berauschend, dass ihm der Kopf schwirrte.

»Langsam«, brummte er, als sie die Hüften hob.

Er zog die Hose über die weichen Rundungen ihres Pos, und es juckte ihn in den Fingern, darüberzustreichen. Seine Handflächen schwitzten beinahe, so sehr sehnte er sich danach, sie zu berühren.

»Fertig.« Er zog die Kordel nur ein klein wenig fest und achtete darauf, dass sie nicht zu eng um ihre verletzte Mitte lag.

Dann kniete er sich wieder auf den Boden und rollte die Bündchen vorsichtig über ihre bandagierten Füße. Er wollte ihr weiter grollen. Er wollte ihr übel nehmen, dass er sich um sie kümmern musste. Aber er konnte es nicht. In der Küche hatte er sich dabei ertappt, wie er darüber nachdachte, wie er sie beruhigen und die Dinge leichter für sie machen könnte. Daraufhin war ihm wieder eingefallen, dass er doch wütend auf sie sein sollte. Nur um dann wieder an die Horrorgeschichten zu denken, die er über die Experimente gehört hatte, die an ihr durchgeführt worden waren. Sie trieb ihn noch in den Wahnsinn.

Er trieb sich selbst in den Wahnsinn mit dem Versuch zu entscheiden, was er nun eigentlich fühlen und wie er sich verhalten sollte. Diese ganze Paarungsgeschichte ging einem gehörig auf die Nerven, und jetzt wusste er auch ganz genau, warum er damit nichts zu tun haben wollte. Er hatte anderes zu tun, andere Sorgen, die er für weit wichtiger hielt als den Versuch, diese fremdartigen Emotionen zu analysieren.

»Bitte sehr. Fertig.« Er stand auf und bückte sich, um sie in seine Arme zu heben.

Sie war viel zu leicht in seinen Armen, beinahe zerbrechlich. Außerdem war sie höllisch angespannt und viel zu schwach, um mehr zu tun, als sich nur zu versteifen, als er sie in die Küche trug.

Dort stellte er ihr einen Teller Eintopf hin und ein hohes Glas mit frischer, kalter Milch. Sie brauchte Energie, Nahrung. Etwas, das sie bei sich behalten konnte und das ihr Kraft für die bevorstehenden Schlachten gab.

»Ich muss eine Weile weg«, erklärte er, während er zusah, wie vorsichtig sie aß.

Sie nickte knapp.

Seine Lippen zuckten. Sie schlang ihr Essen nicht hinunter, aber er konnte genau sehen, dass sie es am liebsten tun würde. Doch sie hielt sich sorgfältig unter Kontrolle und aß mit einer ruhigen Entschlossenheit, die den Hunger, der sie quälte, andeutete.

»Gönn dir so viel Ruhe, wie du kannst, Charity«, erklärte er lange Minuten später, als sie sich satt auf dem Stuhl zurücklehnte und ihm einen Blick zuwarf. »Ich komme heute irgendwann wieder, um nach dir zu sehen. Falls du mich brauchst, gibt es ein Festnetztelefon im Schlafzimmer mit Verbindung zur Kommunikationsstation. Sag einfach der Person, die abhebt, dass du mich sprechen musst.«

»Ich bin sicher, dass ich gut ohne dich zurechtkommen werde.« Die gezwungene Unbekümmertheit, die sie plötzlich ausstrahlte, gefiel ihm gar nicht.

»Natürlich.« Zumindest war er sich sicher, dass sie versuchen würde, dafür zu sorgen, dass sie ihn für nichts brauchte. »Du musst dich ein paar Tage ausruhen, Charity. Wieder zu Kräften kommen. Ich halte mich fern von dir, soweit es geht, aber du weißt so gut wie ich, dass das nur das Unausweichliche hinauszögern wird.«

Sie sah ihn aus den Augenwinkeln an.

»Ich brauche ein Bad.« Sie ging nicht auf seine Worte ein. »Könntest du jemanden finden, der mir dabei hilft?«

Sein Körper versteifte sich. Er konnte sie vor seinem inneren Auge sehen, ausgestreckt in der großen Wanne im Badezimmer, mit nichts bedeckt als Dampf und heißem Wasser. Sein Schwanz zuckte reflexartig.

Oh Hölle. Natürlich brauchte sie ein Bad, dachte er mit müder Abneigung. Die Frage war: Konnte er sich lange genug beherrschen, um ihr dabei zu helfen?

»Ich helfe dir.« Er wollte mit den Schultern zucken, als wäre das kein Problem für ihn, aber sein Körper geriet schon in Wallung, wenn er nur daran dachte.

Sie sah ihn düster an, und er sah den Kampf in ihrem Kopf. Sie wollte das Bad, unbedingt. Aber sie wollte nicht, dass er ihr dabei half.

Schließlich seufzte sie resigniert. »Na schön. Solange ich mich selbst waschen kann. Ich werde wohl vor allem Hilfe brauchen, wenn ich aus der Wanne steigen will. Den Rest schaffe ich allein.«

Sie hätte eine Katzen-Breed werden sollen, dachte Aiden. Sie war ein verdammt unabhängiges und stures Weib.

»Wo bin ich überhaupt?« Plötzlich verzog sie das Gesicht und sah sich in der Küche um. »Sind wir noch in Südamerika?«

»Colorado.« Er stand auf und räumte schnell den Tisch ab. »Die Regierung hat uns hier mehrere Hundert Morgen Land für eine Heimatbasis zur Verfügung gestellt. Das Lager ist schwer befestigt, mit mehreren Dutzend Armeeangehörigen sowie Unterstützung vom Luftwaffenstützpunkt auf der anderen Seite des Berges.«

»Das Lager.« Sie nickte. »Ich habe davon gehört. Wenn es mir besser geht, würde ich es gerne sehen.« Sie mied seinen Blick, doch trotz ihres angeblichen Desinteresses konnte er ihr ansehen, dass sie gern sehen wollte, was sie erreicht hatten. Die Tatsache, dass ihm das gefiel, kümmerte Aiden nicht sehr.

»Wenn du wieder sicher laufen kannst, zeige ich dir alles«, versprach er leise und kam auf sie zu. Sie war erschöpft. »Komm, ich bringe dich wieder ins Bett. Du musst noch ein wenig schlafen, bevor du in der Lage bist, irgendwas zu tun.«

Charity seufzte freudlos, als er sie wieder in seine Arme hob. »Ich schlafe nicht gut, Aiden.« Sie versuchte, sich nicht an ihn zu schmiegen. Er konnte spüren, wie sie sich anspannte, um sich von ihm fernzuhalten, während sie sich bemühte, nicht die Beherrschung zu verlieren. Er würde es zulassen – für den Moment, dachte er sich.

»Ich habe etwas, das dir hilft, einzuschlafen, Baby.« Er legte sie rücklings aufs Bett und ging wieder in die Küche.

Als er zurückkam, hatte er ein Glas Wasser dabei und ein Schlafmittel, das Armani letztes Jahr für Hope und Faith freigegeben hatte.

»Es ist nur ein Schlafmittel«, sagte er, als sie die kleine Pille in seiner Hand anstarrte. »Unsere Ärztin musste es speziell für Hope und Faith entwickeln. Manchmal schlafen sie auch nicht gut.«

Es gab eine Woche im Monat, in der das Temperament der beiden mehr dem tollwütiger Tiere glich als dem erwachsener Frauen.

»Hat sie denn überprüft …?«

»Sie hat alles überprüft, Charity. Vertrau mir, der verdammten Frau entgeht nichts. Jetzt nimm deine Medizin wie ein braves Mädchen, damit du dich ausruhen kannst. Du wirst deine Kraft bald brauchen.« Sein Grinsen war wölfisch – ganz männliche Belustigung.

Sie sah ihn aus zusammengekniffenen Augen an, aber sie nahm die Tablette, schluckte sie und legte sich zurück in die Kissen.

»Schlaf jetzt.« Er steckte die Decken um sie herum fest. »Ich sehe später nach dir und helfe dir beim Baden.«

Noch bevor er geendet hatte, fielen ihr die Augen zu. Aiden widerstand dem Drang, ihr das Haar aus dem Gesicht zu streichen und über ihr zartes Kinn zu fahren. Er ballte die Hand zur Faust, drehte sich auf dem Absatz um und verließ die Hütte, bevor sein Verlangen stärker wurde als sein gesunder Menschenverstand. Sie war dabei, ihn in den Wahnsinn zu treiben, dachte er sich. Dann brummte er spöttisch: Oder vielleicht hatte sie es ja schon geschafft.

# 8

Am nächsten Morgen konnte Charity schon besser aus dem Bett aufstehen und durchs Haus humpeln. Nachdem sie eins von Aidens T-Shirts und eine neue Sweathose mit Kordel angezogen und an den Knöcheln aufgerollt hatte, stöberte sie in der kleinen Hütte nach Essbarem.

Sie hatte nicht damit gerechnet, allein aufzuwachen. Vielmehr war sie auf eine weitere Konfrontation mit Aiden gefasst gewesen, doch die Ruhepause war ihr mehr als willkommen. Sie war immer noch geschwächt und müde. Die monatelangen Experimente im Labor hatten sie beinahe umgebracht, und sie war klug genug, das zu wissen. Sie konnte immer noch daran sterben.

Aber zumindest hatte sie zur Abwechslung mal geschlafen. Charity hatte keine Ahnung, was in den kleinen Tabletten war, von denen Aiden ihr gestern noch zwei gegeben hatte. Aber was es auch war, es hatte sie in einen Schlaf versetzt, der tief genug gewesen war, um ihrem Verstand zu gestatten, die pulsierende Erregung, die sie so quälte, zu ignorieren. Leider war das Gefühl nach dem Aufwachen umso heftiger.

Ihr Körper war empfindlich und schmerzte, ihre Haut kribbelte bei jeder Berührung. Sie war feucht zwischen den Beinen, und ihre Vagina pochte verlangend. Die sexuelle Begierde, die in ihr brannte, schien schlimmer geworden zu sein, als hätte seine Berührung die Feuer, die bereits in ihr brannten, nur noch mehr angefacht.

Eine Stunde später, nachdem sie ihre leichte Mahlzeit beendet und das Geschirr ins Spülbecken gestellt hatte, sah sie sich um und musste einräumen, dass ihr die Stille in der Hütte langsam zusetzte. So sehr sie während der letzten Jahre um Ruhe und Frieden gebetet hatte, war ihr eine solche Stille doch derart fremd, dass sie ihr beinahe Angst machte.

Plötzlich hörte sie draußen Motorengeräusche und Stimmen, die Befehle riefen. Sie waren aber weder gebieterisch, noch wirkten sie alarmierend. Charity ging zur Couch und spähte durch das große Fenster dahinter nach draußen, um zu sehen, was los war.

Der Ausblick war atemberaubend. Sie ignorierte die Vorgänge im zentralen Bereich, der offenbar eine Kommandostelle war, und betrachtete stattdessen die Schönheit der umgebenden Berge. Sie musste mehr davon sehen, und sie sehnte sich danach, den Wind, der von den Bergen kam, zu riechen. Sie stand auf und ging vorsichtig zur Tür.

Die Wunden an ihren Füßen waren zum Glück nicht schwer gewesen, und sie hoffte, dass sie in ein paar Tagen so weit geheilt waren, dass sie das Lager der Breeds, von dem sie in den letzten Jahren so viel gehört hatte, gründlicher besichtigen konnte.

Die Wissenschaftler, mit denen sie gearbeitet hatte, waren rasend vor Wut gewesen, als die US-Regierung die Breeds zu vollwertigen Menschen erklärt hatte. Ein Aufschrei des Entsetzens über die Experimente und die Einsatzmöglichkeiten, die sich das Council für die Breeds ausgemalt hatte, war durch die Welt gefegt.

Als die Regierung den Breeds das Land in Colorado zugeteilt und sie beim Aufbau der großen Verteidigungsanlage unterstützt hatte, hatte die Wut innerhalb des Councils auch die Labore erreicht. Die Breeds wieder einzufangen oder zu töten, kam nun nicht mehr infrage. Die Weltöffentlichkeit war so entsetzt über die mutmaßlichen und bekannten Mitglieder des Councils, dass jede Aktion zum Ausgleich der Verluste gestoppt worden war. Ausgenommen die Kojoten-Breeds. In ihnen hatte das Council am Ende den perfekten Soldaten gefunden. Sie befolgten Befehle präzise und waren beinahe ebenso gnadenlos wie ihre Schöpfer.

Charity trat hinaus auf die Veranda, atmete die reine, frische Luft des frühen Herbstmorgens ein und sah sich einigermaßen überrascht um.

Eine hohe Steinmauer umgab das mehrere Morgen große Lager. Von Aidens etwas höher gelegenen Hütte aus konnte Charity den kristallenen See außerhalb der Einzäunung sehen, ebenso wie die dicht bewaldeten Berge um sie herum.

Im Lager schien freundliches Chaos zu herrschen. Die Hütten waren etwas weiter voneinander entfernt gebaut, um für Privatsphäre und ein Gefühl von Freiheit zu sorgen, wie sie vermutete. Es gab einige Bäume innerhalb der Anlage, einen großen blauen Teich und mehrere lange, niedrige Gebäude und Lagerhallen. So langsam ähnelte das Ganze einer Kleinstadt.

Der zentrale Bereich des Gebietes war im Moment voll mit Männern und Frauen, die von mehreren Trucks, die dort standen, Kisten mit Ausrüstung abluden.

Wächter sahen aus sicherer Entfernung zu, die automatischen Waffen bereit, während sie die Bewegungen wachsam verfolgten. Soweit Charity sehen konnte, mussten sich hier gerade über einhundert Breeds aufhalten. Das bedeutete, dass wahrscheinlich noch viele andere gerade schliefen, arbeiteten oder taten, was eben notwendig war, um das Lager am Leben zu erhalten.

Die Einfahrt zur Anlage war schwer befestigt und ebenfalls bewacht. Dort ungesehen rein- oder rauszukommen war nahezu unmöglich. Und trotz ihrer Schönheit blieb diese Anlage immer noch … eine schwer bewachte Festung.

Charity biss sich auf die Lippe, als sie sich auf der groben Holzschaukel auf der Veranda niederließ. Sie waren immer noch Gefangene, nur auf andere Weise. Die Freiheit, die sie sich für die Breeds ausgemalt hatte, war nicht so in Erfüllung gegangen, wie sie gedacht hatte.

Während sie dem Treiben zusah, fiel ihr auf, dass ihr Erscheinen auf der Veranda nicht unbemerkt geblieben war. Sie wurde beobachtet und sorgfältig bewacht. Einer der Männer stand in einer kleinen Baumgruppe, der andere auf einem befestigten Stand auf der Mauer. Beide behielten sie mit hartem und entschlossenem Blick im Auge.

Die Freude, die sie beim Gefühl der Brise, die sie umwehte, empfunden hatte, beim reinen, natürlichen Geruch des Sees draußen und beim Beobachten der Männer bei der Arbeit, schwand plötzlich. Sie stand auf und ging vorsichtig zurück ins Haus.

Sie wussten es nicht, dachte Charity. Sie konnten nicht wissen, was sie im Labor für sie getan hatte, wie sie dabei geholfen hatte, deren Flucht zu planen. Nur wenige wussten davon. Sie war eine schattenhafte Figur am Rande der Gruppe gewesen, die daran arbeitete, das Council und seine wahnsinnigen Intrigen zu zerstören.

Nicht, dass sie Erfolg gehabt hätten. Charity fuhr sich müde mit den Fingern durchs Haar, als sie sich auf der Couch ausstreckte und schlecht gelaunt an die Decke starrte. Sie züchteten immer noch Breeds und experimentierten herum, spielten Gott und zerstörten Leben.

Als plötzlich die Tür aufging, fuhr sie hoch, drehte sich um und sah, wie Aiden hereinkam.

»Alles in Ordnung?«, fragte er vorsichtig.

»Schon«, meinte sie gedehnt, »bis gerade eben.«

Belustigter Spott blitzte in seinen Augen auf. »Zu schade. Aber manchmal muss ich eben auch schlafen.«

Er bückte sich, schnürte seine Stiefel auf und zog sie mit einem erleichterten Seufzen aus.

»Du hast letzte Nacht nicht geschlafen?«, fragte sie neugierig und überlegte, was er stattdessen getan hatte.

»Ich habe gestern Nacht gearbeitet.« Er ging in die Küche.

»Was denn?« Sie runzelte die Stirn, als ihr klar wurde, dass sie keine Ahnung hatte, was er eigentlich machte.

»Sicherheitsdienst.« Er zuckte mit den Schultern. »Ich koordiniere all die kleinen Details, durch die das Lager sicher bleibt. Gestern Nacht hatten wir jemanden, der in der Nähe der Mauer herumschnüffelte.«

»Kojoten?«, fragte sie und versuchte, ihre Furcht zu unterdrücken. Das Council würde sie nicht aufgeben, ohne einen Versuch unternommen zu haben, sie wieder einzufangen. Die Tests, die man an ihr durchgeführt hatte, waren zu wichtig.

Er schüttelte den Kopf. »Ich bin mir nicht sicher.«

Charity sah schweigend zu, wie er eine Flasche Wasser aus dem Kühlschrank nahm und mit tiefen Schlucken trank. Er hatte den Kopf in den Nacken gelegt und enthüllte sein entschlossenes Kinn und den kräftigen Hals.

Auf seiner dunklen Haut glitzerte Schweiß, und der offene Kragen seines Baumwollhemdes enthüllte noch mehr dunkle, verlockende Haut. Ihr Schoß zog sich zusammen und ihre Brüste schmerzten, als ihr Blick an der Hand hängen blieb, die sich um die Flasche schloss.

Große, starke Hände, die für einen Mann überraschend anmutig wirkten.

»Hast du etwas gegessen?« Er setzte die Flasche wieder ab, stellte sie zurück in den Kühlschrank und sah sie an.

»Ich habe gegessen.« Ein Hunger war gestillt, aber der andere brachte sie noch um.

»Ich muss in die Stadt fahren«, erklärte er. »Einmal durchfahren und sehen, ob es etwas zu sehen gibt. Willst du mitkommen?«

Die Einladung erwischte sie unvorbereitet, und sie sah ihn überrascht an.

»Was meinst du mit ›sehen, ob es etwas zu sehen gibt‹?«, fragte sie. »Ich dachte, du wolltest schlafen.«

»Nur kurz dösen.« Er zuckte mit den Schultern und musterte sie jetzt genauer. »Es wird schlimmer, Charity. Bist du bereit, aufzuhören, dich dagegen zu sträuben?«

Sie schüttelte den Kopf. »Was?« Sie war verwirrt. Sie hatte keine Ahnung, was seine Frage bedeutete.

»Die Erregung.« Langsam ging er zu ihr und blieb vor der Couch stehen. Sein Blick verdunkelte sich. »Wir könnten beide besser schlafen, wenn du aufhören würdest, dich dagegen zu wehren.«

Bei der Gewissheit in seiner Stimme und seinem Gesichtsausdruck kniff sie zornig die Augen zusammen.

»Ah. Verstehe.« Sie verschränkte die Arme vor der Brust. »Es kommt also alles wieder in Ordnung, wenn ich einfach nachgebe und mich von dir flachlegen lasse. Richtig?«

Daraufhin erstarrte er. Endlich, nach einem langen Augenblick, schüttelte er nur den Kopf, und in seiner Miene blitzte Bedauern auf.

Er seufzte müde. »Vergiss es. Ich will nicht mit dir streiten, Charity. Für mich ist die Situation genauso schwierig. Aber Fakten sind nun mal Fakten. Du hast Schmerzen, und ich bin deine beste Chance, Baby, diesen Schmerzen zu entkommen.«

Da würde sie lieber an Erregung eingehen! *Selbstzufriede-*

*ner, egoistischer Bastard!* Und noch schlimmer war die Gewissheit, dass er recht hatte.

»Es wird wieder besser.« Sie zuckte mit den Schultern. Zumindest war es zuvor immer so gewesen. »Wie lange war ich eigentlich bewusstlos?« Sie runzelte die Stirn und fragte sich, wie viel länger sie noch warten musste.

Das Grinsen, das um seine Lippen spielte, gefiel ihr gar nicht.

»Zwei Tage.«

Charity dachte rasch nach. »Noch ein paar Tage mehr, und dann sollte es vorbei sein. Dann geht es mir wieder gut.«

Aiden nickte. »Möglich. Aber du hast nicht bedacht, Süße, dass die Bluttransfusion, die du brauchtest, von mir kommen musste. Diese Anomalie in deinem Blutkreislauf ist um mehr als hundert Prozent angestiegen, sagt die Ärztin. Du steckst in Schwierigkeiten, Liebes.« Triumph glitzerte in seinen Augen und klang in seiner Stimme mit.

Charity spürte, wie ihr Herz schneller schlug. Ihre Augen weiteten sich vor Schock und Furcht. »Nein«, flüsterte sie, als die Schlussfolgerung der Information sie wie ein Schlag ins Gesicht traf. »Nein. Du lügst.«

»Inwiefern?« Er sah stirnrunzelnd auf sie herab. »Ich habe dich in keiner Weise belogen, Charity.«

»Das Blut.« Sie schluckte schwer. »Sag mir, Aiden, dass du mir kein Blut gespendet hast.«

Seine weißen Zähne blitzten auf, als er langsam grinste. »Doch, habe ich. Doc sagte, es sei das Faszinierendste, was sie je gesehen habe. Deine Blutzellen und diese kleinen Breed-Dinger, die ich im Blut habe, sind total durchgedreht unter dem Mikroskop. Ich glaube, meine haben deine dominiert, Süße. Und Doc hat jetzt alle möglichen Ideen, wie sie Faith und Hope helfen könnte.«

Schwäche überfiel sie wie eine Flutwelle. Sie drückte eine Hand auf ihren Bauch, auf die Wunde, die ihr die Wissenschaftler dort zugefügt hatten. Sie hatte keinen Zweifel, dass die zusätzliche Komponente in seinem Blut ihre Blutzellen dominiert hatte. Es ergab Sinn. Die kleine Menge in seinem Samen hatte den Prozess in Gang gesetzt; und jetzt war die Beimischung seines einzigartigen Blutes mehr als wahrscheinlich ihr Untergang.

Charity schüttelte entsetzt den Kopf und kämpfte gegen die Tränen an, die ihr in die Augen stiegen.

»Ich muss mit der Ärztin reden.«

Aiden schnaubte. »Du musst Sex haben, schlafen, noch mehr schlafen und erst einmal essen. Solange du nicht kräftiger bist, lass ich dich auf keinen Fall in die Nähe dieser verdammten Quacksalberin. Ihr beide seid euch viel zu ähnlich. Die schnallt dich als Erstes auf einen Untersuchungstisch, und dann ist der Rest Geschichte. Nein!«

»Ich muss sehen, was du getan hast«, gab sie zurück, kam vorsichtig auf die Füße und sah ihn an. Sie war wütend auf ihn und auf die ihr unbekannte Ärztin, die es gewagt hatte, ihr fremdes Blut zu übertragen, ohne vorher Tests durchzuführen. »Und wieso in aller Welt hat sie mir dein Blut gegeben? Ihr habt doch bestimmt einen Vorrat an normalem Blut.«

»Haben wir.« Er nickte und verschränkte die Arme. »Jede Menge. Aber nichts davon verträgt sich mit deinem. Wir hatten sogar die richtige Blutgruppe da, aber Tests haben gezeigt, dass die Anomalie in deinem Blut für eine Abstoßung sorgt. Nur ich war passend, Baby. Bist ein Glückspilz, hm?«

Seine Stimme troff vor Sarkasmus.

»Hast du irgendeine Ahnung, was du getan hast?«, fragte sie wütend. Sie schüttelte den Kopf, und die Erkenntnis machte sie ganz benommen. »Mein Körper hätte meine Blutgruppe akzeptiert. Er hätte ein wenig protestiert, aber er hätte es angenommen. Du weißt gar nicht, was du angerichtet hast.«

»Oh, das weiß ich wohl«, erklärte er sanft. »Die Transfusion hat nur noch untermauert, was wir beide schon als Wahrheit kennen …«

Charity schüttelte heftig den Kopf und humpelte weg von ihm. Sie ballte die Hände zu Fäusten und eine neue Welle der Wut überkam sie.

»Es hat mit den Drogen angefangen …«

»Nein.« Sein Tonfall war milde, wenn man das finstere, wilde Pochen darin außer Acht ließ. »Als du auf die Knie gegangen bist und meinen Samen geschluckt hast – da hat es angefangen, Charity. Du weißt das, und ich weiß es auch. Du warst meine Schwachstelle, weil Mutter Natur entschieden hat, dass es so sein sollte. Nicht die Drogen – und nicht das Blut.«

Charity zitterte. Beinahe automatisch fasziniert registrierte sie die Krämpfe, die ihren Körper durchliefen. Sie stolperte gegen den Kamin, und ihr stockte der Atem, als er sie auffing und an seinen harten, warmen Körper drückte.

»Fühle es, Charity«, flüsterte er ihr ins Ohr. »Es war da, als ich deinen Mund um meinen Schwanz spürte. Es war da, als ich meinen Samen in deine Kehle ergoss. Es war da, als du Blut brauchtest und ich es dir gab. Du wolltest mich nicht gehen lassen, Baby, und jetzt kannst du stattdessen das Leben teilen, das ich aufgebaut habe. Na, klingt das nicht nach Spaß?«

Er war wütend. Charity hörte den Zorn, finster und tief, in seiner Stimme pulsieren. Er hob sie auf seine Arme und ignorierte ihren Protestschrei, als er sie ins Schlafzimmer trug. Seine Muskeln waren fest, angespannt, und sie konnte seinen Drang, gewalttätig zu werden, deutlich spüren.

Aber er war sanft, als er sie aufs Bett legte, sich dann neben ihr niederließ und sie ansah.

»Ich musste dich retten«, flüsterte sie freudlos. »Ich musste einfach.«

»Weil Mutter Natur es so wollte«, stieß er hervor. »Ob es dir gefällt oder nicht, du bist meine Gefährtin. Dein Blut beweist es, aber noch mehr beweist es das hier …«

Bevor sie ihn aufhalten konnte, schob er seine Hand in ihre lockere Hose und drückte sich an ihren empfindsamen Schoß. Zwei lange Finger drangen in ihre feuchte Mitte, und seine Handfläche drückte sich an ihre Klitoris.

»Aiden«, schrie sie auf, als ihre Vagina sich krampfartig zusammenzog und sie um seine Finger noch feuchter wurde.

»Gott, bist du heiß«, knurrte er, und unvermittelt stand heiße, wilde Lust in seinen Zügen.

Ihre Schenkel hielten seine Hand an ihrem Platz, und ihre Hände umklammerten seinen kräftigen Unterarm, obwohl sie kaum Kraft hatte und nur wenig Verlangen, ihn wegzuschieben. Tatsächlich war ihr Körper so hilflos, so verzweifelt erregt, dass sie nichts tun konnte, als sich seiner Hand entgegenzuwinden und wortlos darum zu flehen, dass er tiefer in sie drang.

Und er tat ihr den Gefallen. Langsam dehnte er sie mit seinen Fingern und sah ihr dabei tief in die Augen, während alles andere in ihrem Blickfeld dunkel zu werden schien.

»Aiden«, keuchte sie, entsetzt über ihre Reaktion auf ihn, und kämpfte gegen sich selbst und das Verlangen an, das sie überfiel.

»Ich wette, du schmeckst so gut, wie du dich anfühlst«, flüsterte er. »Und du fühlst dich verdammt gut an, Baby. Viel zu gut. Und du bist viel zu schwach für das, was ich im Augenblick brauche.«

Langsam zog er sich wieder zurück und ignorierte ihr Wimmern und das Aufbäumen ihrer Hüften.

»Aiden.« Sie fuhr sich mit der Zunge über die Lippen und kämpfte gegen das lautstarke Flehen ihres Körpers an.

Er atmete schwer. Beinahe so schwer wie sie, während er sie eindringlich musterte und sein Blick düsterer wurde, als ihm, welche Gedanken auch immer, gerade durch den Kopf gingen.

»Ruh dich aus«, grollte er. »Ruh dich um Himmels willen aus, Charity, bevor ich dich nehme und dir noch mehr Schmerzen zufüge, als du ohnehin schon leidest.«

# 9

Aiden schlug die Tür der Hütte hinter sich zu. Sein Verlangen nach Schlaf war derart von dem Verlangen nach Sex verdrängt worden, dass er schnell von ihr wegmusste. Er schnaubte. Wenn es denn nur das Verlangen nach Sex wäre, das ihn antrieb, dachte er, als er sich auf die Veranda plumpsen ließ und seine Stiefel zuschnürte.

Rastlos fuhr er sich mit den Fingern durchs Haar und versuchte, einen Sinn in all den Impulsen zu finden, die ihm durch den Kopf jagten. Verdammt, sie machte ihn noch ganz verrückt. Genauso verrückt wie damals im Labor nach ihrer Ankunft. Als sie zum ersten Mal hereingekommen war, hatte ihr Duft ihn beinahe in die Knie gezwungen. Die subtile, unwiderstehliche Anziehungskraft ihres Körpers war beinahe mehr gewesen, als er hatte ertragen können.

Er starrte zu Boden und seufzte. Nachdem er die Nacht damit verbracht hatte, die Berge um das Lager herum zu durchstreifen und aufzuspüren, wer oder was auch immer da jenseits der Mauer gewesen war, war er jetzt erschöpft. Und dass sein Temperament so verdammt launisch schien, war auch nicht gerade hilfreich. Er war vollkommen durch den Wind, und auf dieses Gefühl konnte er gut verzichten.

Die Frau verhexte ihn. Was zur Hölle war nur mit ihm los? Sie sah ihn an mit diesen großen Augen voller Schmerz, so voller Erregung und täuschender Wärme, und irgendetwas in ihm wollte dahinschmelzen. Das war einfach nur lästig.

Aiden hob den Kopf, starrte in die Ferne und wunderte

sich über die Veränderungen, die viel zu schnell um ihn herum stattfanden. Die Veränderungen in ihm selbst. Er konnte offenbar keinen Sinn darin entdecken, aber er wollte verdammt sein, wenn er zu Jacob ging und ihn danach fragte. Der Mann beobachtete ihn mittlerweile derart amüsiert, dass sich ihm augenblicklich die Nackenhärchen aufstellten. Aber stärker als alles andere war sein Verlangen nach Charity. Das vollkommene, drängende, ungestillte Verlangen nach Sex mit ihr, so hart und so schnell, wie er seinen Schaft nur in sie treiben konnte.

Er biss die Zähne zusammen und kam fast schmerzhaft auf die Beine. Dieses launische Ding in seiner Jeans pochte derart fordernd, dass es fast unmöglich war, es zu ignorieren. Als er die Stufen der Veranda hinuntergehen wollte, flog die Tür zur Hütte auf.

Er drehte sich um und sah Charity skeptisch an, die dort stand, bekleidet mit nichts als einem seiner T-Shirts. Ihre Brustwarzen waren hart, und er konnte ihre Hitze wittern. Und bei Gott, sie war seine Gefährtin. Er hatte sechs lange, verdammte Jahre darauf gewartet, sie zu berühren, dieses Verlangen zu stillen, das nie zu vergehen schien, und er hatte das Warten satt.

Sie wollte etwas sagen, doch dann weiteten sich ihre Augen langsam, während seine immer schmaler wurden. Er stieg wieder hinauf auf die Veranda und kam auf sie zu. Sie beobachtete ihn argwöhnisch, öffnete dann die Lippen und holte hörbar Luft. Ihre Brüste hoben und senkten sich schnell unter dem Stoff des geborgten Shirts, und der Duft ihrer Hitze hüllte ihn ein, ließ seinen Schwanz immer härter werden, und sein Körper spannte sich in dem reinen Verlangen nach Sex an.

»Geh rein«, knurrte er. »Lass die Tür geschlossen. Geh nicht nach draußen. Kein Drängen und kein Schimpfen, Charity. Ich bin ganz kurz davor, dich an diese verdammte Wand zu drücken und dich zu vögeln, bis wir beide vor Erschöpfung zusammenbrechen. Ich glaube nicht, dass du das jetzt im Moment haben willst oder gebrauchen kannst.«

Ihr Gesicht wurde rot, und ihre Augen verdunkelten sich vor Erregung und Furcht. Allerdings mehr Erregung als Furcht. Verdammt, sie machte ihn fertig. Eine Sekunde verstrich und noch eine, als ihre Augen langsam schmaler wurden und Zorn an die Stelle von Furcht trat.

»Aiden«, meinte sie spöttisch und lehnte sich an den Türrahmen. »Ist es eigentlich eine Last, so ein Scheißkerl zu sein, oder fällt es dir eher leicht?«

Er holte vorsichtig Luft, und es kostete ihn einige physische Anstrengung, sie nicht zu berühren. Sie nicht in seine Arme zu reißen und sich nicht mit ihr zu vereinigen, in dem Wissen, dass sie auf ihn wartete.

»Eigentlich«, knurrte er, »fällt es mir wirklich leicht.«

Charity seufzte bedauernd und schüttelte langsam den Kopf. »Das habe ich befürchtet. Ach, na ja …«

Bevor sie mehr sagen konnte, drängte er sie zurück ins Haus und an die Wand im Flur. Sie hob überrascht den Blick und kämpfte gegen die Erregung an, die in ihrem Körper tobte, als sie die Dominanz in seinen ungezähmten Zügen sah. Die indianische Ausprägung seiner Züge hatte sie schon immer fasziniert, jetzt mehr denn je.

»Charity.« Seine Stimme war ein hartes, grollendes Knurren. »Du kannst mich nicht unendlich provozieren. Du kannst mich nicht ewig abweisen. Nimm beides zusammen, und deine Zeit wird rapide kürzer. Hast du verstanden?«

Sie sah durch lange Wimpern zu ihm auf und verzog aufreizend spöttisch die Lippen. »Bitte mich, Baby, und wir werden sehen«, gab sie ihm seine eigenen Worte zurück.

Aiden ballte die Fäuste. Er wusste, wenn er sie berührte, dann würde er sie nie wieder loslassen. Egal, ob sie schrie oder ob er ihr wehtat. Ein instinktiver, ein animalischer Drang heulte verlangend in ihm auf und ließ seinen Körper erbeben, als er dagegen ankämpfte. Nur noch ein wenig länger. Nur bis sie wieder gesund war. Nur bis er wusste, dass er sie nicht verletzen würde.

»Du spielst gerade ein sehr gefährliches Spiel«, keuchte er rau und riss sich von ihr los. »Sei vorsichtig, Charity, dass der Schuss nicht nach hinten losgeht.«

Damit marschierte er wieder zur Tür.

»Bist du zum Abendessen zurück, Liebling?«, fragte sie spöttisch, woraufhin er wie angewurzelt stehen blieb. Seine Brust schien ihm zu eng, und etwas in ihm schrie nach einer zärtlichen Stimme und sanften Worten. Er war ein Narr, und er wusste es.

Er warf ihr einen verführerischen Blick über die Schulter zu und lächelte langsam und zuversichtlich, als er seine Augen erst über ihre aufgerichteten Brustwarzen schweifen ließ und dann ihren anzüglichen Blick erwiderte. Er sah, wie ihr Lächeln erstarb, als ihr Blick auf seine tödlichen Reißzähne fiel.

»Ich schätze mal, Gefährtin«, knurrte er, »das hängt ganz davon ab, was du mir als Dessert bieten kannst.«

Er gab ihr keine Zeit für eine Antwort, sondern ging, so schnell er konnte. Er spürte, wie ihm der Schweiß ausbrach, während er um Beherrschung rang und gegen das wilde Verlangen ankämpfte, sie zu nehmen, sich mit ihr zu paaren und sie so weit zu bringen, dass sie unter ihm ihren Orgasmus hinausschrie, während er immer wieder in sie drang. Es war ein Kampf, in dem er in atemberaubender Geschwindigkeit auf eine Niederlage zusteuerte.

# 10

Am nächsten Nachmittag humpelte Charity durch das angrenzende Wohnzimmer in die Küche und suchte nach etwas Essbarem. Sie hatte gestern fast den ganzen Tag und bis tief in die Nacht geschlafen. Erst als Aiden nach seiner Rückkehr nach ihr gesehen hatte, war sie aufgewacht. Die Erregung, die in ihr pulsierte, war immer gegenwärtig und erfüllte sowohl ihre Träume als auch ihre wachen Stunden mit Qual.

Dass sie seine Gefährtin war, wusste sie selbst durch die Tests, die sie Monate nach der Episode im Labor durchgeführt hatte. Damals hatte ihr Körper begonnen, sich zu verändern: Diese unangenehme, ständig präsente Erregung, die Hitzewallungen und die Gereiztheit, die direkt unter ihrer Haut zu liegen schienen, waren Anzeichen dieser Veränderung gewesen. Später hatten Blut- und Speicheltests das Vorhandensein eines unbekannten Hormons ergeben, dessen Stärke variierte, je nachdem, in welchem Zustand der Erregung sie sich gerade befand. Sie hatte gehofft, es würde wieder vergehen; sie hatte gehofft, es würde mit der Zeit weniger.

Sie hatte nicht damit gerechnet, dass die Forscher ihr Geheimnis entdecken oder einen Weg finden würden, die Veränderungen, die ihr Körper herbeizuführen versuchte, zu beschleunigen. Eine verdammte Bluttransfusion hatte sie nicht vorhergesehen; das war etwas, das nicht einmal die Wissenschaftler vornehmen konnten. Das hormonelle Virus in seinem Blut war zu stark für ihren Körper, um dagegen anzukämpfen.

Doch ihr Herz und ihr Verstand waren nicht einer Meinung. Mutter Natur war präzise, sie machte keine Fehler. Nicht bei etwas so Grundlegendem wie einem Paarungsinstinkt. Die Natur kümmerte sich nicht um ein Herz oder etwas so Launisches wie Emotionen. Sie setzte Biologie und chemische Reaktionen ein. Doch eine chemische Reaktion war Charity nicht genug. Ihr Herz und ihre Seele verlangten nach mehr.

Vorsichtig ging Charity zum Herd mit dem Topf, der hinten auf der Warmhalteplatte stand. Sie hob den Deckel und inhalierte den Duft von Gemüse und Rindfleisch in einer reichhaltigen Brühe, der ihr den Mund wässrig machte.

Nur wenige Minuten später saß sie vor einem Teller warmer Suppe und einem Glas kalter Milch. Sie konnte sich nicht erinnern, seit Jahren etwas so Gutes gegessen zu haben. Die Milch war beißend kalt und linderte die schreckliche Trockenheit in ihrer Kehle, während das Essen wenigstens teilweise die Krämpfe in ihrem Bauch milderte.

Sie hatte gerade ihre kleine Mahlzeit beendet und das Geschirr ins Becken gestellt, um es zu spülen, als es leise klopfte und gleich darauf die Tür aufging.

»Charity?«, rief eine weibliche Stimme, und Charity sah überrascht zwei Frauen hereinkommen.

»Hope. Faith.« Sie war fasziniert. Die beiden waren älter, reifer, hatten weiblichere Formen, doch sie lächelten grüßend, als sie in die Küche kamen.

»Charity. Oh Gott, ich dachte, du wärst tot oder so.« Faith erreichte sie als Erste.

Charity lachte und weinte beinahe und ließ sich von ihr innig umarmen, ohne dem scharfen, brennenden Protest ihrer Haut Beachtung zu schenken. Faith war ein wenig größer, ihr früher langes, rotbraunes Haar war inzwischen kürzer geschnitten, aber ihre hübschen Züge und das Lachen in ihrer Stimme waren unverwechselbar. Sogar im Labor, nachdem sie ihr anfängliches Misstrauen überwunden hatte, war Faith voller Humor und Lebensfreude gewesen.

Charity musterte Hope still, als Faith sie wieder losließ. Nach Wolfes Flucht hatte Hope alle Wissenschaftler und das übrige Personal des Labors gehasst. Die wenigen Male, als Charity versucht hatte, Kontakt zu ihr aufzunehmen, war sie rüde zurückgewiesen worden.

»Danke«, sagte Hope leise. »Für Wolfes Leben und seine Flucht.«

Charity war überrascht. »Woher weißt du, dass ich das war?«

Hope grinste. Ihre Züge waren leicht asiatisch, dank ihrer chinesischen Mutter. Doch der schlanke, hohe Wuchs und die blauen Augen stammten von ihrem amerikanischen Vater.

»Ich habe Wert darauf gelegt, es herauszufinden, nachdem Wolfe mich gefunden hatte.« Sie kam näher und umarmte Charity kurz, aber herzlich. »Komm, leg deine wunden Füße hoch, dann können wir reden.«

Charity humpelte zurück ins offene Wohnzimmer und ließ sich dankbar auf die breite, gut gepolsterte Couch fallen, während Hope in ein anderes Zimmer verschwand, das Charity noch gar nicht aufgefallen war.

»Sehen wir uns mal deine Füße an.« Gleich darauf kam sie mit einem Erste-Hilfe-Kasten zurück. »Dr. Armani kommt später am Abend vorbei, aber ich bin mir sicher, dass sie langsam wieder unangenehm werden.«

Armani. Charity behielt ihre Gesichtszüge unter Kontrolle und ihr Wissen über die Ärztin für sich. Während ihrer Zeit beim Council war Armani ihre Kontaktperson gewesen, bis vor über einem Jahr. Armani hatte es doch ganz bestimmt besser gewusst, als ihr Aidens Blut zu übertragen.

»Eigentlich geht es meinen Füßen gar nicht so schlecht«,

meinte Charity schulterzuckend. Es war ihr unangenehm, dass die Frau zu ihren Füßen kniete. »Aber ich könnte ein paar Klamotten gebrauchen.«

»Ich habe ein paar Sachen, die du anziehen kannst. Ich laufe rüber zur Hütte und hole sie, während Hope sich um das hier kümmert.« Und schon drehte Faith sich um und lief zur Tür hinaus.

»Sie ist immer noch in Hitze«, seufzte Hope kopfschüttelnd. »Kann nicht eine Minute lang still sitzen.«

»So wie du.« Charity erfasste den leichten, aber deutlichen Duft nach Sturm, der auch Hope umgab. »Seit wann bist du wieder mit Wolfe zusammen?«

Hope sah mit ernsten dunkelblauen Augen zu ihr auf. »Fast ein Jahr. Und ja, ich bin auch immer noch in Hitze. Manchmal wird es ein wenig schwächer. Aber es ist immer noch ziemlich stark. Im Augenblick ist es leichter für mich.«

»Wurden deine Hormonlevel getestet, wenn es am stärksten war?«, fragte Charity und zuckte zusammen, als Hope ihre empfindsamen Fußballen untersuchte. »Meine eigenen Tests zeigten erhöhte Hormonlevel während des Eisprungs. Die Wissenschaftler fanden später eine kleine genetische Veränderung in der Zellstruktur der Eierstöcke. Dort fingen sie mit ihren Tests an. Mit jeder folgenden Hormonbehandlung, die ich bekam, hat sich die Zellstruktur weiter verändert und kam einer Übereinstimmung mit dem Wolf-Breed-Sperma immer näher. Wurdest du auf irgendwelche Veränderungen in dieser Richtung getestet?«

Der einzigartige DNA-Code männlicher Breeds schloss eine Fortpflanzung aus, ob mit Breed- oder Nicht-Breed-Frauen. Doch die Wissenschaftler waren dabei, einen Weg zu finden, um dieses Hindernis zu überwinden.

»Nein.« Hope schüttelte langsam den Kopf. »Wolfe hat jegliche Tests dieser Art untersagt, und ehrlich gesagt, sahen wir auch keine Notwendigkeit dafür.«

»Hope, das kann so nicht weitergehen.« Charity runzelte entschlossen die Stirn. »Hör zu, dein Körper verändert sich. Langsam. Er entwickelt sich weiter, um so weit mit Wolfes übereinzustimmen, dass eine Fortpflanzung möglich ist. Das muss sorgfältig beobachtet werden. Es beeinflusst jede Frau, die sich mit einem männlichen Breed paart. Die Antwort darauf liegt im Blut. Die Anomalie in den Blutzellen der Breeds ist für die richtige Frau wie ein Virus, wenn die Chemie kompatibel ist. Dann infiziert sie Eierstöcke und Eizelle und macht eine Empfängnis mit dem kompatiblen Sperma möglich.«

»Warum sollten die Wissenschaftler das beschleunigen wollen? Oder die Natur?« Schock stand Hope ins Gesicht geschrieben, als sie besorgt zu Charity aufsah. »Das ursprüngliche Ziel war doch, Fortpflanzung zu verhindern.«

Charity holte tief Luft, um ihre eigenen Ängste im Zaum zu halten. »Sie wollen die Kinder, Hope. Um mit ihnen zu experimentieren. Tiere, deren Organe eher zu menschlichen Anforderungen passen werden. Austauschbare Kreaturen für ihre Experimente. Sie haben nicht damit aufgehört. Und sie werden nie damit aufhören. Und niemand, nicht Breed, nicht Gefährtin, nicht Kind, wird jemals vor ihnen sicher sein. Ihre Superarmee ließ sich nicht verwirklichen, also haben sie eine andere Richtung eingeschlagen. Und die könnte noch gefährlicher werden als ihre ursprünglichen Pläne. Und was die Natur angeht …« Sie holte schaudernd Luft. »Ich weiß nicht, wieso, aber ich weiß, dass die Entwicklung in mir anfing, nachdem ich Aidens Samen geschluckt hatte. Die Reaktion ist ähnlich wie bei einem Virus auf zellulärer Ebene und so kompliziert, dass sogar die Forscher des Councils es nicht völlig entschlüsseln konnten. Aber es setzt eine langsame Evolution in Gang, die, wie ich glaube, auf eine Empfängnis hinauslaufen wird. Als hätte die Natur selbst entschieden, dass die Spezies überleben soll.«

Charity sah, wie Hope blass wurde. »Hast du Aiden davon erzählt?«, flüsterte sie drängend. »Weiß er es?«

Charity schüttelte den Kopf. »Keegan weiß es. Ich ging davon aus, dass er die Zeit finden würde, mit Wolfe zu reden.«

Hope schüttelte nachdrücklich den Kopf. »Keegan hat nichts gesagt, Charity. Gar nichts. Die geflügelten Breeds sind innerhalb weniger Stunden nach ihrer Befreiung verschwunden. Niemand hat sie seitdem gesehen.«

*Niemand?* Keegan hatte die Antworten, den Schlüssel zu all dem. Direkt vor dem Angriff auf den Berg hatte er ihr erzählt, dass er es herausgefunden hatte. Dass er wusste, was die Wissenschaftler da taten und wie die Natur sich am Ende wehren würde. Er hatte sie in jenen letzten Tagen davor bewahrt, den Verstand zu verlieren, indem er sich mit ihr verbunden und ihr erklärt hatte, was ihr Körper machte und wieso. Er würde doch nicht einfach verschwinden.

»Nein.« Charity blinzelte überrascht. »Das würde Keegan nicht tun. Er kennt die Experimente. Er weiß, was sie taten, Schritt für Schritt, sogar das, was ich nicht wusste. Hope, Keegan hat unglaubliche übersinnliche Kräfte und ein fotografisches Gedächtnis. Er war während dieser Experimente mit mir in Verbindung. Er weiß alles, bis ins letzte Detail. Er würde nicht einfach so verschwinden.«

Hope stand keuchend auf. Der Erste-Hilfe-Kasten und Charitys wunde Füße waren vergessen. »Ich muss Wolfe finden. Das ist ja schlimmer, als wir alle dachten.«

Damit eilte sie aus dem Haus, und die Tür schlug hinter ihr zu. Charity verbarg ihr Gesicht in den Händen und fuhr sich dann müde und frustriert durchs Haar.

»Wo bist du, Keegan?«, stieß sie wütend hervor, rieb sich über die Schläfen und versuchte verzweifelt, die Verbindung herzustellen, die er so oft zu ihr eingegangen war. Sie konnte nicht glauben, dass er einfach gehen, einfach so verschwinden würde. »Verdammt, wieso in aller Welt bist du abgehauen?«

Doch die mentale Verbindung, die sie früher mit ihm geteilt hatte, war verschwunden. Sie fühlte nur Stille, nur trostloses Verlassensein von dem Mann, den sie für einen Freund gehalten hatte.

Es ergab keinen Sinn. Keegan war nicht der Typ, der eine Verantwortung, die er übernommen hatte, einfach so fallen ließ. Er wusste, dass er gebraucht wurde. Er wusste, dass Charity die Informationen brauchen würde, die er gesammelt hatte, als er die Experimente telepathisch mit ihr geteilt hatte. Das war der Grund, warum sie ihm überhaupt gestattet hatte, die Verbindung aufzubauen.

Stirnrunzelnd konzentrierte sie sich darauf, Keegan zu erreichen, doch dann seufzte sie resigniert. Er war immer zu ihr gekommen. Sie hatte nie nach ihm rufen oder versuchen müssen, ihn zu finden. Keegan war einfach da gewesen. Eine Präsenz, die sie hatte fühlen können, wann immer sie sich unter Kontrolle halten musste oder wenn der Schmerz zu stark geworden war, um sich von selbst zu konzentrieren.

Und jetzt war er plötzlich weg. Charity kniff die Augen zusammen. Was hatte er vor? Sie wusste, dass er berechnend und geheimniskrämerisch war. Er wäre nicht auf diese Weise verschwunden, wenn es dafür keinen Grund gäbe. Wenn seine Anwesenheit nicht alles gefährlicher machen würde. Nachdenklich kaute sie auf ihrer Unterlippe herum. Er hatte etwas vor. Sie konnte es fühlen. Sie kannte ihn gut genug, um zu wissen, wie er plante und Ränke spann. Jetzt musste sie nur noch herausfinden, was seine Absichten waren und warum.

# 11

Aiden stand still hinter dem Stuhl, auf dem Wolfe saß, während Jacob an seiner Seite stand. Er hatte seine Pistole um den Oberschenkel geschnallt, und an der Wand hinter ihm stand ein Regal mit einsatzbereiten automatischen Waffen. Da Wolfe der Anführer der streitlustigen Wolf-Breeds-Rudel war, taten sie alles, um ihn zu schützen. Im Augenblick waren nicht nur Wolfe und dessen Gefährtin anwesend, sondern auch Jacob und seine Gefährtin. Im Gegensatz zu Charity waren diese beiden Frauen bekannt als weibliche Gefährtinnen. Dass sie zugleich an Rudelführer gebunden waren, machte sie noch wichtiger.

Die Neuigkeiten, die Hope Wolfe vorhin mitgeteilt hatte, sorgten in dem kleinen Lager schon allmählich für Unruhe. Im Zimmer versammelt waren die Anführer der vier Rudel, die Wolfe und der neu gebildeten Breed-Allianz Loyalität geschworen hatten. Sie alle hörten mit angehaltenem Atem zu, als Hope Charitys Informationen erläuterte. Informationen, die sie nicht ihm, Aiden, gegeben hatte, sondern jemand anderem. Und es wäre ihm lieber gewesen, wenn sie sie noch ein klein wenig länger für sich behalten hätte.

»Um das zu bestätigen, muss ich eigene Tests durchführen.« Dr. Armani betrachtete Wolfe nachdenklich. »Ich werde diese Informationen auf keinen Fall ungeprüft als Wahrheit akzeptieren.« Sie warf Hope einen entschuldigenden Blick zu. »Charitys Bluttests allein sagen mir, dass es möglich ist, aber ich weigere mich, das blind als die Wahrheit zu akzeptieren.«

»Charity hat schon jede Menge von den Drogen im Blut; sie wäre perfekt …«, fing Hope an.

»Nein!« Geschockt und zornig hob Aiden den Kopf, als Hope den Gedanken aussprach. Er durchbohrte sie mit einem finsteren Blick, und sein Kiefer spannte sich an, als er mühsam seinen instinktiven Zorn unterdrückte.

Noch mehr Experimente? Es hatte ihn schon fast zerstört, den Schmerz mit ansehen zu müssen, der ihren Körper plagte, selbst als sie bewusstlos gewesen war. Er würde eine solche Aktion nicht in Erwägung ziehen.

»Aiden, lass sie ausreden«, sagte Wolfe leise.

Aiden knurrte, und zum ersten Mal, seit er denken konnte, war er derart anderer Ansicht als sein Anführer, dass er Angst vor seiner eigenen Reaktion hatte.

»Ich weigere mich, das zuzulassen«, gab er zurück und kam um die Couch herum. Dass die anderen im Raum ihn verstohlen beobachteten, war ihm bewusst. »Sie gehört nicht zu diesem Rudel, Wolfe, und steht deshalb auch nicht unter deinem Befehl. Sie gehört mir …«

»Und du stehst unter meinem Befehl.« Wolfe sah ihn nachdenklich an.

Aiden musterte Wolfe eindringlich aus schmalen Augen. Er konnte sich nicht erinnern, dass Wolfe jemals einen Befehl gegeben hätte, mit dem er nicht einverstanden gewesen war. Und er konnte sich nicht erinnern, dass Wolfe je etwas von einem anderen verlangt hätte, was er nicht selbst tun würde. Aber das hier würde Aiden auf keinen Fall auch nur in Betracht ziehen.

»Sie ist meine Gefährtin«, knurrte er, und sein Körper versteifte sich, als er an ihren noch nicht geltend gemachten Status dachte. »In dieser Sache steht es dir nicht zu, mir Befehle zu erteilen, Wolfe.«

Wolfe seufzte. »Leider hast du da recht, Aiden. Aber es steht auch dir nicht zu, für sie zu entscheiden. Charity wird die Wahl selbst treffen.«

»Nein …«

»Aiden. Unser Überleben hängt davon ab, ob wir uns fortpflanzen können. Hope und Faith befinden sich inzwischen in einem permanenten Zustand der Erregung; ihre Körper gehören nicht mehr ihnen, und ihre Sexualität ist außerhalb ihrer Kontrolle. Wenn es einen Weg gibt, das aufzuhalten, dann ist das etwas, das wir nicht einfach ignorieren dürfen«, knurrte Wolfe frustriert.

Aiden verstand den Zorn und die Besorgnis seines Anführers nur zu gut. Er warf seiner Schwester einen entschuldigenden Blick zu und sah Mitgefühl und Verständnis in ihren Augen. Aber ebenso deutlich sah er die Anzeichen, dass ihre Erregung wieder stärker wurde. Beide Frauen waren nicht in der Lage, sich länger getrennt von ihren Gefährten aufzuhalten. Eine Situation, die nur zu Wut und noch mehr Frust führte.

»Das Blutbild, das ich gemacht habe, untermauert Charitys Behauptungen bis zu diesem Punkt«, sagte Dr. Armani leise in die Stille des Zimmers. »Die Tests, die ich bräuchte, würden behutsam durchgeführt, Aiden, mit aller Vorsicht gegenüber Körper und Geist deiner Gefährtin. Ich will sie nicht verletzen. Aber wir müssen die Folgen der Drogen, die man ihr verabreicht hat, herausfinden. Es könnte mir vielleicht helfen, zu bestimmen, wie ich den Prozess behutsamer nachbilden kann.«

»Mir kommt es so vor, als wäre es klüger, diese verdammten geflügelten Bastarde aufzuspüren«, knurrte Aiden. »Sie haben die Antworten.«

»Das spielt keine Rolle. Charitys Blut ist der Schlüssel. Ohne sie zu untersuchen, können wir nichts tun, um die Ergebnisse irgendwelcher Informationen zu sehen, die Keegan haben könnte«, gab die Ärztin ungehalten zurück. »Hör mit dem verdammten besitzergreifenden Getue auf, Aiden. Ich habe nicht vor, ihr wehzutun.«

Er drehte abrupt den Kopf zur Seite und unterdrückte mühsam ein wütendes Knurren. Die Ärztin musterte ihn, als sei er ein störrisches Kind. Ein Blick, der ihm ganz und gar nicht gefiel.

»Du hast recht. Du wirst ihr nicht wehtun, weil es keine Tests geben wird«, stieß er wütend hervor.

»Bist du nicht derselbe Kerl, der behauptet hat, dass diese Frau gar nicht seine Gefährtin sei? Dass sie ihm nichts bedeute?«, fragte die Ärztin, verschränkte provozierend die Arme vor der Brust und musterte ihn spöttisch. »Was kümmert es dich denn, was mit ihrem Körper passiert? Sie ist keine Breed, Aiden, und sie bedeutet dir nichts.«

»Keine Wortspielchen mit mir, Armani«, fauchte er, wütend, weil sie ihm jetzt seine eigenen zornigen Worte vorhielt. »Sie muss sich immer noch von der Hölle, durch die man sie gejagt hat, erholen. Das hat nichts mit Paarung zu tun, sondern nur mit Heilung. Ich lasse das nicht zu.«

»Eine Heilung wird es nicht geben, Aiden, bis es, möglicherweise, zu einer Empfängnis kommt«, fauchte die Ärztin zurück, und auch in ihren schwarzen Augen blitzte Zorn. »Maß dir nicht an, zu glauben, dass die Effekte dieser Experimente, welche auch immer es waren, einfach so vergehen werden, nur weil sie in Sicherheit ist. Du weißt es besser.«

Aiden spürte, wie sich seine Eingeweide verkrampften, mit einem Gefühl, das sehr an Furcht erinnerte. Empfängnis? Er ballte die Fäuste und unterdrückte mit Mühe die saftigen Flüche, die ihm durch den Kopf gingen. Verdammt, Charity hatte nicht einmal genug Kraft, um sich aufrecht zu halten, geschweige denn, die unbekannten Prüfungen einer Breed-Geburt zu überstehen. Nur Gott wusste, was dabei herauskäme.

»Aiden.« Wolfe stand auf. Seine Augen im stoischen Gesicht blickten mitfühlend. »Das ist für Hope und Faith in keiner Weise einfacher, so wie für alle, die noch darunter leiden werden, wenn sie sich paaren. Wenn Charity die Antworten hat, dann müssen wir sie herausfinden.«

»Ich persönlich denke ja, dass ihr mit der falschen Person darüber redet«, mischte sich Hope da ein und sah Aiden an. »Charity hat ihre eigenen Experimente gemacht, und sie weiß, dass es nicht einfach so vergehen wird. Ich schlage vor, wir fragen sie.«

»Nein, sie ist zu geschwächt«, widersprach Aiden kopfschüttelnd. »Nicht jetzt. Nicht, bevor sie wieder bei Kräften ist.«

»Aiden, ich habe deine Frau vor höchstens einer Stunde gesehen«, wandte Hope ein. »Sie ist derart in Erregung, dass sie am ganzen Körper zittert. Ich habe weder Faith jemals so gesehen, noch kann ich mich erinnern, dass ich selbst je so übermäßig unter dem Paarungsrausch gelitten hätte. Es ist ihr Schmerz, und daher ist es auch ihre Entscheidung.«

»Und es wäre ein Kind, Hope, sollte sie schwanger werden«, knurrte er. »Hast du schon vergessen, wie dicke sie mit deiner Mutter war? Wie problemlos sie mich verraten hat?«

»Du meinst, wie problemlos sie deine wertlose Haut gerettet hat.« Jetzt stieg auch noch Faith in den Ring. »Ich weiß noch, wie edelmütig du mal dein Leben wegwerfen wolltest, Bruder, und wie sie es gerettet hat. Ich sehe das nicht als Verrat.«

»Aiden.« Wolfe nahm vorweg, was auch immer Aiden seiner Schwester in der Hitze des Zorns an den Kopf geworfen hätte. »Vergiss nicht, Charity ist nicht die Einzige, die die Auswirkungen dieser Erregung zu spüren bekommt. Geh zu deiner Gefährtin, diskutiere darüber, wenn du willst, oder kümmere dich zuerst um die Bedürfnisse, die euch beide quälen – was auch immer dir wichtiger erscheint. Aber falls Keegan in den nächsten paar Tagen nicht gefunden wird, dann wird diese Diskussion geklärt. Und zwar zu unser aller Zufriedenheit.«

Aiden holte tief Luft, um sich zu beherrschen. Wolfe sah ihn an, ohne eine Spur Milde im Gesicht. Er würde seinen Standpunkt nicht ändern, sollte sich keine andere Antwort finden lassen.

»Würdest du deine Frau auch so bereitwillig dafür hergeben, Wolfe?«, knurrte Aiden böse.

Wolfe seufzte müde und warf besagter Frau einen Blick zu. »Um ihre Qual zu lindern, Aiden, würde ich alles tun, was nötig ist«, seufzte er schließlich leise. »Wenn es mein eigenes Leben kosten würde, dann würde ich es geben, um Hope den Weg zu erleichtern.« Langsam drehte er sich wieder zu Aiden um. »Aber das liegt an meiner Liebe zu ihr. An meinem Verständnis für ihre Schmerzen. Woher, Aiden, kommt dein Widerstand?«

Langsam und stolz hob Aiden den Kopf. »Eigentumsrecht, Wolfe. Sie gehört mir. Nicht dir, nicht dem Rudel. Mir. Denk daran, bevor du zu meiner Hütte kommst und sie im Namen deiner Liebe zu deiner Gefährtin verlangst.«

Damit drehte er sich um und verließ die Hütte. Seine Stiefel donnerten über den Boden, und die Tür schlug mit einem befriedigenden Knall hinter ihm zu. Die kühle Nachtluft hüllte ihn ein, umarmte ihn mit einem Gefühl von Freiheit und Staunen. Und doch fühlte seine Seele sich so hilflos gefesselt wie schon seit sechs langen, qualvollen Jahren.

»Was denkst du?« Wolfe wandte sich an Jacob, der die Konfrontation mit Aiden schweigend und aufmerksam verfolgt hatte.

Wolfe fühlte sich hin- und hergerissen zwischen seinem Freund und den Bedürfnissen von Hope, Faith und auch Charity. Der Duft ihres Verlangens war beinahe überwältigend gewesen, als er das letzte Mal in Aidens Hütte gewesen war. Trotz Bewusstlosigkeit hatte ihr Körper nach Erleichterung gesucht, in welcher Form auch immer diese zu finden war.

Jacob runzelte nachdenklich die Stirn und grinste dann schief. »Er ist geliefert.« Er zuckte mit den Schultern. »Gib ihm genug Zeit, um sein Verlangen ein erstes Mal mit ihr zu stillen, dann denkt er auch wieder klarer.«

»Wenn sie stark genug ist, um damit umzugehen.« Wolfe schüttelte müde den Kopf und wandte sich dann an die Ärztin, um ihre Meinung zu hören. Die ungewöhnlichen Aspekte einer Breed-Paarung konnten eine ahnungslose Frau eher in Angst und Schrecken versetzen als erregen.

Dr. Armani hob spöttisch fragend eine Augenbraue. »Da fragst du mich? Tut mir leid, Wolfe, ich muss ja überhaupt erst den regulären Paarungsprozess begreifen, den ihr durchmacht. Und die analen Aspekte sind noch verwirrender.«

»Es lindert die Erregung eine Weile«, erinnerte Hope sie. »Also muss es von Bedeutung sein.«

»Natürlich. Da bin ich mir sicher.« Sie schob die Hände in die Taschen ihrer leichten Jacke. »Das heißt aber nicht, dass ich schon weiß, was es ist. Und wenn Aiden seinen Kopf durchsetzt, werde ich es wohl auch nie erfahren.«

Wolfe knurrte. »Findet diesen verdammten Flügelbreed.« Er drehte sich wieder zu Jacob um. »Schick einen deiner besten Trupps los. Sie müssen irgendwo in diesem verdammten Dschungel sein. Ruf Sams Truppe an, wenn es sein muss. Ich will, dass sie gefunden werden.«

»Zwei Rudel sind bereits dran, Wolfe.« Jacob verzog kopfschüttelnd das Gesicht. »Wenn sie können, werden sie sie finden. Ich rufe Sam an, aber der Gedanke gefällt mir nicht. So oder so habe ich das Gefühl, dass Keegan oder seine Leute sich erst zeigen werden, wenn sie keine andere Wahl haben. Leider habe ich keine Ahnung, was sie so weit bringen wird.«

Wolfe holte tief Luft und unterdrückte seinen eigenen Zorn und Frust. Seine eigene Erregung. Aidens Frau war nicht die einzige im Paarungsrausch, und Aidens Geduld war auch nicht die einzige, die bis an ihre Grenzen getrieben wurde. Wenn sie nicht bald eine Antwort darauf fanden, dann würde es keine Hoffnung für irgendeinen von ihnen geben, geschweige denn für ihre Zukunft.

# 12

Sie atmete durch die Kontraktionen hindurch, die ihren Unterleib zerrissen. Aiden beobachtete sie von der Tür aus, und die Impulse in seinem Kopf waren derart widersprüchlich, dass er nicht wusste, ob er sie verlassen oder zu ihr gehen sollte. Sein Körper forderte ihn auf, zu ihr zu gehen. Jeder Knochen, jeder Muskel in ihm, von seinem verräterischen Schwanz ganz zu schweigen, verlangte, dass er sie nahm, und zwar auf der Stelle.

Die Selbstbeherrschung, die sie ihm einst geraubt und die er so mühsam wiedergewonnen hatte, forderte, dass er das Weite suchte. So schnell und so weit weg von der Frau, wie er nur konnte. Die emotionale Bedrohung, die sie für ihn darstellte, zerrte an ihm. Die Paarung, die kommen musste, machte ihm Angst. Schon jetzt konnte er die Aggression und die Dominanz in sich toben fühlen.

Wolfe und Jacob hatten ihn vorgewarnt, was kommen würde, aber hatte irgendwer sie gewarnt? Niemand, das wusste er. Hope und Faith waren nicht lange genug bei ihr gewesen, und ihm war klar, dass ihr die Paarung nur noch mehr Angst machen würde, wenn er ihr sämtliche Details erläuterte. Analsex würde jede Jungfrau unter solchen Umständen verängstigen. Und auf diese Art von einem männlichen Breed genommen zu werden, wäre erst einmal erschreckend.

Er fuhr sich mit den Fingern durchs Haar und kämpfte mit sich selbst und seinen Trieben. Wie sollte er sein Herz gegen sie stählen? Sie hatte gewusst, dass Rettung unterwegs war, und sie hatte gekämpft, um ihn zu retten, als er bereitwillig gestorben wäre, um der Hölle, die er auf sich zukommen sah, zu entfliehen.

Sein Kontrollverlust ... war er denn wirklich ihre Schuld gewesen?

Sie stöhnte schwach, rollte sich noch weiter in ihrer Fötalposition zusammen und presste ein Kissen auf ihren Bauch. Cian hatte ihnen erklärt, dass ihr Schmerz über die Monate immer schlimmer geworden war. Jede Injektion hatte sie näher an den Wahnsinn getrieben, während sie sich gegen die Veränderungen wehrte, die in ihrem Körper stattfanden. Veränderungen, die sie langsam auf ihn vorbereiteten.

Seine Hände glitten wie von selbst an sein Hemd und öffneten langsam die Knöpfe, während er nur mit Mühe seine Atmung unter Kontrolle halten konnte. Ihr Duft war reich und erfrischend, erfüllt von der Kraft eines Bergsturms und dem berauschenden Aroma von Geißblatt. Sein Glied fühlte sich wie ein Stab aus glühendem Eisen an, pochte eingesperrt in seiner Jeans und verlangte nach den engen Tiefen ihrer feuchten Vagina. Sie wäre feucht und heiß für ihn, und ihr Schoß würde ihn umklammern wie eine feuchte Samtfaust, die über seine empfindsame Haut strich, wenn er sich in ihr bewegte. Er schluckte schwer, als er daran dachte.

In wenigen Augenblicken war er ausgezogen. Er ließ seine Sachen dort liegen, wo sie hinfielen, und tappte langsam zum Bett. Sie war seine Gefährtin. Gott mochte ihnen beiden helfen, doch er konnte sie nicht länger in ihrem Schmerz da liegen lassen, noch konnte er seinen eigenen länger ertragen.

»Charity«, flüsterte er, glitt hinter ihr aufs Bett und strich ihr das Haar aus dem schweißfeuchten Gesicht.

»Geh weg, Aiden.« Ihre Stimme klang erstickt und benommen. »Ich kann nicht denken, wenn du hier bist.«

Er runzelte die Stirn. »Du denkst nicht, Charity, du hast viel zu große Schmerzen, um zu denken.«

»Die Krämpfe sind schlimmer geworden«, stieß sie hervor. »Die Hitze ist schlimmer, obwohl sie doch schwächer werden sollte. Das hat sich verändert. Es muss an der Transfusion liegen. Ich brauche ein verdammtes Labor.« Inzwischen weinte sie beinahe. »Wie soll ich das ohne Tests herausfinden? Ohne Ausrüstung? Gottverdammt, geh weg von mir.« Inzwischen schnappte sie keuchend nach Luft.

Aiden schüttelte verwirrt den Kopf. Sie schien sich mehr dafür zu interessieren, Tests zu ihren verdammten Reaktionen durchzuführen, als dafür, ihren Schmerz zu lindern. Er legte sich neben sie, schlang den Arm um ihre Taille und zog sie mit dem Rücken an sich.

Sie keuchte auf und versteifte sich, bevor ihr ein Stöhnen über die Lippen drang.

»Gott, du bist so warm«, flüsterte sie und vergrub den Kopf in ihr Kissen. »Wie soll ich mich denn dagegen wehren, wenn du so verdammt warm bist, Aiden?«

Er schloss die Augen und konnte das Verlangen, ihre zarte Ohrmuschel zu küssen, nicht unterdrücken. Sie hielt den Atem an, und ein Zittern durchlief ihren Körper.

»Ich habe Angst, Aiden«, flüsterte sie. Ihre Stimme klang verloren und einsam. »Ich weiß nicht, wie ich dagegen ankämpfen kann, wenn du so nahe bist. Und ich glaube nicht, dass ich deinen Hass ertragen kann, wenn es vorbei ist.«

Er atmete hörbar aus. »Wenn ich dich doch nur hassen könnte, Charity.« Seine Hand glitt unter das Kissen, das sie an ihren Bauch drückte.

Die Krämpfe waren stärker als je zuvor. Er schob die Hand unter ihr Shirt und massierte sie sanft mit den Fingern, während ihr Atem langsam tiefer und rauer wurde.

»Gutes Gefühl?«, fragte er und registrierte ihre Reaktion auf seinen Atem, der über ihr Ohr strich.

»Zu gut«, stöhnte sie. »Ich kann nicht denken, Aiden.«

»Hör auf zu denken, Charity.« Er schloss die Augen und inhalierte ihren Duft, dessen Süße ihn beinahe berauschte.

Sein Körper tobte. Er biss die Zähne zusammen und fuhr mit den Lippen über ihren Hals. Ihr Blut pulsierte heftig und schnell unter der zarten Haut, und ihr Körper spannte sich noch mehr an.

Sie schluckte schwer. »Was du zuvor gesagt hast …« Er konnte die Furcht in ihrer Stimme hören.

»Weder Hope noch Faith haben je Schmerzen durch die Dominanz ihrer Gefährten erlebt noch durch die Paarung selbst, Charity. Dein Körper ist bereit für mich, und was jetzt noch nicht bereit ist, wird es zu gegebener Zeit sein.«

Sein Schwanz drückte sich gegen die Ritze zwischen ihren Pobacken. Und darunter erwartete ihn die kleine, enge Öffnung ihres Anus. Er hatte Wolfe und Jacob nicht geglaubt, als sie ihn vorgewarnt hatten in Bezug auf das überwältigende Verlangen, diesen dunklen, verbotenen Teil des Körpers in Besitz zu nehmen. Aber jetzt glaubte er es. Sein ersticktes Knurren schockierte sie beide, als er mühsam versuchte, sein Verlangen zu verleugnen. Sie hatte Angst, das wusste er. Sie so zu nehmen und sein Glied in die engen Tiefen ihres Anus zu treiben, konnte sie nur in Angst und Schrecken versetzen. Doch das Verlangen danach war wie ein Fieber, das heftig durch seine Adern raste.

Vorbereitung. Er musste sie dafür bereit machen. Wenn ihre Erregung stark genug war und ihr Verlangen noch stärker war als ihre Ängste, dann war sie bereit für ihn.

»Komm zu mir, Charity.« Er zog das Kissen aus ihrer Umklammerung und rollte sie auf den Rücken.

Sie sah zu ihm auf, dunkle braune Augen, benommen vor Erregung, als er sie ansah.

»Sieh, wie dein Körper sich für mich entspannt«, sagte er sanft, drückte die Hände auf ihren Bauch und lockerte die verhärteten Muskeln in ihrem Unterleib. »Dein Körper weiß, dass ich den Schmerz und die Erregung lindern kann. Nur mein Körper kann das für dich tun, Charity. Nur meine Berührung.«

Er schob ihr T-Shirt weiter nach oben und erinnerte sich voll Erregung daran, wie er ihr das andere vom Leib gerissen hatte. Rasch zog er sie aus, warf das Shirt aus dem Bett und betrachtete die Schönheit, die vor ihm lag.

Ihre Brüste hoben und senkten sich in schweren Atemzügen. Schweiß glitzerte auf ihrer seidigen Haut, betonte ihre wonnigen Rundungen und die dunklen, aufgerichteten Brustwarzen. Er wendete seinen Blick von den reifen Hügeln ab und sah in ihre Augen, während er um Beherrschung rang.

»Ich werde schwanger werden«, erinnerte sie ihn erneut, und Tränen glitzerten in ihren Augen. »Ich will kein Kind, Aiden. Ich will nicht noch jemanden in eine so hoffnungslose Situation bringen.«

Er verzog den Mund, als sie das Leben der Breeds derart exakt beschrieb. Oft war es eine hoffnungslose Schlacht, die sie schlugen.

»Mutter Natur wird tun, was sie tun muss.« Langsam zog er sie in seine Arme. »Unsere Aufgabe ist es, Charity, ihr zu helfen, so gut wir können. Egal, was es kostet. Wir überleben, weil wir müssen.«

Ohne ihr eine Chance auf Antwort oder Widerspruch zu geben, senkte er den Kopf. Die Versuchung ihrer Lippen, prall von der Sinnlichkeit ihrer Erregung, war zu groß, um zu widerstehen. Wie die süßeste aller Früchte, die danach verlangte, dass er ihre erotische Perfektion kostete.

Sie wimmerte auf, als seine Lippen ihre berührten, öffnete sich für ihn, und ihre Hände glitten zaghaft über seine Schultern, während seine Hände weiter ihren verkrampften Bauch streichelten.

Sie war so berauschend, wie er es immer gewusst hatte. Aiden ließ seine Zunge über ihre zitternden Lippen gleiten und ignorierte ihr leises Flehen, als sie sich für das seidige Gefühl der prallen Rundungen unter seiner Zunge öffneten. Langsam schmiegte sie sich an ihn, und ihre Brustwarzen strichen über seine Haut wie kleine Brandzeichen des Verlangens.

Seine Beherrschung war bestenfalls dürftig, aber er war stolz darauf, dass er sie nicht ganz verlor. Bis sie sich ihm entgegenbog und ein hungriges Stöhnen über ihre Lippen drang, als ihre Zunge seine Liebkosungen erwiderte.

# 13

Die aufregenden Bewegungen seiner Zunge machten sie verrückt. Charity hatte so lange nach Aidens Kuss, nach seiner Berührung gehungert. Und während die Pein in ihrem Bauch langsam schwächer wurde, trat ein anderer quälender Schmerz an ihre Stelle. Das Feuer in ihrem Schoß brannte sich langsam durch ihren Körper und umnebelte ihren Verstand mit einer Erregung, die viel zu stark war, um sich noch länger dagegen zu wehren.

Als sie über seine Zunge fuhr, drang ein tiefes, raues Grollen aus seiner Brust, bevor er sie hart und heiß in ihren Mund schob. Er legte seinen Arm unter ihre Schultern, mit dem anderen umfasste er ihre Taille und drückte sie enger an seine Brust, während sie die Wildheit seines Kusses schmeckte. Würzig und süchtig machend, und die Bewegungen seiner Zunge entflammten sie noch mehr.

Ihre Zungen spielten miteinander, und sie fühlte die kleinen geschwollenen Drüsen an der Seite, schenkte ihnen aber nur wenig Beachtung. Nur eine weitere Besonderheit dieses ungewöhnlichen Breeds. Er schob sich weiter über sie, erforschte ihren Mund, ihre Lippen, ihre Zunge, strich über ihre Zähne, bis sie ihre Lippen um den Eindringling schloss und begierig daran saugte.

Das Aroma, das daraufhin ihren Mund erfüllte, ließ sie schwindeln. Sie hätte nicht geglaubt, dass Lust ein ganz eigenes, einzigartiges Aroma haben konnte, doch bei Aiden war es so. Es schmeckte nach Sommergewitter, stillte ihren Durst nach seiner Leidenschaft und trieb gleichzeitig ihren Hunger nach seiner Berührung nur noch weiter in die Höhe. Es erfüllte sie, berauschte sie und machte sie begierig auf mehr.

Sie wand sich in seinen Armen und drückte sich enger an ihn. Sie brauchte, sehnte sich nach mehr. Was das »Mehr« war, das wusste sie nicht. Aber ihr ganzer Körper fühlte sich an, als stünde er in Flammen, und ihre Erregung erreichte Höhen, von denen sie nie zu träumen gewagt hätte.

Jedes Mal, wenn sie an seiner Zunge sog, wurde sie vom Aroma seiner Lust erfüllt. Nur Sekunden, und ihr Körper brannte noch heller, als sei die reine Essenz seines Kusses schon ein Aphrodisiakum an sich. Es war schlimmer als alle Drogen, die man ihr aufgezwungen hatte. Blendender, intensiver als alles, was sie in ihrem Leben je erlebt hatte.

Er knurrte an ihrem Mund, zog sich zurück und knabberte an ihren Lippen, als sie ihn unbedingt wieder an sich ziehen wollte. Mit Leichtigkeit widerstand er ihrem Bemühen und fuhr mit den Lippen über ihren Hals, kratzte mit den Reißzähnen über ihre Haut, sodass sie vor Wonne zitterte.

»Aiden, quäl mich nicht so.« Ihr Schoß stand in Flammen. Sie spürte das Feuer in ihrer Vagina brennen, das sich in ihrem Unterleib ausbreitete, mit glühend heißen Flammen qualvoller Erregung.

»Bald.« Seine Stimme war ein raues, ungezähmtes Knurren. »Aber vorher – vorher tue ich das, wovon ich schon seit Jahren träume.«

Er drückte ihre Handgelenke aufs Bett und hielt über ihren wogenden Brüsten inne. Charity sah ihn an, um Atem ringend, und konnte kaum die Augen offen halten, als sie die Sinnlichkeit in seinen Zügen bestaunte.

»Aiden …« Sie zitterte unter seinem düsteren, sengenden Blick, der sich auf ihre prallen Rundungen richtete.

»Wie hübsch sie sind«, hauchte er heiser. »Wie viele Jahre habe ich davon geträumt, deine süßen Brüste zu kosten, Charity. Deine Nippel in meinem Mund zu spüren, an meiner Zunge. Hart und begierig nach meiner Berührung.«

Er fuhr sich mit der Zunge über die Lippen, und Charity stöhnte auf, als die Lust ihren Unterleib wie ein Faustschlag traf. Doch diesmal war es kein Schmerz, sondern qualvolle Sehnsucht, die ihren Leib verkrampfen ließ und ihr den Atem raubte. Dann strich er mit seiner Zunge über eine ihrer überempfindsamen Brustwarzen. Sie bog sich ihm leidenschaftlich entgegen, und ein Schrei der Lust drang aus ihrer Kehle.

Als er die harte Knospe mit seinem heißen Mund bedeckte, fuhr die Lust mit solcher Macht durch ihren Leib, dass sie fast wie im Orgasmus in Zuckungen verfiel.

»Aiden, bitte.« Sie drückte sich an ihn und schnappte nach Luft, als seine Lippen an ihrer Brust saugten und seine Zunge teuflisch zielstrebig über ihre Brustwarze strich, während er ihre Handgelenke festhielt, sodass sie ihn nicht berühren konnte.

Er stöhnte an ihrer empfindsamen Haut, strich mit den Reißzähnen darüber und knabberte an ihrer Brustwarze. Ein kurzes Aufblitzen wie Feuer, doch unendlich intensiver, jagte durch die erhitzte Knospe.

Jede Berührung ließ ihren Körper schwächer und ihre Erregung stärker werden. Als sei seine Berührung allein schon stärker als die Drogen, die man ihr injiziert hatte. Sie starrte ihn an und rang um Atem, als er langsam den Kopf senkte und mit den Lippen über ihre angespannten Bauchmuskeln fuhr.

Jede Berührung war wie eine züngelnde Flamme auf ihrer Haut, und jedes Streichen seiner Zunge ließ sie noch höher lodern, heißer und heller.

»Charity«, flüsterte er ihren Namen, als er die verkrampften Muskeln ihres Unterleibs erreichte. »Der Duft deines Verlangens macht mich verrückt.«

Machte ihn verrückt? Sie war kurz davor, vor lauter Lust dahinzuschmelzen, und er sagte, sie mache ihn verrückt?

Er ließ ihre Hände los und glitt tiefer, doch es bestand keine Gefahr mehr, dass sie sich widersetzte. Sie keuchte, schwach von den hohen Wogen der Lust und der sengenden Hitze in ihrem Schoß.

Seine Lippen strichen über ihre Haut, tauchten in die kleine Mulde ihres Bauchnabels ein und näherten sich langsam, aber sicher den vollen, bloßen Rundungen ihres Schoßes. Charity konnte nur zusehen und vor Vorfreude zittern, während die immer stärker werdende Sinnlichkeit zwischen ihnen das Zimmer aufzuheizen schien.

Als seine Zunge über ihre geschwollene Klitoris strich und sie sanft und sinnlich umkreiste, konnte sie den stöhnenden Aufschrei nach Erleichterung nicht zurückhalten, ebenso wenig wie das rhythmische Zucken ihrer Hüften, die drängend nach tieferen Berührungen verlangten.

»Aiden, das macht mich fertig …« Ein erstickter Schrei unterbrach ihre Worte, als seine Lippen sich um ihre empfindsame Klitoris schlossen und sie in seinen Mund sogen.

Hitze und Feuer, blinde Ekstase. Das alles überkam sie und hüllte sie in das verheerende Gefühl eines nahenden Orgasmus, der sie für immer zerstören würde, das war ihr klar.

Seine Zunge streichelte sie, fuhr über die empfindliche Knospe, während er mit den Händen ihre Schenkel gespreizt hielt und ihre unwillkürlichen Bewegungen an seinem Mund kontrollierte. Seidenweiche Feuchte drang aus ihrer Vagina, die sich in qualvoller Vorfreude zusammenzog, als er die prallen Schamlippen teilte, die ihre Öffnung schützten.

»Charity«, knurrte er an ihrer pochenden Knospe, während er die Finger durch ihre Säfte gleiten ließ. »Ich kann nicht mehr lange warten.«

»Dann warte nicht«, keuchte sie, und ihre Hüften wanden sich seinem Flüstern entgegen, während ihre Klitoris protestierte, als er sie freigab. »Um Himmels willen, Aiden, bitte. Bitte, lass mich kommen.«

Hart und tief schob er einen Finger in sie, und sein Mund widmete sich wieder begierig ihrem Kitzler. Erneut umschloss er ihn lustvoll mit den Lippen. Charity riss ihre Augen auf, und ihr wurde schwarz vor Augen, als das Gefühl in ihr explodierte.

Ein Feuerwerk der Ekstase jagte durch ihren Körper, während ihre Vagina sich um den eindringenden Finger schloss und pulsierte, bis das Gefühl der Verzückung in ihr explodierte. Ihre Muskeln spannten sich an, und Hitze brannte überall in ihr. Sie schrie seinen Namen und registrierte nur am Rande, dass er sich bewegte, als die Blitze der Lust sie schier zerrissen.

Inmitten der unglaublichen Eruptionen feuriger Lust schob Aiden sich über sie und brachte sich in Position. Nur einen Augenblick zögerte er, doch es war lange genug, sodass Charity die plötzliche Wärme spüren konnte, die aus seiner Eichel kam. Sie sah überrascht zu ihm auf, und seine Augen weiteten sich.

Er drang tiefer in sie ein. Die warme Eruption wiederholte sich, und völlig unerwartet spürte sie, wie die Muskeln ihrer Vagina sich lockerten, entspannten, während gleichzeitig ein tieferes Verlangen in ihr stärker wurde.

»Was …« Sie schüttelte den Kopf, als der Hunger zu einem Drängen wurde, zu einer unnachgiebigen Forderung, die sie aufkeuchen ließ.

»Charity, verzeih mir.« Er verzog das Gesicht, und dann, mit einem einzigen harten Stoß, füllte sein kräftiger Schaft ihre begierige Vagina.

Mit diesem ersten Stoß kam sie erneut. Sie konnte nicht atmen, rang keuchend um Luft, warf den Kopf auf der Matratze hin und her und schlug hilflos um sich, um sich dann an seinen Arm zu klammern, als er sich auf die Ellbogen stützte.

Seine Züge wirkten verzerrt, als sie sich mit Mühe auf sein Gesicht konzentrierte. Sie konnte nicht gegen die Empfindungen ankämpfen, gegen den immer stärker werdenden Hunger. Sein Schaft füllte sie, drang durch das geschwollene Gewebe, doch der Schmerz dabei tat nur wenig, um die gewaltige Erregung zu dämpfen, die sie über alle bisherigen Erfahrungen des Verlangens hinaustrieb.

»Aiden. Aiden, hilf mir.« Sie konnte das gequälte Flüstern nicht unterdrücken, während sie spürte, wie seine Zunge, seine Zähne über ihre Schulter strichen. »Bitte … Aiden, bitte. Tu etwas.«

Trotz des Echos der Erleichterung, das sie immer noch durchlief, brauchte sie mehr.

Aiden stöhnte an ihrer Schulter und hielt sie an sich gedrückt, als er anfing, sich in ihr zu bewegen. Sein heißer Schwanz entzog sich ihren Muskeln, die ihn umklammerten, nur um mit einem harten Stoß wieder in sie zu dringen, und die Lust in ihr war derart überwältigend, dass sie schwor, sie würde sie umbringen. Ganz entfernt spürte sie auch Schmerz, aber der trieb sie nur noch höher.

»Meins«, grollte er. »Hörst du mich, Charity? Meins.«

Mit beinahe blinder Leidenschaft stieß er in sie. Die harten Stöße ließen ihren Körper nach mehr verlangen, und die Empfindungen wurden immer intensiver, steigerten sich zu einem solchen Feuersturm, dass sie nur noch keuchen konnte. Und mit jedem Mal spürte sie, wie der harte, qualvolle Knoten aus Verlangen in ihrem Unterleib fester wurde.

Ihre Schenkel spannten sich an, und die Muskeln ihrer Vagina umklammerten unwillkürlich sein Geschlecht. Sie spürte die kräftigen Adern, das Pochen des Blutes, das harte Pulsieren seiner Erektion, und sie wusste, dass ihm die Beherrschung entglitt.

»Mehr«, keuchte er, packte ihre Schenkel und hob ihre Beine an.

Er lag über ihr, die Lippen an ihrer Schulter, seine Zähne erotisch in ihre Haut gedrückt, als er sie tief und hart nahm. Sie fühlte, wie sein Schwanz an die Pforte zu ihrer Gebärmutter stieß, sie streichelte, sie füllte und sie immer tiefer in den brutalen Wirbelsturm der Empfindungen trieb.

Als sie ihren Orgasmus spürte, wusste Charity, dass es ihr Ende war. Ihr stockte der Atem, und ihre Augen wurden blicklos, als ihr Unterleib sich immer weiter anspannte. Sie wollte schreien, als sie es spürte, doch sie hatte nicht mehr genug Luft dafür. Es war wie eine Explosion, doch nicht nach außen, sondern nach innen. Eine gewaltige innere Detonation, die mit einer solchen Lust einherging, dass sie wusste, das würde sie nie überstehen.

Sie fühlte, wie die Feuchtigkeit ihrer eigenen Erlösung seinen Schwanz umspülte, und dann, erstaunlicherweise, spannten ihre Muskeln sich noch fester um ihn, noch fester …

»Aiden …« Alle Realität hörte auf zu existieren, als sie zugleich spürte, wie seine Zähne sich in ihre Schulter bohrten und sein Schaft anzuschwellen begann.

Sie wehrte sich dagegen. Gegen ihn. Die qualvolle Steigerung der Lust, das Gefühl einer faustgroßen Schwellung in der Mitte seines Schaftes war zu viel. Ihr Körper pulsierte in einem rasenden Höhepunkt, als sie sich immer weiter anspannte und versuchte, ihn wegzudrängen. Doch sie konnte sich nicht rühren. Mit seinen Zähnen in ihrer Schulter, seinem animalischen Knurren in ihren Ohren, während sein Schwanz anschwoll, konnte sie ihn nicht wegdrängen.

Ein weiterer, kleinerer Orgasmus jagte durch ihren Leib, als sie den ersten Schwall seines heißen Samens in ihrem bebenden Unterleib spürte. Sein Glied pulsierte heftig, und das Pochen des Blutes vibrierte durch ihre überdehnten Muskeln, als sein Schwanz in ihr zuckte und den reichen Samen in sie ergoss, um jede Zelle, die er berührte, zu durchtränken.

Seine Hüften zuckten, und sein Schwanz wollte sich noch tiefer in sie bohren, als sie beide in Lust und Schmerz zugleich aufschrien.

»Gott, ja«, stöhnte er und löste die Lippen von ihrer Schulter. »Nimm alles davon, Charity.«

Die Schwellung pulsierte und ließ sie erneut in ihrem Innern explodieren, als noch mehr von seinem Samen in sie strömte. Nichts davon würde verloren gehen. Sie konnte beinahe fühlen, wie ihr Unterleib jeden Tropfen davon hungrig aufsaugte.

Seine Eichel drückte sich an ihren Muttermund, und jedes Mal, wenn ihre eigenen Hüften zuckten, spürte sie sie dort. Jede Eruption daraus strömte hindurch und in ihre Gebärmutter.

Minuten, Stunden später klang die schmerzhafte Empfindsamkeit im Rest ihres Körpers ab, auch wenn Aiden weiter in ihr war. Er stützte sein Gewicht inzwischen auf die Ellbogen, hatte den Kopf aber an ihre Schulter gelehnt. Sein feuchtes Haar streichelte ihre Wange, während sein schwer atmender Oberkörper über ihre Brustwarzen strich.

Zum ersten Mal seit sechs Jahren spürte Charity, wie ihr Körper sich entspannte. Zum ersten Mal seit sechs Monaten spürte sie, wie der entsetzliche Schmerz sich auflöste. Sie seufzte und ließ die Arme aufs Bett fallen, als die Erschöpfung sie langsam überwältigte.

»Tut mir leid«, flüsterte sie mit einem tiefen Seufzen. »Ich brauche jetzt Schlaf, Aiden. Ich habe so lange nicht geschlafen …«

Sie war bewusstlos gewesen, doch selbst da hatte das Verlangen ihres Körpers sie noch gequält. Nachdem nun das innere Feuer der Verzweiflung gelöscht war, überwältigte sie das Verlangen nach echter Erholung.

Aiden würde sie beschützen, so wie er ihr Erleichterung verschafft hatte. Der Gedanke tröstete sie, als sie der Müdigkeit nachgab. Sie schloss die Augen und atmete tief aus, und dann überwältigte sie die Dunkelheit. Schlaf, dachte sie. Endlich Schlaf.

# 14

Aiden stöhnte, als er sein empfindsames Glied aus Charitys feuchter Umklammerung löste. Das Geräusch, als er aus ihr glitt, ließ seinen Schwanz zucken in dem Verlangen, sich noch einmal in ihr zu versenken, obwohl er wusste, dass das, zumindest vorerst, unmöglich war.

Er sah auf sie herab und konnte sich nicht dazu bringen, sich ganz von ihr zu lösen. Ihr dunkelblondes Haar war feucht, und einige Strähnen klebten ihr im Gesicht. Schweiß bedeckte ihren Körper und lief in kleinen Rinnsalen auf die Laken unter ihr.

Er strich mit den Fingerspitzen einer Hand über ihre erhitzte Wange und fuhr mit dem Daumen die Konturen ihrer geschwollenen Lippen nach. Im Schlaf sah sie zerbrechlich aus, unschuldig und erschöpft.

Müdigkeit zeichnete ihre Züge. Die völlige Hingabe ihres Körpers an den Schlaf, der sie überkommen hatte, ging tiefer als die Bewusstlosigkeit, die sie nach der Flucht umfangen hatte. Dieser Schlaf war reine Müdigkeit bis in die Knochen. Wie lange, fragte er sich, war sie wohl ohne erholsamen Schlaf gewesen?

Er ging ins Badezimmer, holte eine kleine Waschschüssel, Waschlappen, Seife und Handtuch und ging damit zurück zum Bett. Er konnte sie nicht so schlafen lassen, und aus ihm unbekannten Gründen war es plötzlich von äußerster Wichtigkeit für ihn zu wissen, dass sie gut schlief.

Sorgfältig wusch er sie, ignorierte dabei das heftige Pochen seines Schaftes und genoss das seidig weiche Gefühl ihrer Haut. Er säuberte sie von Kopf bis Fuß, ignorierte ihre brummelnden Stöhnlaute und verzog die Lippen zu einem Lächeln, als sie sich schließlich auf den Bauch rollte, um ihm zu entgehen.

Er wusch ihre Schultern, den anmutig gewölbten Rücken, die schlanken Beine und die verlockenden Schenkel. Dann hielt er kurz inne, bevor er vorsichtig die weichen Rundungen ihrer Pobacken säuberte und danach langsam abtrocknete. Seine Finger zitterten, als er mit dem trockenen Handtuch über die Ritze zwischen ihren Pobacken fuhr. Sein Schwanz pochte verlangend.

Er war noch lange nicht befriedigt. Er brauchte sie noch einmal, härter und tiefer, bis sein Schwanz erneut in ihr schwellen und sich ergießen konnte. Genau dort. Seine Finger glitten kurz über die enge Poöffnung. Dort brauchte er sie.

Sein angewiderter Fluch war nur ein stilles Ausstoßen von Luft, als er vom Bett glitt. Er brachte die Schüssel zurück ins Badezimmer und machte sich dann daran, so vorsichtig wie möglich die Laken zu wechseln.

Sie grummelte gereizt, schlief aber weiter, als er die Enden schließlich an beiden Seiten der Matratze feststeckte. Danach lag sie unter einem sauberen Laken und einem der Quilts, die die Frauen aus der nahe gelegenen Stadt gespendet hatten.

Sie schlief auf dem Bauch, ganz schlaff, und atmete tief und gleichmäßig. Die dunkelblonden Haarsträhnen fielen ihr seidig und weich über die Schultern, noch feucht von der Leidenschaft zuvor. Er erinnerte sich daran, wie lang es einmal gewesen war, fast bis zur Hüfte. Wieso hatte sie es abgeschnitten?, fragte er sich. Und wieso kümmerte es ihn?

Er verzog das Gesicht bei dem Gedanken und zwang sich, das Schlafzimmer zu verlassen. Wieder einmal hatte sie seine

Welt auf den Kopf gestellt, und er musste jetzt damit klarkommen, während sie schlief.

Irgendwann zwischen dem Augenblick, in dem er sie wiederfand, und dem, als er sie schließlich nahm, hatte er die Paarung akzeptiert. Schon in dem verdammten Labor hatte er gewusst, dass seine Verbindung zu ihr unumstößlich war. Sie konnte ihn zu einer Reaktion bewegen, wo alles andere versagte. Sie besänftigte ihn, wenn er grausam sein wollte; sie hatte ihm Hoffnung gegeben, als er gedacht hatte, es sei aussichtslos.

Aiden trat auf die Veranda und sah in die dunkle Nacht hinaus, die sich über das Lager gesenkt hatte. Er konnte kaum die Mauern erkennen, die die zehn Morgen große Anlage umgaben, ausgerüstet mit Bewegungsmeldern und bewacht von einem Team hoch ausgebildeter Enforcer und Wachhunde, sodass die Gefahr eines unbemerkten Eindringens sehr gering war. Doch sie waren immer noch eingeschlossen; in vielerlei Hinsicht waren sie immer noch Gefangene. Es gab keinen Ort auf der Welt, der wahrhaft sicher war.

Das Lager beherbergte inzwischen über zweihundert Wolf-Breeds im Alter von sechzehn Jahren bis in die frühen Dreißiger, und jeden Monat kamen mehr hinzu. Auch mehrere kleine Rudel Katzen-Breeds hatten bei ihnen Unterschlupf gefunden, doch die wurden zügig zu Callan nach Kentucky weitergeleitet, wo ein ähnliches Schutzgebiet aufgebaut worden war.

Sechs Jahre nach der Sensationsstory über das Genetics Council und seine Schrecken war noch immer kein Ende in Sicht. Die Monster taten weiter Böses, und es wurde mit jedem Jahr schwieriger, ihre Labore aufzuspüren und zu zerstören. Oft fürchtete Aiden, dass es nie aufhören würde.

»Aiden.« Dr. Armani trat aus den Schatten der Nacht zu ihm auf die Veranda.

»Sie schläft. Lass sie sich erst einmal ausruhen«, stieß er hervor, und sein Körper versteifte sich bei dem Gedanken, dass Charity wieder einmal von einem Wissenschaftler für noch mehr Experimente aus dem Schlaf gerissen werden sollte.

Ein Seufzen durchbrach die Stille der Nacht. Bedauern, mit einem Anflug von Spott.

»Ich wusste gar nicht, dass du so selbstsüchtig sein kannst«, schnaubte sie. »Ich dachte, du wärst mehr der Betatyp. Wo hast du nur all die Alphaneigungen über die Jahre versteckt?«

Aiden verschränkte die Arme vor seiner Brust, lehnte sich gegen die grobe Holzwand der Hütte und sah sie fragend an. Er war hier der verdammte Sicherheitsexperte, also wie kam sie darauf, dass er nicht wusste, wie man kämpfte?

»Sieht so aus, als könnte sich auch ein Doktorgenie mal irren«, antwortete er gespielt bedauernd. »Aber ich bin sicher, du wirst es überleben. Dieses eine Mal.«

Sie brummte ungläubig. »Ich muss sie sehen, wenn sie aufwacht. Das weißt du. Ich hätte es vorgezogen, sie zu untersuchen, bevor du dich mit ihr gepaart hast.«

»Das haben wir doch schon diskutiert.« Er spannte sich an, ohne den Blick von ihr abzuwenden. »Sie ist noch nicht stark genug für weitere Tests.«

»Ich brauche Proben, Aiden. Ich brauche sie nicht für die vorbereitenden Tests. Falls sie schwanger wird, dann spielt deine Meinung keine Rolle. Charity weiß Bescheid, was das angeht. Wenn sie wieder mehr sie selbst ist, wirst du sie nicht davon abhalten können, zu mir zu kommen.«

Daraufhin fletschte Aiden die Zähne. »Du vergisst, Armani, dass sie sich in meiner Hütte und in meiner Obhut befindet. Meine Gefährtin. Sie wird tun, was ich sage.«

Armani lächelte. Und ihre Zähne blitzten im Dunkel auf, als sie sich langsam auf dem breiten, groben Holzstuhl niederließ, den er vor Wochen gebaut hatte. Sie schlug lässig die Beine übereinander, richtete ihre dünne Jacke und betrachtete ihn mit einem spöttischen Lächeln in den Augen.

»Wie die Mächtigen zu Fall kommen werden«, seufzte sie sarkastisch. »Der männliche Verstand ist wirklich faszinierend. Der männliche Breed versetzt mich in Erstaunen. Wieso denkst du, du könntest sie aufhalten, Aiden? Willst du sie ans Bett binden?«

»Wenn ich muss.« Er wollte sie anknurren, aber er wusste ganz genau, wie bissig diese kleine Frau werden konnte. Er hatte nicht das Bedürfnis, sich am falschen Ende ihres beißenden Sarkasmus wiederzufinden.

Sie schüttelte traurig den Kopf. »Charity ist sich sehr wohl bewusst, wie wichtig das ist, was hier vor sich geht. Glaub mir, Aiden, du kannst sie nicht einfach kontrollieren, nur weil du dir das so wünschst. Sie ist stärker als das.«

»Ich werde nicht mit dir streiten, Armani«, grollte er und achtete darauf, nicht laut zu werden.

»Aiden, ich habe dich nie für einen dummen Mann gehalten. Also fang jetzt nicht an, dich so zu verhalten.« Ihre Stimme klang kalt, voll tödlichem Sarkasmus. »In diesem Augenblick hängt nicht nur Charitys Überleben, sondern das Überleben deiner ganzen Rasse von ihr ab. Lass nicht zu, dass dein Instinkt von Besitzanspruch das Gute zerstört, das aus dem, was man ihr angetan hat, erwachsen kann. Sie würde dich dafür nur hassen.«

»Und woher weißt du das?«, fragte er. »Du hast doch keine Ahnung, wer oder was sie ist.«

»Ah, und hier beweist du wieder einmal deine Ignoranz«, seufzte sie bedauernd. »Charity war von Anfang an ein Spitzel innerhalb des Councils, Aiden. Ein sehr gut getarnter Maulwurf mit der Aufgabe, über alles, was vor sich ging, sorgfältig

Bericht zu erstatten, Tag für Tag. Sämtliche Tests, sämtliche Ergebnisse. Was glaubst du denn, woher die Informationen stammen, die wir bisher haben?«

Aiden kniff misstrauisch die Augen zusammen. »Und wer ist ›wir‹?«, fragte er vorsichtig.

Sie seufzte noch einmal. »Glaubst du, ich bin der einzige Mediziner, der das Council abgewiesen hat und dafür büßen musste? Es gab mehrere von uns. Du weißt, wie hart ich immer gearbeitet habe, Aiden, für deine Leute. Es gibt andere, die mit mir zusammengearbeitet haben.«

»Wieso hast du das früher nie erwähnt?«, fragte er kalt. »Diese Information kommt ziemlich gelegen, Armani. Wirkt mehr wie eine sorgfältig vorbereitete Lüge als eine verborgene Wahrheit.«

Und doch – hatte Charity ihm nicht erklärt, dass sie diejenige gewesen war, die vor sechs Jahren die Journalisten kontaktiert hatte? Am Ende war ihre Täuschung des Councils aufgeflogen, als sie den geflügelten Breeds geholfen hatte. Sie war in drei Laboren gewesen, über die die Enforcer der Wolf-Breeds Informationen erhalten hatten, und war mit den Wissenschaftlern entkommen, bevor man sie fassen konnte. Sie war in mehreren Laboren mit Katzen-Breeds gewesen, die nach ihrer Befreiung geschworen hatten, dass sie ihnen auf verschiedene Weise geholfen habe.

Aiden fluchte. Ein tiefer, bösartiger Laut, der ihm in seinen eigenen Ohren wehtat. Und Armani lachte leise.

»Der lustige Teil, wenn man mit voreingenommenen Mistkerlen zu tun hat, besteht darin, ihnen zuzusehen, wie sie zu Fall kommen, wenn sie endlich die Wahrheit erkennen. Willkommen in der Realität, Aiden. Mal sehen: Du hast deine Gefährtin sechs Jahre lang gehasst und geschmäht und dir dabei nicht ein einziges Mal die Frage gestellt, wie sie überhaupt deine Gefährtin werden konnte. Oder ob sie wirklich deine Gefährtin ist. Hast du jemals auch nur in Erwägung gezogen, mal nicht mit deinem Schwanz zu denken?«

Die Frau hatte ein echt loses Mundwerk.

»Sie ist meine Gefährtin.«

»Und doch standest du noch vor zwei Tagen vor mir und hast genau das Gegenteil behauptet.« Sie legte den Kopf schief und musterte ihn wissend. »Was hat deine Meinung geändert?«

»Spielt das eine Rolle?«, fauchte er.

»Tatsächlich ja. Lass mich erzählen, was ich weiß und was du noch nicht bemerkt hast, Aiden.« Sie hielt eine Hand hoch und begann abzuzählen. »Nummer eins. Vor sechs Jahren ging eine Jungfrau auf die Knie, um deine wertlose Haut zu retten, und erzwang eine Erektion von dir, obwohl du lieber sterben wolltest. Dabei war sie gezwungen, deinen Samen zu schlucken, um die plötzliche Schwellung unter ihren Händen zu verbergen. Tage danach setzten die Veränderungen in ihrem Körper ein. Ich habe alle Tests, die sie an sich selbst durchgeführt hat, sorgfältig dokumentiert. Du hast sie nicht markiert, also hat der Speichel, in dem das Breed-Hormon in höherer Konzentration vorkommt, nicht dieselben Effekte in ihr ausgelöst wie der von Jacob bei Faith. Aber dein Samen hat Veränderungen in Charity herbeigeführt, die sich bei Faith nicht zeigten, bis zu ihrer Paarung mit Jacob und ihrer Aufnahme …«

»Verdammt, ich muss echt nichts über das Sexleben meiner Schwester hören.« Aiden fuhr sich mit den Fingern nervös durchs Haar und versuchte die Erkenntnis zu ignorieren, dass sie zitterten.

»Du verstehst nicht, worum es geht«, seufzte sie ärgerlich. »Der Punkt ist: Bestimmte Veränderungen beginnen mit bestimmten sexuellen Handlungen. Faith war lediglich sechs Jahre lang in Hitze. Unangenehm, manchmal auch schmerzhaft, doch Charitys Zustand ging weit darüber hinaus. Das Hormon in deinem Samen hat vollkommen anders reagiert. Ich will nicht zu technisch werden, denn ich bin überzeugt, dass du es nicht verstehen würdest«, fuhr sie in überlegenem Tonfall fort. »Aber Tatsache ist, dass sie das perfekte Exemplar für das Council war, weil deine DNA bereits ihren Körper infiziert hatte und sich und ihre Eierstöcke langsam – zu langsam – umformte und sie darauf vorbereitete, dein einzigartiges Sperma zu akzeptieren.«

»Komm verdammt noch mal auf den Punkt«, knurrte er. Er hatte die Nase voll von ihrer Biologiestunde und ihrem wohldosierten Sarkasmus.

»Der Punkt ist«, erklärte sie demonstrativ geduldig, »die Wissenschaftler haben einen Weg gefunden, die Mutation der Eierstöcke voranzutreiben. Ihre Eizellen müssen mit deinem Sperma kompatibel sein, um sich fortzupflanzen. Bis jetzt haben weder meine Kollegen noch ich einen Weg gefunden, wie das funktioniert. Charitys Körper hat die Antworten. Um deiner Schwester und der Gefährtin deines Rudelführers zu helfen, müssen wir diese Antworten finden, Aiden. Charity weiß das, der Rest von uns weiß das, und du musst das jetzt auch endlich akzeptieren.«

»Die haben ihr wehgetan«, sagte er leise, unfähig, den Zorn zu unterdrücken, der bei dem Gedanken in ihm aufstieg. »Sie ist fast in meinen Armen verblutet und hat dabei von Ruhe geflüstert. Und jetzt schläft sie, als hätte sie seit Jahren nicht mehr geschlafen.«

»Hat sie auch nicht, Aiden.« Bedauern und Mitgefühl lagen nun in Armanis Stimme. »Sie hat unermüdlich gearbeitet, um anderen zu helfen, und das, obwohl sie wusste, dass ihre Zeit ablief. Ihr Körper stellte Forderungen, die sie nicht erfüllen konnte, und das Council wurde ihr gegenüber immer misstrauischer. Nun, da sie frei ist, wirst du sie nicht kontrollieren können; du wirst sie nicht binden können. Du weißt nichts über die Natur oder die Ausbildung der Frau, die du genommen hast. Aber ich bin sicher, es wird amüsant, dabei zuzusehen, wenn du es lernst.«

Damit stand sie auf. Im Mondlicht glitzerten ihre dunklen Augen, und Spott stand in ihren Zügen.

»Du bist zu selbstgefällig für meinen Geschmack«, stieß er hervor. »Was verschweigst du mir, Armani?«

Langsam zuckte sie mit den Schultern. »Es gibt einige Dinge, die du selbst herausfinden musst, Aiden. Ich freue mich darauf, zu sehen, wie du dich da durchkämpfst. Ich gehe davon aus, dass es amüsant wird.«

»Du erwartest viel zu viel Spaß auf meine Kosten«, brummte er angewidert.

Ihr Lachen war leicht und erstaunlich feminin. »Ich muss Spaß finden, wo ich kann, wie gering auch immer. Für diese Praxis habe ich meine Fetischspiele aufgegeben«, grollte sie gereizt. »Irgendwo muss ich ja Spaß haben.«

Damit ging sie. Offensichtlich war sie mit ihm fertig.

»Armani«, rief er ihr leise nach.

Sie blieb stehen und warf einen fragenden Blick über die Schulter.

»Sollte sich je ein Breed mit dir paaren, bedaure ich dich. Du könntest herausfinden, dass wir ein wenig intelligenter sind, als du uns zutraust.«

»Ich habe nie angenommen, dass du nicht intelligent bist, Aiden.« Ihr Lächeln war alles andere als beruhigend. »Ich warte nur noch darauf, dass du es beweist. Und was eine Fortpflanzung angeht – nun ja, wir werden sehen, falls es dazu kommen sollte, vielleicht. Wir werden sehen.«

Damit drehte sie sich um und entfernte sich langsam von

der Hütte. Ihre Schultern waren gestrafft und ihre Schritte entschlossen, doch ohne Eile. Ein Grinsen spielte um Aidens Mund. Verdammt, sollte es dazu kommen, dass sie sich tatsächlich mit einem anderen Breed paarte, wollte er gern dabei sein. Es wäre mehr als amüsant, die Ärztin zu Fall kommen zu sehen.

# 15

Langsam wachte Charity auf, und zum ersten Mal seit Monaten war da kein Schmerz mehr. Keine quälenden Zuckungen, die sich durch ihren Leib wanden. Aber die Tiefe ihrer Erregung hatte sich verändert. Was zuvor Agonie gewesen war, war nun ein tief sitzender Drang.

Hinter ihr lag Aiden in tiefem Schlaf. Sein Arm lag um ihre Taille und drückte ihren Rücken an seine Brust, sodass er sie mit seinem Körper beschützte. Seine Wärme hüllte sie ein und ging auf sie über. Dieser kalte Kern der Qual, der zuvor tief in ihrer Mitte gesessen hatte, war verschwunden. Stattdessen brannte Hitze in ihr.

Sie konnte die Erregung weiter über ihre Haut kribbeln fühlen. Wie ein übermächtiger Hunger oder ungestillter Durst, den sie nicht verscheuchen konnte. Natürlich musste es einen wissenschaftlichen Grund für diese Veränderung geben, dachte sie und konzentrierte sich nicht auf die physischen, sondern vorrangig auf die klinischen Aspekte der Veränderungen, die sie überwältigten. Und das bedeutete, dass sie ein Labor brauchte. Sie brauchte ein Blutbild, Vaginal- und Speichelproben; die Liste wurde immer länger. Aber wenn Nicole Armani hier bei den Breeds war, dann hatte sie auch ein Labor. Und sicherlich hatte sie auch die Ausrüstung und das Zubehör, die für die Tests nötig waren.

»Nicht bewegen.« Aidens Stimme klang rauchig und tief, als sie genau das tun wollte.

Charity biss sich auf die Lippe, als sie spürte, wie sein Atem über die empfindsame Wunde an ihrer Schulter streifte. Als sie gestern Nacht gespürt hatte, wie sich die langen Reißzähne in ihre Haut bohrten, war sie davon ausgegangen, dass sie mit schlimmeren Schmerzen als zuvor aufwachen würde. Doch die Wunde schmerzte nicht. Vielmehr war sie empfindsam, empfänglich für den leisesten Atemzug von ihm und voll Sehnen nach intensiverer Liebkosung.

Sie versuchte, sich durch seine Berührung nicht ablenken zu lassen, als seine Hände über ihre verspannten Bauchmuskeln strichen und die Krämpfe in ihrem Unterleib linderten. Sie musste so viele Informationen wie möglich im Kopf speichern. Es waren intensive und vielfältige Veränderungen, die sie wieder einmal überwältigten. Der Schmerz war verschwunden, aber die Empfindungen, die an seine Stelle getreten waren, gefielen ihr gar nicht.

Sie schloss die Augen und bemühte sich, nicht auf ihn zu reagieren. Sein Glied an ihrem Po schwoll an, kräftig und hart. Das Geschlecht eines Breeds war enorm. Groß war gar kein Ausdruck. Im Labor hatte sie beide Hände gebraucht, um ihn zu umfassen, und es war fast unmöglich gewesen, die faustgroße Schwellung in der Mitte des Schaftes zu verbergen.

Was das Ganze mit ihrer Vagina angestellt hatte, faszinierte sie jetzt noch. Sie hätte innerlich zerreißen müssen. Er hatte sie derart ausgefüllt, dass sie irreparabel geschädigt sein müsste. Doch stattdessen hatte sich das überempfindsame Gewebe ihrer Vagina entspannt und seine Inbesitznahme akzeptiert.

»Du denkst zu viel nach«, flüsterte er an ihrem Ohr. »Ich erinnere mich an diesen Ausdruck in deinem Gesicht, Charity. Als würdest du gerade ein besonders schwieriges Rätsel lösen.«

Sie öffnete die Augen und legte den Kopf schief, um ihm einen Blick zuzuwerfen, während er sie über die Schulter ansah.

»Du hast mich beobachtet?« Es war so lange her, doch sie glaubte, sich an jedes Detail jener Zeit zu erinnern, die sie in diesem verdammten Labor verbracht hatten. »Ich habe nie gemerkt, dass du mich beobachtet hast.«

»Ich wollte nicht, dass du es siehst.« Er senkte den Kopf und fuhr mit der Zunge über das Mal an ihrer Schulter.

Charity konnte den Schauder, der sie überlief, nicht unterdrücken. Oh, das fühlte sich verdammt gut an. Mehr als gut. Es war beinahe wie ein Orgasmus, fast ein sexueller Akt an sich. Sie biss sich auf die Unterlippe und unterdrückte das Stöhnen, das ihr sonst entwichen wäre.

»Warum?«, fragte sie atemlos. »Warum wolltest du nicht, dass ich es sehe?«

»Wenn du bemerkt hättest, dass ich dich beobachte, dann hättest du dich anders verhalten«, flüsterte er an ihrem Ohr. Seine Stimme klang tief, rau vor Erregung, und sein Glied lag warm an ihrem Gesäß. »Ich wollte, dass du unbefangen reagierst. Ich wollte die unzähligen Emotionen sehen, die immer über dein Gesicht huschten, wenn du dachtest, dass niemand hinsieht.«

Charity wimmerte sehnsüchtig, als er sie auf den Rücken drehte. Er beugte sich über sie, und in seinen silbrigen Augen glitzerte erotische Begierde, während er beinahe abwesend über ihren angespannten Bauch streichelte.

»Jedes Mal, wenn ich dich ansah, konnte ich nur daran denken, dich zu nehmen«, sagte er wehmütig. »Hast du auch nur die geringste Ahnung, wie schwer es war, meinen Körper unter Kontrolle zu halten? Mein Verlangen nach dir? Jede Droge, die man mir injizierte, machte mich schwächer und kostete mich mehr Kraft, um dagegen anzukämpfen. Ich kann dir gar nicht sagen, wie oft ich beinahe jede Kontrolle verloren hätte.«

Ihre Augen weiteten sich erst überrascht und dann vor

Schock, als seine Hand zwischen ihre Beine glitt. Charity konnte ihr sehnsüchtiges Wimmern nicht unterdrücken. Sie hob sich seiner Berührung entgegen, und ihre Schenkel öffneten sich ganz von allein, um ihm leichteren Zugang zu ihrem Schoß zu gewähren, den er jetzt mit seiner Hand umfasste.

Es gab noch so viel zu tun. So viele Dinge, in denen sie noch einen Sinn, auf die sie Antworten finden musste, aber ihr Verstand war gerade nur bruchstückhaft anwesend. Die Forderungen ihres Körpers waren so drängend, dass sie sich nicht an die Vernunft klammern konnte, die sie brauchte, um sich auf das Puzzle vor ihr zu stürzen.

»Dann verlier jetzt die Kontrolle«, flüsterte sie erhitzt. Das Gefühl seiner Hand zwischen ihren Beinen, seiner Finger, die sich in ihre feuchte Mitte schoben, brachte sie um den Verstand.

Praktische Gedanken waren nur noch eine flüsternde Erinnerung an das, was sie eigentlich tun sollte. Das schwere Sehnen in ihr war ein fordernder Schrei nach dem, was sie stattdessen tun sollte. Sie brauchte ihn, jeden harten Zentimeter, der sich in ihre zuckende Vagina schob.

Langsam verzogen sich seine Lippen zu einem Lächeln, und seine Augen verdunkelten sich, als er sie eindringlich musterte.

»Ich kann deinen Verstand immer noch arbeiten sehen«, flüsterte er mit amüsierter Geduld im Tonfall. »Als würdest du jede Reaktion deiner Sinne katalogisieren und abheften. Diese klinische Seite an dir gefällt mir gar nicht, Charity.«

»Wer kann schon an so was denken?« Sie fuhr sich mit der Zunge über die Lippen, voll drängender Sehnsucht nach seinem Kuss. »Glaub mir, Aiden, meine Gedanken sind ganz bei dir.«

»Oh, daran habe ich keinen Zweifel«, antwortete er sanft und strich mit den Fingern über ihre feuchten Schamlippen. Er reizte sie mit Absicht, und er wusste es. »Aber ein Teil von dir beobachtet das alles hier, analysiert klinisch jede Berührung, jede Empfindung, als wäre es nicht mehr als ein Experiment.«

Einen Augenblick lang blitzte Zorn in seinen Augen auf, bevor er ihn wieder sorgfältig verbarg, so als würde es ihn wütend machen, zu wissen, dass sie zu ergründen versuchte, was solche Reaktionen hervorrief und warum.

»Was kann es denn mehr sein?«, fragte sie und sah ihn an, ohne sich Mühe zu geben, den Widerstreit in ihr zu verbergen. »Wir sind keine Gefährten, Aiden. Nicht so, wie du denkst. Es sind die Drogen …«

»Von wegen die Drogen«, knurrte er. »Glaubst du denn, dass du frei von mir bist, wenn die Drogen deinen Organismus verlassen haben? Dass du vor den Drogen nicht dazu bestimmt warst, so auf mich zu reagieren? Du hältst dich selbst zum Narren, Charity. Und das weißt du auch.«

Sie holte hörbar Luft, als seine Finger sich urplötzlich bewegten, sie öffneten und sich tief in sie schoben. Ein Zittern durchlief sie, und ihre Vagina zog sich zusammen.

»Du warst schon vor den Drogen feucht für mich«, hielt er ihr vor und forderte sie mit seinem Blick heraus, es zu leugnen.

»Das war nur Lust«, rief sie aus. »Lust und ein gewisses Maß an Mitgefühl, an Hoffnung, dass du überleben würdest.«

»Du lügst.« Sie sah ihn misstrauisch an, als er die Worte mit so viel Kraft und Überzeugung ausstieß, dass sein animalisches, instinktives Knurren im Zimmer widerhallte. »Glaubst du, Charity, du wärst diesem Verlangen nach mir entkommen, wenn ich dich vor den Drogen markiert hätte?«

»Wir müssen nur ein Heilmittel finden.« Sie bäumte sich unkontrolliert auf, und ihre Schenkel umklammerten seine Hand, während seine Finger sich sachte in ihr bewegten.

Diese Sanftheit stand in solchem Gegensatz zu seinem Gesichtsausdruck, dass sie sich wie am Rande eines Abgrunds zwischen Furcht und quälender Ekstase gefangen fühlte.

»Ein Heilmittel?«, fragte er bedächtig. »Glaubst du, dafür gibt es ein Heilmittel, Charity?« Seine Finger bewegten sich weiter, zogen sich zurück und drangen dann erneut kraftvoll in sie ein.

Charity konnte weder den Schrei aufhalten, der aus ihrer Kehle drang, noch die Wonne, die durch ihren Körper lief. Winzige Blitze elektrischer Energie jagten durch sämtliche Nervenenden. Ihre Muskeln zogen sich krampfartig um die zwei kräftigen Finger zusammen, und seine harte Liebkosung trieb sie immer näher an den Rand des Orgasmus.

»Aiden, quäl mich nicht so.« Sie zitterte, als seine Finger sie dehnten, sie bereit machten.

Charity sah ihn an. Seine Miene war angespannt, zornig, erregt. Er beugte sich tiefer, bis seine Lippen beinahe ihre berührten, sie lockten, bis sie sich vor Vorfreude mit der Zunge darüberfuhr.

»Nimm meine Zunge, so wie beim letzten Mal, Charity«, flüsterte er. »Zeig mir, wie sehr du mich willst.«

So wie beim letzten Mal, als sie daran gesaugt und das ungewöhnliche Aroma genossen hatte, das ihre Sinne erfüllte. Irgendwo tief in ihrem Verstand wusste sie, dass sie vorsichtig mit so etwas sein sollte. Die Empfindungen waren stärker geworden, hatten ihre Sinne so sehr entflammt …

Seine Zunge glitt in ihren Mund, und bevor sie sich zurückhalten konnte, schloss sie die Lippen darum, streichelte mit der Zunge darüber und sog sie tiefer in ihren Mund. Sie schmeckte einen Ausbruch an süßer Würze, einen sommerlichen Regenschauer, einen feurigen Schock des Verlangens, der sie vollkommen überwältigte.

Sie klammerte sich an seine Schultern, und ihre Nägel gruben sich in seine Haut, als er sie küsste. Sinnlich, gierig bewegten sich seine Lippen, und seine Zunge streichelte ihre, noch während sie sich bemühte, mehr von dem unglaublichen Geschmack in ihren Mund und in ihre Sinne aufzunehmen.

Aidens Hand zwischen ihren Beinen trieb sie in einen Feuersturm der Lust. Das Geräusch des feuchten Gleitens und ihr ersticktes Keuchen mischten sich in ihren Ohren mit seinem harten Aufstöhnen zu einer berauschenden Sinfonie der Begierde.

Als er den Mund von ihr löste, schrie sie sehnsüchtig auf, streckte sich nach ihm aus, voll drängenden Verlangens nach der Mischung aus feuriger Versuchung und süßem Sehnen, das sie buchstäblich auf ihrer eigenen Zunge schmecken konnte.

»Du machst mich fertig«, stöhnte er und fuhr mit den Lippen über ihr Kinn, über die empfindsame Haut an ihrem Hals und weiter zu ihrer Schulter.

Als seine Lippen sich auf die Wunde drückten und seine Zunge sie dort zu liebkosen begann, raubten die Wonne und die immer stärker werdende Hitze ihr den Atem.

Es war, als würde das Blut in ihren Adern kochen. Als würde das Verlangen nach seiner Berührung sie von innen heraus verbrennen, bei lebendigem Leib, jeden einzelnen Zentimeter ihres Körpers. Die leichten Stöße seiner Finger trieben sie in immer höhere Sphären der Lust.

»Gefährtin«, knurrte er und schob sich über sie. Seine Finger glitten aus ihr heraus, und sie protestierte lautstark. »Gib es zu, Charity, du bist meine Gefährtin.«

»Deins.« Sie hätte das Wort hinausgeschrien, hätte sie dafür genug Luft gehabt. »Deins, Aiden.«

Er schob sich zwischen ihre Schenkel, und sein Stöhnen mischte sich mit ihrem erstickten Aufschrei, als sein Glied sich gegen ihre feuchte Öffnung drückte. Dann spürte sie es wieder: den harten Strahl flüssiger Wärme. Sie versuchte, den Kopf wieder klar zu bekommen und zu analysieren, was das sein konnte.

»Nicht denken«, flüsterte er, und seine Eichel drückte sich tiefer in sie.

Wieder spürte sie es und fühlte die zuckende Reaktion ihres empfindsamen Gewebes darauf. Wie federleichte Finger, die in ihr bebten und sie verrückt machten mit heftigen Vibrationen der Sehnsucht, die sie überkamen. Sie brauchte ihn in sich, tief und hart.

Ihre Sinne waren überwältigt, und ihr Körper verlangte nach Erlösung, als Aiden langsam in sie eindrang und sie in Besitz nahm. Sie registrierte die wiederholten Ejakulationen, und jede einzelne erschütterte seinen Körper und ließ sie noch gieriger werden. Benommen sah sie zu ihm auf, kämpfte darum, nicht den Verstand zu verlieren, und erkannte, dass er nicht die Absicht hatte, sie ihren Verstand behalten zu lassen.

»So ist es gut, Baby«, flüsterte er sanft, als er in voller Länge in ihr war.

Sein Schwanz stieß an ihre Gebärmutter, und es fühlte sich an, als sei sie nun perfekt geformt, um seinen Samen aufzunehmen. Charity zitterte, als sie in die stürmischen Tiefen seiner Augen sah und die Entschlossenheit in seinen Zügen erkannte.

»Was machst du mit mir?«, fragte sie leise, während sie sich an seine Arme klammerte und ihre Schenkel sich noch weiter spreizten, ihre Knie sich beugten, und sie sich seinem Schaft entgegendrängte.

»Ich paare mich mit dir, Charity«, flüsterte er. »Spüre unsere Körper. Wirst du jemals so perfekt zu einem anderen Mann passen? Jemals so tiefe Gefühle empfinden?«

Paarung mit ihr. Er nahm sie in Besitz, er machte sie zu seinem Eigentum. Tränen stiegen ihr in die Augen, auch wenn ihr Körper ihn begierig umschloss.

»Drogen«, flüsterte sie verzweifelt und leugnete seine Behauptung. »Es sind die Drogen.«

Sie bog den Nacken durch, als er sich beinahe ganz aus ihr zurückzog, nur um mit einem einzigen heißen Stoß erneut in sie einzudringen, sodass ihre Nerven in Flammen standen.

»Drogen?« Zorn und Lust vibrierten in seiner Stimme. »Fühl mich, Charity. Haben die Drogen deinen Körper geformt? Haben sie diesen heißen Schoß so geformt, dass er perfekt zu mir passt? Fühl mich, verdammt.« Er drang tiefer in sie. »Die Öffnung deiner Gebärmutter passt perfekt zu meinem Schwanz, wartet begierig auf meinen Samen, und das nennst du Drogen?«

»Aiden, bitte.« Krampfartige Zuckungen durchliefen sie, und sie sehnte sich so sehr nach Erlösung, dass es ihr vorkam, als würde das Verlangen sie umbringen.

Als könne er nicht mehr anders, begann er sich in ihr zu bewegen, nahm sie hart und tief, mit feurigen Stößen, während sie keuchend nach Luft rang.

»Ich beweise es dir, Gefährtin«, grollte er, griff in ihr Haar, zog ihren Kopf nach hinten und senkte die Lippen an ihre Schulter. »Ich beweise dir, dass es eine Paarung ist und nicht die Drogen schuld sind. Fühl mich, Charity. Fühl mich bis in deine Seele.«

Seine Lippen drückten sich auf das Mal an ihrer Schulter, und seine Zähne schrammten darüber, als er sie härter und schneller nahm. Ihre Vagina zog sich um seine wiederholten tiefen Stöße zusammen, lockerte sich und umklammerte dann wieder seinen Schwanz, während sie den letzten Rest Verstand verlor, den sie bis dahin noch hatte bewahren können.

Ekstase bemächtigte sich ihres Körpers und mischte sich mit dem stechenden Schmerz, als ihre Vagina sich dehnte, um seinen kräftigen Schaft aufzunehmen. Sie konnte nicht gegen die Wonne und das Verlangen ankämpfen, die durch ihren Leib jagten. Sie hob die Beine an, umklammerte mit ihnen seinen Rücken und drängte sich ihm entgegen.

Die neue Stellung reizte ihre geschwollene Klitoris mit jedem seiner Stöße, während sie sich seinen Hüften entgegendrängte. Ihre Muskeln zuckten um seinen Schwanz und ihre Erregung ertränkte sie in Ekstase. Es war zu gut. Zu heiß. Zu viel. Sie grub die Nägel in seine Schultern, als seine Stöße schneller wurden und sie die harte Schwellung an seinem Schaft fühlte.

»Nein.« Sie kämpfte gegen seinen Griff in ihrem Haar an, aber das Ziehen war nur ein weiterer Reiz, eine weitere Empfindung, die sich zu den anderen gesellte. »Aiden, bitte«, schrie sie und spürte, wie ihr Schoß ihn noch stärker umklammerte und sich instinktiv vorbereitete auf das, was kommen würde.

Ihr Unterleib bebte, ihre Nippel an seiner Brust wurden härter, und das Blut jagte durch ihre Adern, heißer, schneller, explosiv …

Als der Orgasmus sie traf, verlor sie sich selbst. Alles, was sie kannte, alles, was sie noch fühlen konnte, war die quälende Ekstase, die in ihr pulsierte, als Aiden in ihr hing, sein Glied sie füllte und sein Samen mit heißen Schüben in sie strömte.

Der Lustschmerz jagte durch jede Zelle, jedes Molekül ihres Körpers. Nervenenden explodierten in Verzückung, Muskeln und Gewebe waren von Ekstase erfüllt. Ihr klagender Aufschrei war begleitet von Wonne und Qual, als sie die Beine enger um ihn schloss und ihr Unterleib mit atemberaubendem Beben reagierte. Es nahm ihr den Atem, schenkte ihr einen widerhallenden Orgasmus, so heftig und heiß, dass sie wusste, es würde sie für immer verändern.

»Meins.« Sein Grollen war ein animalisches Vibrieren an ihrer Schulter, während sein Körper mit seinem eigenen Höhepunkt zuckte.

Ein weiterer Schwall seines Samens ergoss sich in sie. Die Schwellung, die ihn in ihr verankerte, pochte und pulsierte, als er daraufhin erbebte. Sekunden später noch einmal. Jedes Pochen seines Schaftes war ein weiteres Pulsieren qualvoller Lust in ihr und ein weiteres Pulsieren heißen Samens in ihren Unterleib.

Kraftlos ließ sie ihre Beine von seinen Hüften gleiten, und ihre Arme fielen neben ihr auf die Matratze, als die Schwellung wieder abklang und das harte Pochen langsam schwächer wurde. Aidens Körper war ein wohliges Gewicht auf ihr, eine Wärme, von der sie nie geglaubt hatte, dass sie sie kennenlernen würde. Bis er sich bewegte.

Sie öffnete die Augen und musterte ihn vorsichtig, als er sich langsam neben sie legte. Noch immer bebten Echos der Wonne durch ihren Körper, doch die qualvolle Erregung war für den Augenblick gestillt.

»Eine Paarung.« Selbstsicherheit durchdrang seine dunkle Stimme, als er sie ansah.

Bedauern erfüllte sie, und ein kleines bitteres Lächeln umspielte ihre Lippen.

»Eine Paarung?«, fragte sie ihn traurig. »Nein, Aiden, keine Paarung. Eine Reaktion. Nicht mehr.«

# 16

»Deine Füße sind schon viel besser. Offenbar waren die verdammten Pillen doch zu etwas nütze.«

Es war der Morgen danach, und er hatte Essen zubereitet, sie gebadet und abgetrocknet, ihr beim Anziehen geholfen und ihre Füße neu verbunden, nachdem er die Salbe auf die rasch heilenden Risse aufgetragen hatte. Darauf, dass sie die Paarung leugnete, war er nicht eingegangen, weder in der Nacht zuvor noch am Morgen.

Es machte ihn wütend. Er konnte die Gewissheit ihrer Paarung deutlich spüren, bis in die Knochen. Sie war ein Teil von ihm. Sein Körper würde sich nicht in ihr verankern, und die Schwellung würde nicht auftreten, wenn sie nicht seine Gefährtin wäre. Und sie war schon aufgetreten, bevor ihr die Drogen verabreicht worden waren. Er wusste es, und er wusste, dass sie es wusste. Trotzdem leugnete sie es immer noch.

»Ich muss Armani sehen«, erklärte sie, als er sich vor ihr aufrichtete und den Kamm vom Nachttisch nahm.

Sie saß am Rand der Matratze und musterte ihn skeptisch.

»Ist mir klar. Dreh dich um, ich kämme dir die Haare.«

Sie wandte sich langsam um und setzte sich im Schneidersitz auf das Bett. Er fing an, die Knötchen aus ihrem feuchten Haar zu kämmen.

»Aiden.« Ihre Stimme klang müde. Selbst nach dem herzhaften Frühstück, zu dem er sie gedrängt hatte, und dem langen Bad sah sie immer noch sehr blass aus, und ihr Körper zitterte bei der kleinsten Anstrengung.

»Ich habe Armani angerufen, als du in der Wanne warst«, erklärte er leise. Er wusste, dass er es nicht noch länger hinausschieben konnte. »Keine Tests, Charity. Dein Körper ist noch nicht so weit, auch wenn du das glaubst. Die Erregung und die daraus folgende sexuelle Aktivität sind schon zu viel, so wie deine Konstitution im Augenblick ist. Ich lasse nicht zu, dass du dich weiter antreibst als unbedingt notwendig.«

Sie entspannte sich, wenn auch nur ein klein wenig.

»Danke.« Er hörte die Erleichterung in ihrer Stimme und fragte sich, warum es ihm die Brust zuschnürte.

»Charity«, flüsterte er und beugte sich zu ihr, während sie unter seinen Händen zitterte. »Du hast deine Hoffnung darauf gesetzt, dass es ein Heilmittel für dein Verlangen nach mir gibt. Aber es gibt kein Heilmittel. Es ist Natur. Ob du es zugeben willst oder nicht.«

Er hörte, wie ihr der Atem stockte, so als würde sie die Tränen zurückhalten. Er sah nicht nach, ob es so war; er wollte es nicht wissen. Die Gewissheit, dass sie weinte, weil sie Gefährten waren, würde ihm das Herz brechen. Im Laufe weniger kurzer Tage hatte er den Hass verloren, der ihn sechs lange Jahre aufrechterhalten hatte.

Diese Veränderung allein war schon heftig genug. Doch die Erkenntnis, dass er sie als seine Gefährtin akzeptiert hatte und sie es abstritt, machte ihn wütend.

»Es ist ein Virus«, sagte sie schlicht. »So weit habe ich es nachvollzogen. Es wird aktiviert durch ein Hormon im männlichen Samen, das die Eierstöcke infiziert …«

»Hör auf, Charity.« In seinem Lächeln lag ein Anflug von Traurigkeit, als er den Finger auf ihre Lippen legte. »Ich habe nicht das Bedürfnis zu erfahren, wie oder warum es passiert. Wenn du das brauchst, um zu akzeptieren, was sich nicht ändern lässt, dann werde ich nicht dagegen ankämpfen. Aber ich werde auch nicht zulassen, dass du dir dabei selbst Schaden zufügst. Armani weiß das, und sie weiß, dass sie aufpassen muss. Aber du musst es auch hören: Sollte ich sehen, dass es dir schadet, werde ich das Ganze beenden.«

Charity hob spöttisch eine Augenbraue, und ihr angedeuteter Trotz ließ seinen Schwanz zucken. »Ich bin nur geschwächt, Aiden, nicht dumm.«

Er seufzte müde. »Nein, du bist nicht dumm, nur unglaublich stur. Diese Sturheit macht mich heiß, Charity.«

»Na so was, Aiden, warum denn gleich romantisch werden?«, schnaubte sie, und ihr Gesicht rötete sich vor Erregung und Scheu zugleich.

Er konnte nicht anders. Er kniete vor ihr nieder, nahm ihr Gesicht in beide Hände und küsste sie. Er spürte, wie ihre seidenweichen Lippen zitterten, als sie sich unter seiner Berührung öffneten. Und er wartete. Er ging nicht weiter, strich nur sanft mit seinem Mund über ihren, bis ihre Zunge sich hervorwagte und zaghaft über seine Lippen leckte.

Ihre Hände glitten über seine Schultern, zu seinem Nacken, und er gab sich alle Mühe, den Kuss sanft und leicht zu halten, trotz der Hitze, die sich zwischen ihnen aufbaute. In jeder Zelle seines Körpers konnte er es fühlen, als ihr Kuss das Feuer in seinem Glied immer weiter steigerte. Schließlich zog er sich zurück.

Sein Daumen strich über ihre feuchten Lippen.

»Vielleicht habe ich die Lektionen in Romantik während der Ausbildung verpasst«, meinte er bedauernd und löste sich von ihr, als es klopfte. »Das ist dann wohl die gute Ärztin«, seufzte er und ging zur Tür.

Er hatte sich geschworen, dass er das zulassen und seinen Besitzerinstinkt unterdrücken würde, seine Wut, dass sie in irgendeiner Weise noch weiter geschwächt wurde. Er öffnete die

Tür. Dort stand Armani mit diesem verdammt spöttischen Glitzern in den Augen und einem selbstzufriedenen Lächeln um das lose Mundwerk.

»Du hast sie zu gut ausgebildet«, stieß er hervor, als er beiseitetrat, um sie hereinzulassen.

Sie kam nicht in die Wohnung, sondern musterte ihn eindringlich.

»Bevor ich sie sehe, will ich wissen, ob du sie bereits anal genommen hast«, fragte sie geradeheraus.

Manchmal war die gute Frau viel zu neugierig. Er fragte sich oft, ob sie es absichtlich tat, nur um sie alle immer wieder aus dem Gleichgewicht zu bringen.

Aiden biss die Zähne zusammen. »Nein«, brachte er schließlich heraus, »noch nicht.«

Sie nickte knapp. »Eine andere Sache. Wie hält sie sich, körperlich?«

Wieso zur Hölle fragte sie ihn das?

»Sieh doch selbst«, knurrte er.

Sie schüttelte den Kopf. »Erst will ich deine Meinung hören, Aiden. Ich frage nicht zum Spaß.«

Er holte tief Luft. »Sie zittert, sogar jetzt noch. Sie ist blass und geschwächt, und die Erregung entzieht ihr alle Kraft. Ich mache mir Sorgen …« Und genau aus diesem Grund hatte er den Tests zugestimmt.

Sie nickte noch einmal knapp und rauschte dann an ihm vorbei ins Zimmer, als sei er gar nicht mehr da. Kopfschüttelnd schloss Aiden die Tür. Er wusste, dass er, soweit es sie betraf, tatsächlich nicht mehr hier war.

Was nun, gehen oder bleiben? Er drehte sich um, ging zum Küchentisch und setzte sich, um zu warten. Auf keinen Fall würde er gehen.

»Charity, schön, dich zu sehen.« Nikki lächelte breit, und in ihren Augen standen Humor und mehr Wissen, als sie wahrscheinlich brauchte, dachte Charity sich, als die Frau hereinkam.

»Wurde auch Zeit, dass du kommst«, murrte sie. »Ich kann nicht glauben, dass du dich von Aiden so lange hast aufhalten lassen.«

Sie kannte Nikki. Sie hätte Aiden jederzeit mit Leichtigkeit überrollen können.

Nikki zuckte mit den Schultern. »Sturer Kerl. Breeds sind nicht immer logisch, Charity. Natürlich reden wir hier von den Männern. Die Frauen zeigen oft etwas mehr Vernunft.«

»Wie oft?«, fragte Charity belustigt.

»Hmm, manchmal«, lachte Nikki und zog sich einen Stuhl von der Wand zum Bett heran. »Also.« Sie setzte sich und lehnte sich bequem zurück. »Erzähl.«

Charity seufzte. Nikki musste ihr nicht sagen, was sie wissen wollte, Charity wusste inzwischen, wie es lief.

»Keegan weiß viel mehr als ich«, seufzte sie müde. »Alles, was ich wirklich weiß, ist, dass der Schnitt an meinem Bauch gemacht wurde, um die Drogen direkt zu injizieren und gewisse Veränderungen in der Gebärmutter zu beobachten. Aber die Eierstöcke, in denen meiner Ansicht nach die Veränderungen stattfinden, haben sie nicht überprüft. Es war vorgesehen, dass diese Tests bald beginnen sollten. So langsam fingen sie an, viele der Schlussfolgerungen, zu denen ich selbst gekommen war, zu ahnen.«

Nikki nickte. »So weit habe ich es selbst nachverfolgt, mit Unterstützung von Hope und Faith. Die Blut-, Speichel- und Vaginalproben, die ich entnommen habe, als du bewusstlos warst, untermauern das. Aber die Veränderungen in deinem Körper sind viel weiter fortgeschritten.«

Charity nickte und sah ihre Freundin an. »Sie hatten Proben von Aidens Samen, Nikki. Sie hatten die Berichte von jener letzten Nacht im Labor. Ich weiß nicht, was da los war, aber als sie die Anomalien in meinem Blut seinem Samen zuordneten, fingen die Injektionen an. Danach gibt es nur sehr wenig, was ich dir sagen kann. Ich erinnere mich einfach nicht mehr daran.«

»Das Wie ist auch gar nicht so wichtig. Weit wichtiger ist herauszufinden, was sie erreicht haben«, seufzte Nikki. »Bastarde. Sie waren noch nie sehr schlau.«

»Nikki, wir müssen einen Weg finden, das umzukehren«, flüsterte sie. »Und zwar bald, bevor ich tatsächlich schwanger werde.«

Nikki rieb sich besorgt die Stirn, als Charity sie ansah.

»Weiß Aiden, dass du ihn liebst, Charity?«, fragte Nikki schließlich neugierig.

Schock durchfuhr Charity. »Das sind die Drogen ...«

»Charity, schon vor sechs Jahren wusste ich, dass du diesen Mann liebst. Weiß er es?«

Charity schüttelte den Kopf. »Es war keine Liebe, Nikki. Wirklich nicht. Ich wollte doch bloß verhindern, dass er stirbt.«

»Hmm.« Nikki musterte sie eine Zeit lang schweigend. »Okay, dann lass uns anfangen.« Sie griff nach der mächtigen schwarzen Tasche, die sie mitgebracht hatte, und stand auf. »Du weißt, was ich brauche, Charity.«

Charity warf einen Blick zur Tür.

»Er weiß es besser.« Nikki folgte ihrem Blick nicht. »Er wird nicht hier reinkommen, es sei denn, wir rufen ihn oder du schreist.« Sie sah Charity an. »Kannst du es ertragen, wenn ich dich anfasse?«

Charity holte tief Luft und rieb sich über die Arme. Ihr Körper schien schon jetzt allein den Gedanken daran abzulehnen. Sie spürte die Gänsehaut und das Kribbeln ihrer Haut bei dem

Gedanken, was kommen würde. Böse Erinnerungen, wollte sie sich einreden. Das war alles. Aber irgendwie war ihr klar, dass das nicht die ganze Wahrheit war.

»Ist das normal?«, fragte sie vorsichtig.

»Sehr normal, mag mir scheinen«, seufzte Nikki. »Das macht es verdammt schwer, Proben, egal welcher Art, während der ersten Phasen der Paarung zu bekommen. Hope konnte wochenlang keinerlei Berührung ertragen, nachdem Wolfe sie zum ersten Mal genommen hatte. Faith war nur markiert, als ich sie zum ersten Mal untersuchte, daher war es nicht ganz so schlimm. Und als sie mit Jacob zurückkam, hatte sie die erste Phase bereits hinter sich. Ich hoffe, dass ich von dir die Proben bekommen kann, die ich brauche, Charity.«

»Es ist bei ihnen schwächer geworden?« Charity runzelte die Stirn und fragte sich, welches Wunder dafür wohl nötig wäre. »Wie?«

Nikki verzog das Gesicht. »Soweit ich es verstehe, hat es etwas mit einer gewissen Stärke des Orgasmus zu tun. Sobald die erreicht ist, wird es besser.«

Sie wich aus. Charity sah sie aus schmalen Augen an.

»Weiter«, sagte sie leise.

»Nichts weiter.« Nikki zuckte mit den Schultern, zog sich ein Paar OP-Handschuhe über und ließ das Gummiband am Handgelenk schnipsen. »Allerdings scheint es bei ihnen beim Analsex dazu gekommen zu sein. Ich hoffe, bald eine Gefährtin zu finden, die auf normalem Wege dazu kommt.« Ihre Stimme blieb bemüht ausdruckslos, doch sie beobachtete Charity mit scharfem Blick.

Charity sah blinzelnd zu ihr auf, durch und durch schockiert. »Hoffen wir, dass wir bis dahin ein Heilmittel finden können«, antwortete sie ruhig. »Denn ich glaube nicht, dass diese Analgeschichte funktionieren wird.«

Nikki schmunzelte und bereitete die Spritze für eine Blutprobe vor. »Ja nun, wir können hoffen. Auch wenn ich eher in eine andere Richtung gedacht habe. Also, sehen wir mal, ob ich eine Probe bekommen kann.«

Die Untersuchung war grauenhaft. Charity hatte geglaubt, es wäre im Labor schon schlimm gewesen, auf eine Liege geschnallt, während ihr Körper gegen jede Berührung protestierte – aber das hier war noch schlimmer.

Jede Berührung war reine Todesqual. Wie Messer, die ihr das Fleisch von den Knochen schnitten, wenn Nikki sie berührte, egal wie behutsam.

»Ganz ruhig, Charity.« Eine Stunde später klang Nikkis Stimme noch immer leise, wenn auch besorgt. »Wir sind fast fertig.«

Charity holte hörbar Luft, während die Ärztin auf ihren Bauch drückte und die Entzündung der Eierstöcke untersuchte, die, wie Charity wusste, dort eingesetzt hatte. Sie kannte ihren Körper und ihr war klar, dass die Veränderungen in ihr untersucht und getestet werden mussten, aber sie war sich nicht sicher, wie viel sie noch ertragen konnte.

Schweiß bedeckte ihren Körper und tränkte ihre Kleidung. Sie hatte die Fäuste in die Decken gekrallt und kämpfte gegen den qualvollen Schmerz bei jeder Berührung an. Bei dem Mal, das Aiden hinterlassen hatte, hatte Nikki angefangen. Sie hatte eine Hautprobe entnommen und die Stelle gründlich untersucht. Charity war zusammengezuckt, und die Reaktionen ihres Körpers waren noch heftiger geworden, als die Ärztin sich nach unten vorgearbeitet hatte.

»Charity, ich brauche noch Vaginalproben«, sagte sie sanft und warf einen Blick über die Schulter zur Tür. »Kannst du nur noch ein klein wenig länger durchhalten?«

»Beeil dich.« Charity war nun nackt und zitterte vor Kälte, obwohl sie wusste, dass es gar nicht kalt war. Sie hatte furchtbare Angst, dass sie sich nicht mehr lange genug beherrschen konnte.

»Aufhören!« Kalte Wut lag in Aidens Stimme, als er hereinkam und die beiden Frauen aufschreckte. »Gottverdammt, Armani, sieh dir an, was zur Hölle du ihr angetan hast. Sieh zu, dass du hier rauskommst.«

»Nein«, keuchte Charity auf, als er mit beinahe mörderischem Gesichtsausdruck auf sie zukam, um die Ärztin von ihr wegzureißen. »Aiden, hilf mir.« Sie konnte weder das Zittern noch die Kälte aufhalten, die sie peinigten. »Bitte, sie muss es zu Ende bringen.«

Aiden blieb stehen und sah sie überrascht an. »Charity, das bringt dich um. Du siehst aus wie eine Leiche«, brüllte er, und sie zuckte zusammen. »Was in aller Welt willst du denn, das ich tun soll?«

Sie sah zu ihm auf und wusste, was er tun musste. »Halt mich fest«, stieß sie hervor. »Lass sie die Untersuchung zu Ende führen, Aiden. Bitte, du musst mir helfen.«

# 17

Ihre Schreie klangen ihm immer noch in den Ohren. Aiden saß auf der Veranda und ignorierte die Ärztin, die sich still auf der Schaukel auf der anderen Seite niedergelassen hatte und in den langsam dunkel werdenden Himmel sah. Seine Hände zitterten. Er starrte auf sie hinab und fragte sich düster, ob er jemals derart gezittert hatte. Selbst als Kind war er nicht der nervöse Typ gewesen. Seine Hände waren immer stark gewesen, und er hatte sich nie von irgendeiner Angst überwältigen lassen. Doch jetzt zitterte er wie ein Säugling in klirrender Kälte.

Allerdings nicht annähernd so, wie Charity gezittert und geschrien hatte. Kaum hatte Armani mit der Vaginaluntersuchung begonnen, hatte sie aus voller Kehle gebrüllt. Und er war gezwungen gewesen, sie festzuhalten und ihre Augen zu sehen, wild und verängstigt, während ihr Körper gegen jede andere Berührung als seine protestierte.

»Wie lange wird sie schlafen?« Er räusperte sich und kämpfte immer noch gegen das Zittern an, das eingesetzt hatte, sobald er die Hütte verlassen hatte.

»Hoffentlich eine Weile.« Armanis Stimme klang erstickt und war voll Bedauern.

»Hast du bekommen, was du brauchst?« Er konnte sie nicht ansehen. Er fürchtete, wenn er sie anblickte, würde er sie töten. Doch dann erinnerte er sich an ihre Tränen. Das eine Mal, als er sich gestattet hatte, einen Blick auf sie zu werfen, waren ihr Tränen über die Wangen gelaufen.

»Ich hoffe bei Gott, dass es so ist«, antwortete sie schließlich. »Lieber Gott, Aiden, ich weiß nicht, was mit ihr passiert. Ihre Eierstöcke sind geschwollen, ihr Muttermund ist geöffnet, als befinde sie sich im letzten Stadium einer Schwangerschaft anstatt im Frühstadium der Fruchtbarkeit. Weder Hope noch Faith haben je solche Schmerzen durchgemacht. Wie bringst du es fertig, mit ihr zu schlafen?«

Aiden sah sie überrascht an. »Wenn ich sie berühre, Armani, dann kennt ihr Körper nur Lust. Es waren deine Berührungen, die ihr den Schmerz brachten.«

Sie schauderte, als sie antwortete. »Gott, Aiden. Ich weiß nicht, wie ich ihr helfen kann. Ich weiß nicht, was ich tun soll.«

»Fass sie nicht an«, gab er zurück. »Bis die Paarung abgeschlossen ist, Nikki, kann kein anderer sie berühren. Das wollte ich dir sagen; ich habe versucht zu erklären, was ich fühlte.«

Sie runzelte die Stirn. »Du hast es gewusst?«

Er fuhr sich nervös mit der Hand durchs Haar. »Nicht bewusst. Der Gedanke, dass du Tests an ihr durchführst, war mir zuwider, und ich konnte nicht erklären, wieso. Das hier war der Grund. Ich wusste es instinktiv …« Er brach ab und schüttelte den Kopf. »Ich wusste, was man ihr damit antun würde.«

»Faith und Hope haben sich noch nicht so weit verändert«, flüsterte Armani, stand auf und nahm die Tasche mit ihren Proben. »Ich weiß nicht, was ich tun soll, Aiden, oder wie ich ihr helfen kann.«

Aiden schüttelte müde den Kopf. »Es gibt kein Heilmittel«, sagte er leise. »Sie glaubt, dass sich das in Ordnung bringen lässt. Du glaubst das auch …«

»Aiden, ich weiß, dass es sich nicht in Ordnung bringen lässt. Und ich denke, Charity weiß es auch. Du hörst ihre Worte, aber ich habe ihre Angst gesehen.« Sie ging zu ihm und ließ sich neben ihm auf den Stufen der Veranda nieder. »Als sie im Labor war, die wenigen Male, die ich mit ihr reden konnte, hat sie immer nach dir gefragt. Ob es dir gut geht. Ob du jemanden gefunden hast, der sich um dich kümmert. Ob du je nach ihr gefragt hast. Die Fragen kamen auf unterschiedlichste Weise, aber sie waren immer da. Und es sind die Gefühle hinter den Fragen, die ihr Angst machen.«

»Es ist eine Paarung …«

»Nein, Aiden. Nicht so, wie du es dir einreden willst. Charity liebte dich, lange bevor du deinen Samen in ihren Mund ergossen hast. Sie hat von dir gesprochen, von dir geschrieben und sich so sehr gesorgt, dass du es noch schaffst, dich umbringen zu lassen, bevor ihr gerettet werden könnt, dass sie in Tränen ausgebrochen ist. Das hier ist keine Paarung für sie, sondern Liebe. Und das ist der Teil, den sie leugnet.«

Aiden schüttelte den Kopf. Irgendwo tief in seinem Innern hatte er das gewusst. Aber welche Liebe auch immer er für Charity empfunden haben mochte, sie musste schon lange gestorben sein. Und welche Befähigung zu lieben auch immer er gehabt haben mochte, sie war in seinem Kampf ums Überleben langsam verkümmert. Er war zu hart, zu dominierend.

»Was ist mit ihrem Körper?«, fragte er schließlich. »Ich kann sie berühren, sie stundenlang lieben, ohne ihr Schmerzen zuzufügen. Was ist da drin passiert?«

Er warf ihr einen Blick zu, und sie sah in die Nacht. Sie hatte die Stirn gerunzelt und sah nachdenklich aus. »Es ist ähnlich wie bei den Katzen-Breeds«, sagte sie schließlich. »In einem geringen Grad haben auch Hope und Faith diese Entwicklung durchgemacht, aber nicht so extrem. Ich bin nicht sicher, warum, aber ich habe vor, es herauszufinden.«

Sie stand auf und ging die Stufen hinunter, bevor sie sich zu ihm umdrehte.

»Sie glaubt, dass es ein Heilmittel gibt, Aiden«, erklärte sie schlicht. »Du und ich, wir beide wissen es besser. Sei vorsichtig, wie du mit ihr umgehst, sonst läuft sie am Ende auch vor dir davon. Und dann finden wir sie vielleicht nie wieder.«

Nachdenklich kniff er die Augen zusammen. »Was verschweigst du mir, Armani?«

Sie verzog die Lippen zu einem geheimnisvollen Lächeln. »Dinge, die zu enthüllen nur Charity das Recht hat. Pass auf, was du tust, mein Freund, sonst könntest du mehr verlieren, als du je besessen hast.«

Und mit diesen Worten drehte sie sich um und verschwand in der Nacht. Aiden seufzte müde und ging zurück ins Haus, zurück zu seiner schlafenden Gefährtin.

Das Beruhigungsmittel, nach dem sie während der Untersuchung verlangt hatte, machte es ihr ein wenig leichter. Die Tatsache, dass sie darauf bestanden hatte, die Untersuchung zu Ende zu führen, hatte ihm Angst gemacht. Sie war verzweifelt, überzeugt, dass es ein Heilmittel für die chemische Reaktion gab, die ihre Körper aneinanderband.

Seine Instinkte sagten Aiden, dass es kein Heilmittel gab. Nichts, um die Bande zu brechen, die Mutter Natur ihnen auferlegt hatte. Er hatte es akzeptiert, und er wollte nicht länger dagegen ankämpfen. Jahrelang hatte er seinen Hass auf sie genährt, aber sobald er sie wiedergesehen und sie berührt hatte, hatte er begonnen zu akzeptieren, dass er nie frei von ihr sein würde. Was vor sechs Jahren in diesem Labor gewesen war, spielte keine Rolle mehr. Sie hatte nicht mehr getan, als auch er getan hätte. Sie hatte ihren Gefährten auf die einzige Weise gerettet, die ihr eingefallen war. Und jetzt würde er dasselbe tun.

Keine Untersuchungen mehr. Er ging ins Schlafzimmer, zog sich aus und betrachtete sie in ihrem unruhigen Schlaf. Bis die Veränderungen in ihr, welcher Art auch immer, abgeschlossen waren, durfte kein anderer außer ihm sie anfassen und dadurch schwächen. Die Fortschritte, die sie in den letzten zwei Tagen gemacht hatte, waren innerhalb von Stunden dahin gewesen. Sie war wieder blass, geschwächt und leidend.

Er schlüpfte neben ihr ins Bett und zog sie in seine Arme. Ihr Wimmern ließ ihm das Herz schwer werden und schnürte ihm die Kehle zu, als sie sich an ihn schmiegte. Sie war kalt. Trotz der Decken, trotz des Feuers, das im Kamin brannte, fühlte sie sich eiskalt an.

Endlich, nach qualvollen Sekunden der Unruhe, schien sie eine Stellung gefunden zu haben, die ihr angenehm war. Sie seufzte tief und kam wieder zur Ruhe. Unglücklicherweise war sein Schwanz mittlerweile steif, pochte und verlangte nach dem geschmeidigen Körper, der sich so sinnlich an ihm gerieben hatte. Aiden seufzte müde. Diese Paarungssache wurde mit jedem Tag komplizierter.

# 18

»Ich dachte mir, vielleicht hast du Lust, heute in die Stadt zu fahren, nachdem wir zuvor nicht dazu gekommen sind.«

Es war der nächste Morgen. Aiden räumte das Frühstücksgeschirr vom Tisch, bevor er seinen Stuhl zu ihr schob und ihre Füße auf seinen Schoß legte. Sie war viel zu still und nachdenklich. Und viel zu erregt. Der Duft machte ihn fertig. Aber als Erstes wollte er, dass sie sich entspannte und dass sie wegkam – vom Lager, von Armani, von einem Bett.

Sie sah überrascht zu ihm auf. »Wieso willst du das machen? Durchfahren?«

Er grinste sie an. »Um zu sehen, was ich so sehen kann.«

Er sah zu, wie die Emotionen in ihrem Gesicht spielten. Er sah vor allem Frust über seine vage Antwort. Ihre ausdrucksstarken Züge hatten ihn schon immer gereizt und fasziniert. Andere registrierten nur selten, was er beobachtete: eine Augenbraue, die sich kurz hob, ein gewisses Glitzern in ihren braunen Augen, das leichte Zucken um die Lippe oder die angespannte Linie an ihrer Nase, die sich jederzeit verändern konnte.

Die kaum merkbaren Veränderungen ihrer Gesichtsmuskeln wären eigentlich nicht wahrnehmbar gewesen, doch aus irgendeinem Grund fielen sie ihm immer wieder auf. Im Labor war es genauso gewesen. Eine behutsame Änderung ihrer Körperhaltung, um die Aufmerksamkeit auf ihre Brüste zu richten und dabei von der Bewegung ihrer Hände abzulenken. Oder ein strahlendes, zustimmendes Lächeln, während sich die Muskeln um ihre Augen anspannten, wie es ihm bei jeder Konfrontation, die sie bisher hatten, aufgefallen war.

Die Unterschiede waren vielfältig, kaum wahrnehmbar, und die meisten fand er liebenswert. Besonders die Art, wie ihr Blick still zu stehen schien, wenn sie ihn ansah, abwartend, mit neutraler Miene. Ein sicheres Zeichen dafür, dass sie ärgerlich wurde. Bei dem Gedanken musste er unwillkürlich lächeln.

»Falls jemand uns angreifen wollte, würde er in der Stadt anhalten, um die notwendigen Informationen dafür zu sammeln. ›Finde die Schwächen deines Feindes heraus‹, das hat immer oberste Priorität. Richtig?«

»Richtig«, antwortete sie langsam. Ihre Nasenspitze zuckte leicht. Hingerissen von der winzigen Bewegung, fuhr er fort.

»Du und ich fahren durch die Stadt, halten vielleicht auf einen Imbiss bei einem Restaurant und genießen einfach ein wenig den Tag, bevor wir wieder zurückkehren. Und während wir das tun, werden andere beobachten, Ausschau nach Ungewöhnlichem halten oder danach, ob uns irgendwer zu viel Aufmerksamkeit schenkt. Wenn wir fort sind, bleiben die anderen noch dort und hören, was so geredet wird, wer Fragen stellt und was passiert.«

Ihre Nasenspitze zuckte erneut. Neugier?

»Du wendest die Taktik an, die die Soldaten des Councils euch beigebracht haben, um ihre Attentäter zu fassen«, stellte sie schließlich langsam fest.

»Im Grunde genommen ja«, nickte er.

»Und das ist ihnen bewusst.« Sie legte den Kopf schief, und ihre Lider spannten sich an, als wollte sie ihre Augen zusammenkneifen. »Du unterschätzt den Feind gerade, Aiden.«

Er lehnte sich auf dem Stuhl zurück, und Belustigung stieg in ihm auf. »Taktiken waren nicht deine Spezialität, Charity«, wandte er ein. »Ich glaube, deine waren Blutbilder.«

Jetzt war sie beleidigt. Die Muskeln an ihren Wangenknochen zuckten, und das Aufblitzen, das ihre Augen dunkler wirken ließ, konnte auch vom Sonnenlicht kommen, das durchs Fenster hereinfiel. Doch das bezweifelte er. Vielmehr schien sie wütend zu sein.

»Und deine war Arroganz«, warf sie ihm an den Kopf und gab sich keine Mühe, den Ärger in ihrer Stimme zu unterdrücken. »Sicher, Aiden, eine Fahrt in die Stadt wäre nett. Ist schon eine Weile her, seit ich einen Hamburger gegessen habe. Ich könnte einen vertragen. Und meinen Füßen geht es auch gut.«

Sie nahm die Füße von seinem Schoß und stellte sie vorsichtig auf den Boden.

Aiden unterdrückte ein Grinsen. Ihm war bewusst, dass es nur sehr wenig brauchte, um die angenehme Stimmung, die sie gerade aufrechtzuerhalten versuchte, zu verderben. Er wollte sie feurig, er wollte, dass das Blut durch ihre Adern pulsierte und ihren Körper empfindsam machte. Aber er wollte nicht, dass sie wütend war. Wäre sogar nett, dachte er, wenn er sie lächeln sehen könnte. Ein echtes Lächeln voller Freude.

»Wenn es geht, würde ich gern einige Dinge kaufen, die ich brauche. Kleidung, Schuhe und so weiter. Ich kann dir die Ausgaben ersetzen …«

»Das Council hat alle deine Konten aufgelöst, Charity«, fing er an.

»Ich habe Privatkonten«, gab sie mürrisch zurück. »Das Geld des Councils habe ich nie angerührt.«

»Charity.« Seine Stimme wurde sanfter, denn er wusste, dass der nächste Schlag wehtun würde. »Deine persönlichen Konten sind unberührt, aber leer. Das Geld wurde vor sechs Monaten abgezogen.«

Sie senkte den Kopf und fuhr sich müde mit den Fingern durchs Haar. »Ich hatte gehofft, sie würden sie nicht finden«, seufzte sie. »Ich hätte es wohl besser wissen müssen, schätze ich.«

»Wenn du kräftiger bist, arbeitest du hier im Lager. Um Geld musst du dir keine Sorgen machen.«

Ihre Wangen röteten sich. »Ich brauche dein Mitleid nicht, Aiden. Ich habe andere Quellen. Es wird nur eine Weile dauern, da heranzukommen. Aber ein Darlehen würde ich trotzdem begrüßen. Ich zahle es zurück.«

»Das Darlehen ist kein Problem.« Er stand auf, entschlossen, ihr den Weg leichter zu machen, was auch immer er dafür tun musste. »Wir halten an ein paar Läden und besorgen dir, was du brauchst, aber ich lasse nicht zu, dass du dich überanstrengst. Du bist erschöpft genug. Also denk nicht, dass du mich überreden kannst.«

Ihr blieb beinahe der Mund offen stehen. »Ich habe nie versucht, dich zu irgendwas zu überreden, abgesehen davon, dass ich deine wertlose Haut retten wollte.«

»Du setzt wohl immer deinen Kopf durch, oder, Süße?«, murrte er. »Binden wir den Jungen einfach mal an und spielen mit seinen Schwächen. Wie in aller Welt wusstest du überhaupt, dass du meinen Schwanz so hart machen konntest?«

Charity verdrehte die Augen. »Du warst so offensichtlich, Aiden. Selbst in schlaffem Zustand pochte dein Schwanz, wenn du Drogen intus hattest.«

»Du hast mich beobachtet?« Er versuchte, entrüstet zu klingen, kicherte aber unverhohlen belustigt.

Sie holte tief und geduldig Luft.

»Du bist irre«, sagte sie so würdevoll, wie es ihr möglich war. »Was ist jetzt mit dem Ausflug, den du mir versprochen hast?«

Daraufhin lachte er leise, und darüber war er erstaunt. Die hilflose Gereiztheit in ihrem Gesicht, das Aufblitzen erzwungener Geduld in ihren Augen, das alles hätte ihn wütend machen sollen. Doch stattdessen gab es ihm Hoffnung.

Doch Hoffnung worauf? Da war er sich noch nicht sicher.

# 19

Die frühen Herbstnächte in Colorado waren erfrischend und kühl. Perfekt für ein kleines Feuer und die behagliche Hütte, die Aiden gebaut hatte. Der Tag war nicht leicht gewesen. Mit den Forderungen ihres Körpers fertig zu werden, war sogar noch schwieriger. Der Schmerz war verschwunden, doch die Erregung war stärker präsent als je zuvor.

Sie war nicht so schwer zu kontrollieren, wie Charity gedacht hatte. Die freundschaftliche Kameradschaft, die sie und Aiden bei der Fahrt in die Stadt gepflegt hatten, war hilfreich. Das bisschen Einkaufen hatte Spaß gemacht. Neue Kleider anstelle der Laboruniform waren nett. Aber jetzt, als sie sich entspannen wollte, machten sich ihre Bedürfnisse wieder mit aller Macht bemerkbar.

Nachdem sie ihr Geschirr nach einem leichten Abendessen in die Spülmaschine gestellt hatte, ging sie ins Wohnzimmer, wo ein behagliches Feuer im Kamin knisterte. Sie zog den extragroßen Sitzsack, der an einer Wand lehnte, vors Feuer und ließ sich dankbar darauf fallen.

Er war sehr bequem und gestattete ihr, sich zu entspannen, als sie die Füße in Richtung der Wärme ausstreckte, die von den brennenden Holzscheiten abstrahlte. Das leichte Nachthemd, das sie nach dem Duschen angezogen hatte, ging ihr bis zu den Oberschenkeln, sodass die Wärme über ihre Haut flackern konnte. Sie schloss die Augen und genoss den Frieden, das Gefühl von Sicherheit, das im Lager der Breeds allgegenwärtig war. Trotz der hohen Zäune, der Enforcer und der gut ausgebildeten Wölfe gab es hier nichts, was sie an die Labore und die Gefangenschaft erinnerte, die sie dort erlebt hatte. Aber dafür gab es hier vieles, das sie an Aiden erinnerte.

In jedem Atemzug lag sein Duft. Manchmal war der erdigmännliche Anflug von Sexualität und Lust überwältigend. So wie jetzt. Wenn ihr Körper sich sehnte und sie nichts mehr wollte, als ihn an ihrer Haut zu spüren, zu fühlen, wie er sie berührte, trotz der Gewissheit, was kommen würde.

Ihre Brüste waren geschwollen, ihre Brustwarzen hart und aufgerichtet unter dem Baumwollhemd. Beinahe träge hob sie die Hände. Sie war allein, entspannt, und die Sehnsucht brannte in ihr. Ihre Hand glitt zu ihren Brüsten unter dem Hemd, und sie sog die Unterlippe zwischen die Zähne und unterdrückte ein Stöhnen reinen sexuellen Verlangens. Ihre Brüste waren empfindsam unter ihren Fingern, und ihre Nippel wurden noch härter, reckten sich ihrer Berührung entgegen.

Charity öffnete die Knöpfe an der Vorderseite, bis sie den Stoff weit genug beiseiteschieben konnte, um die festen Rundungen für die Wärme ihrer Hände zu entblößen. Aber sie brauchte Aidens Hände.

Sie kniff eine Knospe zwischen zwei Fingern und sog die Luft ein bei dem scharfen Stechen der Lust, das ihr ein Keuchen entlockte. Aidens Hände waren rauer und größer als ihre, aber die Fantasie funktionierte in den Randbereichen ihres Verstandes. Aiden, der sie berührte und das wachsende Verlangen linderte, das sich unter ihrer Haut aufbaute.

Er würde erst Stunden später zurück sein. Sie war sicher, dachte sie, und atmete schwer in wachsendem Verlangen. Sie brauchte Erleichterung, egal wie gering.

Ihre Hand glitt an ihre Schenkel und schob das Hemd hoch, während ihre Finger die unbehaarte Haut zwischen ihren Beinen suchten. Sie zuckte und erschauerte stöhnend.

»Aiden«, flüsterte sie seinen Namen und stellte sich vor, wie er sie vielleicht beobachtete und seine Augen dunkel wurden, als sie sich selbst streichelte.

Wäre es so? Würde sein Glied steif werden und sich aufrichten, beim Anblick ihrer Finger, die sich durch die enge Spalte ihrer Schamlippen schoben? In ihrer Fantasie war es so. Sie fuhr um die pralle Klitoris und fühlte die stechende Lust, die dabei durch ihren Unterleib jagte.

Ihre Schamlippen waren gereizt und empfindsam vor Erregung. Die Feuchte, die sie bedeckte, erlaubte es ihren Fingern, mühelos dazwischenzugleiten, bis sie die Pforte ihrer begierigen Vagina erreichten.

»Oh Gott!« Sie konnte den Aufschrei nicht unterdrücken, als sie zwei Finger hineinschob.

Ihr Schoß ergoss sich vor Wonne, und ihre Muskeln umklammerten ihre Finger und verlangten nach mehr. Die Empfindungen, die sie überfielen, waren beinahe schon qualvoll. Hitze versengte ihre Finger bei der leichtesten Bewegung, bis in die angespannten Muskeln, während die pulsierenden Vibrationen verzückender Ekstase durch ihren Leib pochten.

Sie spreizte die Beine weiter, und ihre Schenkel spannten sich an, als das Sehnen sich von ihrer Vagina in ihre Klitoris ausbreitete. Wie ein Feuersturm erotischer Qual jagten die Empfindungen durch ihren Leib und quälten sie mit dem Verlangen nach Erlösung. Sie fühlte sie über ihre Haut streichen und ihre Leidenschaft und ihr Verlangen immer stärker werden.

Langsam zog sie die Finger zurück und wimmerte, als das Gefühl stärker wurde, bevor sie sie wieder vorwärtsschob in einer Nachahmung von Aidens Stößen. Nicht annähernd so gut, aber sie konnte den Aufschrei nicht unterdrücken, bei dem Aufkeimen des durchdringenden Verlangens, das durch ihren Leib jagte.

Ihr Handballen presste sich auf ihre pralle Klitoris und intensivierte den lustvollen Druck noch. Ihre Vagina zog sich in unerfülltem Hunger zusammen, während sie versuchte, sich selbst zum Höhepunkt zu bringen. Zuvor hatte es immer funktioniert. Immer, doch egal, wie sehr sie sich jetzt auch bemühte, egal, wie tief sie die Finger in ihre Vagina schob, sie konnte keine Erleichterung finden.

Sie hatte den Kopf in den Nacken geworfen und wimmerte verzweifelt keuchend auf – als sie plötzlich ein sanftes Lecken über ihren feuchten Handrücken spürte.

Charity riss die Augen auf und hob den Kopf. Ihr Blick war gefangen von der erotischen Intensität in Aidens Blick, der zwischen ihren gespreizten Beinen kniete und sie ansah. Er war nackt, und Sinnlichkeit stand in seinen Zügen, als er die Zunge ausstreckte, um sie noch einmal zu lecken. Ein kraftvoller Strich mit der Zunge, begleitet von einem Knurren, das in ihrer Hand zu vibrieren schien, bis in die begierigen Tiefen ihrer Vagina.

»Weißt du, wie unglaublich schön du in diesem Moment für mich aussiehst?« Seine Stimme klang dunkel und schwer vor Lust.

Als sie die Hand zurückziehen wollte, hielt er sie auf und drückte seine darauf, bis ihre Finger erneut zwischen ihre angespannten Beine drangen. Er verfolgte die Bewegung, seine Wangen röteten sich und Begierde schimmerte in seinen Zügen.

»Hör nicht auf«, flüsterte er. »Lass mich zusehen, Charity. Nimm dich selbst, während ich zusehe.«

Es war das Erotischste, was sie je in ihrem Leben erfahren hatte. Ihn zu beobachten – sein Blick auf ihre Finger fixiert, und seine Zunge, die ihre Säfte aufleckte –, das überwältigte sie. Seine raue Zunge war heiß und gierig, während er ihre

Beine noch weiter gespreizt hielt. Er sah ihr in die Augen und versuchte, jedes Tröpfchen ihrer Erregung zu kosten, das zwischen ihre drängenden Finger lief.

»Ich kann nicht.« Sie keuchte. »Aiden, bitte. Ich kann nicht …«

Sie brauchte seine Finger in sich, die sie dehnten und höher trieben. Gott, nein, sie brauchte seinen Schwanz, der sie füllte, und mehr als das, der sie schreien ließ, während ihre Muskeln gezwungen waren, jeden kraftvollen Stoß zu nehmen. Sie schob die Finger tiefer und härter in sich und schrie dann auf, als sie sie wieder zurückzog und seine Zunge sich dazwischendrückte. Die heiße Zungenspitze leckte über die empfindsame Pforte, und das überwältigende Gefühl wallte wie eine Woge aus feuriger Ekstase durch ihren Leib.

»Ich nehme dich, bis du mich anflehst, aufzuhören.« Seine Stimme klang hart, so tief und rau, dass sie wie eine geisterhafte Berührung über ihre Sinne strich. »Sobald ich dieses Verlangen stillen kann, jeden Tropfen deiner Lust aus deinem Körper zu saugen.«

Er zog ihre Finger weg, nur um sie durch einen harten, leidenschaftlichen Strich seiner heißen Zunge zu ersetzen.

Ihre Hüften zuckten, drängten sich dem Stoß entgegen, während Empfindungen, heiß wie Lava, durch ihr Blut rauschten und ihren Verstand mit Ekstase versengten. Sie verkrallte sich in den Sitzsack, und ihre Schenkel spannten sich an, während seine kräftigen Hände sie gespreizt hielten. Er naschte zwischen ihren Beinen, nahm sie hart mit seiner Zunge, bevor er sich zurückzog und sie sanft leckte.

»So verdammt gut. Du machst mich ganz betrunken vor Verlangen nach dir«, flüsterte er an ihrer pulsierenden Pforte, bevor er erneut mit der Zunge in sie stieß.

Der blinde Drang nach Erlösung wurde immer stärker in ihr.

Es gab keine Scham, kein Halten mehr, sondern nur noch Aiden. Aiden, der sie festhielt, während sie sich wand und mehr wollte. Aidens Zunge, die über das überempfindliche Gewebe strich, sich an zuckenden Muskeln vorbeischob und Nervenenden erreichte, von deren Existenz sie gar nichts gewusst hatte. Nerven, die bei jeder Berührung in Ekstase explodierten und ihr Verlangen nach Befriedigung und Erleichterung hinausschrien.

»Aiden, ich brauche dich.« Sie umklammerte den Sitzsack noch fester und kämpfte um Erlösung.

Ihre Vagina, ihre Klitoris, ihre Brüste – verdammt, ihr ganzer Körper – glühten, kribbelten, ihre Muskeln spannten sich bis in die letzte Zelle an, um die köstliche Qual zu lindern, die er ihrem feuchten Schoß bereitete. Er stöhnte an ihrer Haut, ein genussvoller Laut voll Wonne, als ihre Vagina sich zusammenzog und dann erneut seine Zunge tränkte. Aiden war wie ein Mann kurz vor dem Verdursten, der einen Brunnen feuchter, süßer Erlösung gefunden hatte. Wenn er nun auch noch ihr die Erlösung bieten würde, dann würde sie nicht den Verstand verlieren.

»Aiden, bitte«, keuchte sie. Ihre Stimme klang schwach, atemlos, und der Klang tiefer Verzweiflung darin schockierte sie. »Bitte. Wenn du mich nicht nimmst, sterbe ich.«

Sie wand sich und stöhnte qualvoll. Sein Daumen begann, ihre Klitoris zu umkreisen, die daraufhin kribbelte und pulsierte. Jedes Streicheln war wie Ekstase, die am Rande zum Orgasmus verhielt und sie in immer neue Sphären trieb. Sie hob sich seiner Zunge entgegen, wimmerte und schrie bei jedem Stoß von ihm auf, während ihre inneren Muskeln sich für jedes kraftvolle Eindringen öffneten.

Der Druck auf ihre Klitoris wurde stärker, genährt durch seine leidenschaftliche Zunge, seine saugenden Lippen, seinen

Daumen, der über ihre Knospe kreiste. Ihre Schreie hallten fast animalisch durchs Zimmer, flehend, wie sie es nie für möglich gehalten hätte. Bis sein Daumen fester drückte, sie streichelte … Gott, ja … genau da …

Sie schrie auf. Sterne zerbarsten um sie herum, als ihre Augen sich weiteten, ihr Körper sich durchbog, sich anspannte, fest an seine Zunge gedrückt, und sie spürte, wie ihr Unterleib explodierte. Ihr Oberkörper bäumte sich unkontrolliert auf, ihr stockte der Atem, und die Lust fuhr durch ihren gesamten Körper. Ein Blitz nach dem anderen aus weiß glühender Hitze durchfuhr sie, sie zuckte krampfartig, und ihr eigener klagender Aufschrei schockierte sie, als Aiden ruckartig den Kopf hob und mit einem animalischen, besitzergreifenden Knurren über sie kam.

# 20

»Und jetzt, Charity«, flüsterte er, unfähig, das drängende Verlangen nach Erfüllung, das in ihm pochte, zurückzuhalten, »lass mich in Flammen stehen.«

Aiden spürte das Pulsieren der Gleitflüssigkeit in dem Augenblick, als seine Eichel Charitys feucht-heißen Schoß berührte. Er verzog das Gesicht und rang um Beherrschung. Er wollte langsam in sie eindringen, um jede Kontraktion ihrer Enge auszukosten. Und wie eng sie war!

Ein weiteres Pulsieren. Ihr Körper spannte sich an, und sie bäumte sich auf, als es in ihren heißen Schoß strömte. Vorsichtig schob sich seine kräftige Eichel in ihre enge Pforte, als sich ein weiterer Schwall ergoss. Inzwischen rang er keuchend um Luft. Die Schübe waren beinahe wie ein Orgasmus, reizten ihn, mit der Ekstase zu kommen, mit der Erinnerung an die tiefe Erlösung, wenn sein Samen sie füllte, ihren Schoß tränkte und ihrer beider Lust für kurze Zeit linderte.

»Du bist so heiß. So heiß und eng, dass ich am liebsten mein Verlangen nach dir hinausheulen würde«, keuchte er atemlos.

Er biss die Zähne zusammen und drang tiefer in sie, fasziniert, wie mühelos ihre Muskeln ihm nachgaben, wie heiß und eng ihre Umklammerung war. Ihre Muskeln spannten sich an, und ihre Feuchte erleichterte ihm den Weg, als er sich in sie schob. Er sah nach unten und kämpfte gegen das beinahe tollwütige Grollen an, als er sah, wie sich ihre prallen Schamlippen um seinen Schaft dehnten, der sie in Besitz nahm. Bei dem Anblick ergoss sich ein weiterer Schwall in sie.

Sie schrie auf und packte seine Handgelenke an ihren Hüften. Mit benommenem Blick sah sie zu ihm auf, ihr Gesicht glänzend vor Schweiß und erhitzt vor Leidenschaft.

»Weißt du, wie gut du dich anfühlst?«, knurrte er und bemühte sich verzweifelt um Beherrschung. »So feucht und eng, Charity. Ich kann spüren, wie der Knoten unter meiner Haut pocht und um Erlösung fleht.«

Und wie er es spürte. Der hämmernde Druck um die Mitte seines Schaftes war quälende Ekstase, als er gegen den nahenden Höhepunkt ankämpfte. Aiden glitt tiefer in sie, und sein Blick ging zwischen ihren seidenweichen, rosigen Schamlippen und ihrer verzückten Miene hin und her.

Es war süße Qual. Eine Wonne, so voll Schmerz, dass er hätte schwören können, er würde sterben, während er mit Mühe seine langsamen Bewegungen in ihr kontrollierte.

»Charity«, keuchte er und sank immer tiefer in ihren Schoß. »Baby.«

»Jetzt.« Ihre Nägel gruben sich in seine Handgelenke. »Nimm mich, Aiden. Nimm mich jetzt. Hart. Bitte …«

Er konnte nicht mehr anders. Mit voller Kraft stieß er sich in sie, sein Kopf sank in den Nacken, und ein Grollen drang aus seiner Kehle, als die brutale Lust durch seinen Leib jagte. Er war bis zum Anschlag in ihr, seine Hoden an ihren Po gedrückt, feucht von ihrer Erregung.

»Aiden.« Sie hatte sich in eine beinahe sitzende Haltung aufgerichtet und starrte ihn mit großen Augen an.

»Sieh hin«, flüsterte er und lenkte den Blick zwischen ihre Körper, als er sich langsam zurückzog.

Er hörte ihr Wimmern und wollte am liebsten selbst aufschreien, als sein Schwanz zurückglitt, über ihre Haut rieb, glitzernd von der Nässe, die ihn bedeckte. Er zog sich fast ganz zurück, bis auf die Eichel.

»Sieh zu, Charity.« Er musste um Atem ringen, kämpfen, um das Zittern zu unterdrücken, das seinen Körper erschüttern wollte. »Sieh zu, wie ich dich nehme.«

Wieder drang er in sie ein. Schneller, aber nicht zu schnell, sodass sie sehen und fühlen konnte, wie jeder Zentimeter seines Schaftes sie in Besitz nahm. Wieder sah er zu ihr auf und sah den Ausdruck der Faszination in ihrem Gesicht und die Erregung, die ihre Züge anspannte.

»Sieh mich an, Charity«, flüsterte er. »Sieh hin, Baby.«

Sie hob den Blick. Ihre Augen waren groß, benommen, fast schwarze Tiefen der Hingabe, als er sich zurückzog und dann erneut in sie eindrang.

»Markiere mich«, flüsterte er, und jeder Muskel in ihm spannte sich vor Verlangen an, als er sie fester in die Arme nahm und an sich drückte. »So wie ich dich markiert habe, Charity. Nun markiere du mich.«

Er stieß härter in sie, als ihre Lippen seine Schulter berührten. Er war so kurz davor. So verdammt kurz davor, dass er spüren konnte, wie die Schwellung begann und sich auf seinen Orgasmus vorbereitete. Seine Hüften bewegten sich schneller, trieben sein Glied härter und tiefer in sie, als er das zarte Kratzen ihrer Zähne spürte und ihr Wimmern angesichts des nahenden Orgasmus hörte.

Ihre Muskeln zogen sich zusammen, tiefe Kontraktionen, die an ihm molken, als wollten sie seinen Samen aus ihm heraussaugen.

»Jetzt, verdammt.« Er konnte sich nicht länger zurückhalten, nicht länger warten. Die Schwellung begann, und die Lust jagte durch seinen Leib, bis er sich fragte, ob er das überleben würde.

Ihre Zähne gruben sich in den festen Muskel. Nicht fest genug, um die Haut zu durchbohren, wie seine Reißzähne es bei ihr getan hatten, aber genug, gerade genug, um die animalischen Triebe in ihm zu entfesseln.

Er packte ihre Hüften, drückte sie nieder und schob sich über sie, fühlte ihre Zähne zubeißen, als er härter in sie stieß, immer wieder, bis die Schwellung stärker wurde und ihn tief in ihr verankerte, als sie kam.

Die harten Kontraktionen ihres Höhepunktes trafen perfekt zusammen mit dem ersten Erguss seines Samens. Aiden heulte beinah auf, als ihn die Lust überkam und seinen Körper überwältigte, über seinen Rücken lief und seinen Verstand in Verzückung versetzte. Er konnte nicht aufhören. Seine Hüften zuckten, ihre Muskeln spannten sich an, und sein Samen strömte erneut in sie. Es schien nie zu enden, eine Lust, anders als alles, was er je gekannt oder für möglich gehalten hatte.

Die Schwellung pulsierte und pochte, als hätte sie ein Eigenleben. Gefangen im festen Griff ihrer zuckenden Vagina, sank er schaudernd auf sie, und sein Körper zuckte mit jedem neuen Schub seines Samens. Sein Atem ging schwer in seiner Brust, während der Druck, quälend langsam, abklang.

Schweiß tropfte von seiner Haut auf Charity. Ihre Zähne lösten sich von seiner Schulter, ihr Kopf sank nach hinten, und sie schauderte ein letztes Mal.

»Meins«, flüsterte er und hob den Kopf, gerade weit genug, um sie anzusehen und sie mit der Absicht, die immer deutlicher in seinem Kopf wurde, zu durchbohren: »Meins, Charity. Immer.«

Sie lächelte, schwach, aber voll Entschlossenheit und eigener Unnachgiebigkeit.

»Noch nicht«, versicherte sie ihm leise. »Und vielleicht, Aiden, niemals.«

# 21

Am Anfang war das Geräusch so leise, dass er dachte, er hätte sich verhört. Dass das Badezimmerfenster so verdammt klein war, hatte seinen Grund. Auf diese Weise konnten keine Attentäter eindringen, aber es vermittelte Aiden das Gefühl, nicht gänzlich eingesperrt zu sein. Dieses Zugeständnis machte die Notwendigkeit von Gittern vor den Fenstern und Schlössern an den Türen erträglicher. Aber das Alarmsystem hätte auf jeden Fall aktiv sein müssen.

Aiden legte Charity die Hand auf den Mund, um eventuelle Laute von ihr zu unterdrücken, als er sie rasch vom Bett zog. Sie spannte sich an, bewegte sich aber geschmeidig mit ihm, während er sie zu Boden zog und die Hand unter die Matratze schob, um nach der automatischen Waffe zu greifen, die er dort bereithielt.

Dann zog er Charity am Arm auf die andere Seite des Raums zu der zweiten Tür des Schlafzimmers, um sie ins Wohnzimmer zu bringen.

Vorsichtig dirigierte er sie an die dicke Kaminwand und schirmte sie mit seinem Körper ab. Er wollte zügig mit ihr das Zimmer durchqueren – doch dann wurde ihm die wahre Gefahr bewusst, in der sie sich befanden.

»Kojoten«, flüsterte sie. »Ich kann sie riechen.«

Damit überraschte sie ihn. Er hatte den Duft erkannt und wusste genau, womit er es zu tun hatte, aber dass auch sie den charakteristischen Geruch wahrnahm, hatte er nicht erwartet.

»Sie können mich auch wittern, Aiden.« Ihre Stimme war

nur ein leises Hauchen. »Lass mich hier und tu, was du tun musst. Du kannst meinen Duft nicht verbergen.«

»Schsch.« Wer auch immer es hier reingeschafft hatte, war verdammt gut, das musste er zugeben.

Vorsichtig zog er sie weg vom Kamin, durchs Wohnzimmer und schob sie eilig hinter die Standbar aus schwerer Eiche zwischen Wohnzimmer und Küche, bevor er lautlos zurückschlich.

Der Bastard war hier, um sich Charity zu greifen, und er wusste es. Der Duft ihrer Hitze war überwältigend und würde höchstwahrscheinlich seinen eigenen Geruch überlagern. Das würde er brauchen, um den Bastard zu überraschen und auszuschalten. Aiden wollte den Attentäter lebend, damit der noch reden konnte.

Er schlich zurück zur Tür, ging in Kauerstellung und sah um die Ziegelmauer des Türrahmens herum. Da war er. Klein, sehr klein für einen Kojoten-Breed, und er bewegte sich langsam aufs Bett zu. Aiden zielte sorgfältig und räusperte sich. Und dann brach die Hölle los.

Die Fenster zu Küche und Wohnzimmer zerbarsten gleichzeitig, als gedämpfte Schüsse durch den Raum pfiffen.

»Fuck!« Aiden feuerte auf das vordere Fenster und riss eines der Automatikgewehre aus dem Waffenregal neben sich.

Charity. Mist. Sie hatte keinen Laut von sich gegeben, und die Kugeln, die durchs Haus flogen, zielten durch das Fenster direkt hinter die Bar. Er rollte sich über den Boden und erwiderte das Feuer, während er versuchte, in das andere Zimmer zu kommen und Charity in Sicherheit zu bringen. Gottverdammte Scheiße. Was war eigentlich aus kugelsicherem Fensterglas geworden?

Als er sich der Tür näherte, fielen Schüsse von der Tür zum Schlafzimmer. Aiden fluchte, als er die Hitze der Kugeln spürte, die um ihn herum einschlugen, und war erleichtert, als er hörte, wie die Sirenen im Lager losgingen. Er erwiderte das Feuer und suchte zweifelhafte Deckung hinter der Couch.

»Charity!« Er schrie ihren Namen, während das Haus in seinen Grundfesten erschüttert wurde.

Er hörte, wie sie seinen Namen rief, während aus allen Richtungen Schüsse zu kommen schienen. Rauch und Staub überall, sodass er nichts sehen konnte, aber all seine anderen Sinne waren nicht beeinträchtigt und er hörte das Handgemenge im anderen Zimmer.

Die Schüsse aus dem Schlafzimmer nagelten ihn hier fest, und er feuerte wild zurück, während er verzweifelt versuchte, irgendeinen Weg zu finden, um in die Küche zu gelangen.

»Verfluchte Schlampe.« Die dunkle Männerstimme kam zischend von Charitys Standort. Aiden verließ seine Deckung und feuerte dabei wild in Richtung Schlafzimmer und Wohnzimmer.

Ein schmerzerfüllter Schrei kam von der Schlafzimmertür, als er in die Küche hastete.

Und da sah er es. Ein großer Kerl, im Handgemenge mit Charity, während ein anderer durch das zerbrochene Fenster hereinkam. Er zielte und schoss, als er das Aufblitzen von Stahl an Charitys Seite sah.

Ein qualvoller Schrei gellte durch die Küche, während Aiden Charity aus den Klauen ihres Möchtegern-Angreifers befreite. Sie bewegte sich schnell, duckte sich und verschwand, während er auf den verletzten Mann feuerte.

Sie war verdammt schnell. Wie ein Wirbelwind tobte sie durchs Zimmer, und die schattenhaften Gestalten in den trüben, stauberfüllten Räumen begannen sich zu winden. Derart schnelle Reaktionen und diese sichere Koordination konnten nur von jahrelangem Training stammen. Wer oder was hatte sie ausgebildet?

»Bastarde«, schrie sie, und er sah, wie sie sich erhob, eine Waffe in der Hand, und auf etwas hinter ihm schoss. Das schmerzvolle Aufheulen, das er hörte, als er sich duckte und zu ihr eilte, verriet ihm, dass sie getroffen hatte, was auch immer ihr Ziel gewesen war.

Rasch schob er sie hinter sich, während er das Fenster beobachtete und die Waffe auf die nun leere Öffnung richtete.

»Verdammt, ich brauche keinen Schild, Aiden«, fluchte sie, als er sie mit dem Rücken gegen den Tresen schob.

Das Heulen der Wölfe, die Schüsse draußen und die plötzliche Stille in der Hütte überzeugten ihn, dass die Gefahr vorüber war und die Enforcer es in Rekordzeit zur Hütte geschafft hatten. Leider sah diese etwas mitgenommen aus.

»Aiden.« Die Tür flog auf, und Stygians raue Stimme rief seinen Namen.

Scheinwerfer erhellten das Zimmer, während er sich langsam entspannte und vorsichtig inmitten der Glasscherben auf dem Boden aufstand.

»Stygian, hol eine Decke für Charity und meine Hose und Schuhe aus dem Schlafzimmer. Hier sind überall Glasscherben.« Seine Füße brannten bereits von den vielen Schnitten, die sie abbekommen hatten.

Während Stygian in das Zimmer eilte, beleuchteten batteriebetriebene Scheinwerfer die Hütte, die sich langsam mit Enforcern füllte.

»Der hier atmet noch«, rief Styx, als er den Kojoten fand, den Charity niedergeschossen hatte. Dann fiel ein Schuss, und Aiden wusste, dass der Kojote nun nicht mehr lebte.

Verärgert verzog er das Gesicht. Er hatte gehofft, wenigstens einen von ihnen lebend zu erwischen.

Hinter ihm hielt sich Charity schwach an ihm fest. Ihr Kopf lag an seinem Rücken, und ihr Atem ging rau.

»Bist du okay?«, fragte er über die Schulter.

»Am Leben«, stieß sie hervor.

Aiden brummte. »Immer noch besser als tot, hm?«

Sie kicherte schwach, und er spürte, wie sie langsam den Kopf an seinem Rücken schüttelte.

»Decke.« Stygian kam zurück. Er warf Aiden die Decke zu, hatte aber auch Jeans und Sneaker für Aiden dabei.

Aiden fing die Decke auf, drehte sich um und wickelte Charity schnell darin ein. Sie war blass, ihre Augen weit aufgerissen und dunkel, aber sie wirkte relativ unversehrt.

»Ich ziehe mich rasch an, und dann bringe ich dich zur Couch.« Er drehte sich wieder um, nahm Jeans und Schuhe von Stygian entgegen und zog sie eilig an.

Dann vergewisserte er sich, dass Charity in die Decke gewickelt war, hob sie auf und ging zügig mit ihr zur Couch. Das Wichtigste zuerst. Er musste nachsehen, ob mit ihr alles in Ordnung war, und dann würde er herausfinden, wie in aller Welt diese Bastarde vom Council es geschafft hatten, an den Alarmen am Grenzzaun, den Enforcern und den Wölfen vorbeizukommen. Er wusste, was sie hier suchten; jetzt musste er herausfinden, wie er sie aufhalten konnte. Und er musste herausfinden, wieso zur Hölle es kein Zeichen von ihnen in der Stadt gegeben hatte.

# 22

»Du hast den Feind unterschätzt«, murmelte sie, als er sie in einer anderen Hütte auf die Couch setzte. »Kojoten sind nicht dumm, Aiden. Seelenlos ja, aber nicht dumm. Schon die Tatsache, dass du nicht beobachtet wirst, sollte dich alarmieren.«

Sein Brummen überzeugte sie nicht gerade davon, dass er ihren Standpunkt teilte.

»Woher hast du deine Ausbildung?«, wollte er stattdessen wissen und ignorierte ihre Warnung.

»Spielt das eine Rolle?«, fragte sie zurück. Seine besitzergreifende Haltung machte sie nervös.

Er starrte sie mit ausdruckslosen, kalten Augen an. »Würdest du mir bitte antworten?«

»Army«, antwortete sie schließlich bitter. »Dort habe ich auch meine wissenschaftliche Ausbildung erhalten. Meine Pflegeeltern waren bei der Army. Wurden bei einem terroristischen Angriff im Ausland getötet.«

Ihre Erziehung war, ebenso wie ihre Ausbildung, unorthodox gewesen. Ihre Pflegeeltern waren Teil einer einzigartigen Gruppe von Forschern gewesen, die die biologische Kriegsführung untersucht hatte, angeblich, um Heilmittel gegen einige virale Infektionen zu finden, die zu jener Zeit aufgetreten waren.

Doch das wusste er alles. Aiden war kein dummer Mann, dachte sie. Er würde alles wissen, was es über ihre Vergangenheit zu wissen gab. Seine nächsten Worte bewiesen, dass sie richtig gedacht hatte.

»Sie waren gute Menschen. Aber deine Ausbildung wurde nirgends erwähnt.«

Sie seufzte müde.

»Sie werden immer wieder versuchen, mich zu fassen, Aiden. Das weißt du«, warnte sie ihn noch einmal. Sie wollte nicht, dass er einfach das Thema wechselte.

Draußen dämmerte es bereits, und das gesamte Lager befand sich in Alarmbereitschaft. Enforcer patrouillierten nervös an den Mauern entlang und weitere waren angefordert worden.

Sie sah zu ihm auf und erkannte die wilde Entschlossenheit in seinen Zügen, die Unnachgiebigkeit in seinen grauen Augen. Er weigerte sich zu akzeptieren, welche Gefahr sie für die Gemeinschaft darstellte, die Wolfe in einem langen Kampf für seine Leute gesichert hatte.

»Denk darüber nach, Aiden«, erklärte sie bestimmt und war sich dabei des halben Dutzend Breeds voll bewusst, das hinter ihm zuhörte, einschließlich Wolfe. »Die Drogen waren spezifisch dafür geschaffen, einen Eisprung und die Kompatibilität mit deinem Sperma zu erzwingen. Als ihre Tests die zusätzliche Breed-Komponente in meinem Blut offenbarten, überprüften sie ihre eigenen Berichte und zogen die Verbindung zu dir. Sie hatten Proben deines Spermas. Sie entwickelten eine Droge, die den Prozess, der in meinem Körper begonnen hatte, beschleunigen würde …«

»Weil wir Gefährten sind«, gab er triumphierend von sich, als stünde hinter ihren Worten der permanente Streit in Bezug auf die Paarung.

Charity verdrehte die Augen und fuhr sich frustriert mit den Fingern durchs Haar. Würde er denn nie damit aufhören? Er war der sturste Mensch, den sie je zu Gesicht bekommen hatte.

»Hör dir doch selbst mal zu. Du hast dich nicht mit mir gepaart, Aiden. Du hast mich irgendwie markiert. Aber die Drogen haben uns gepaart, nicht wir.«

Seine Augen blitzten auf wie ein Quecksilbersturm, dessen Farbe in wilden Mustern wirbelte.

»Drogen, die aus meinem Sperma gemacht wurden. Aus meiner individuellen DNA«, gab er überheblich zurück, als würde die Tatsache, dass sie seine Gefährtin geworden war, ihn irgendwie über jeden anderen, auf den sie getestet worden sein könnte, erheben.

Und immer noch begriff er nicht, worum es ging. Die Gefahr, die sie für das Lager bedeutete, war ihre Sorge, nicht diese verdammte Paarung, ob durch Drogen oder nicht.

»Himmelherrgott, hier geht es nicht um die verdammte Paarung!«, schrie sie, kam auf die Füße und zog die Decke noch enger um ihren Körper, als sie ihn wütend ansah. »Hörst du nicht, was ich sage, Aiden? Ich bin für jeden hier eine Gefahr. Für alles, was Wolfe hier aufzubauen versucht. Du musst mich gehen lassen.«

Er sah sie ungläubig an. »Und wohin?« Er spreizte die Finger. »Wo sonst wärst du denn auch nur halbwegs sicher, Charity?«

Sie wäre nie sicher, das war ihr klar. Aber sie konnte sich auch nicht hinter genau den Leuten verstecken, für deren Schutz sie so viele Jahre gekämpft hatte.

»Und wenn sie einen Totalangriff starten?«, fragte sie laut. »Was zur Hölle tust du dann? Sie wissen, dass du mich gevögelt hast …«

»Ich habe mich mit dir gepaart!«, schrie er zurück, und das wütende Grollen in seiner Stimme klang finster und unheimlich sinnlich.

»Sie wissen, dass eine Empfängnis möglich ist, Aiden …«

»Bei Gott, wenn du noch nicht schwanger bist, liegt es nicht an mangelnden Versuchen«, grollte er.

Wenn sie nicht die Decke festhalten müsste, um den Anstand zu wahren, hätte sie sich jetzt frustriert die Haare gerauft.

»Willst du mich denn unbedingt verrückt machen?«, knurrte sie. »Hör auf, immer das Thema zu wechseln.«

»Es gibt kein Diskussionsthema«, erklärte er eingebildet. »Du bist meine Gefährtin und damit Teil des Rudels. Hier bist du am sichersten. Wenn du nicht mehr so geschwächt bist, wirst du das auch erkennen.«

Einen Augenblick lang starrte sie ihn erstaunt an.

»Lass diese Geschichte mit der Paarung hinter dir, Aiden. Sie werden nicht aufgeben. Wie viele von deinen Leuten werden sterben, bis du mich dafür hasst?«, schrie sie. »Sieh mich an, Aiden. Ich werde das nicht zulassen …«

»Meine Gefährtin. Meine Entscheidung.« Er verschränkte gebieterisch seine Arme vor der Brust.

»Drogen machen keine Gefährtin.« Sie fragte sich, was es brauchen würde, um ihm das klarzumachen. »Verstehst du mich, Aiden? Nicht. Deine. Gefährtin.«

»Meine Gefährtin. Meine Frau«, knurrte er. »Mein Kind.«

Das letzte Wort ließ sie geschockt verstummen, aber nur einen Moment lang. »Es gibt kein Kind.«

»Noch nicht.« Zufriedenheit glitzerte in seinen Augen.

»Niemals!«

Langsam hob er eine Augenbraue. »Denkst du, du kannst dich mir verweigern, Charity?«, fragte er sinnlich. »Dein Körper ist jetzt schon heiß und erregt. Jeder Mann hier im Zimmer kann dein Verlangen wittern.«

Ihre Augen weiteten sich, und sie schluckte schwer. Dann drehte sie sich um und musterte die interessierten Männer, die

die Auseinandersetzung mit unverhohlener Belustigung verfolgten. Sie spürte, wie ihr Gesicht vor Scham rot wurde, als sie Wolfe fragend ansah.

»Stimmt das?«, fragte sie unsicher.

Wolfe seufzte tief und warf Aiden einen verdrossenen Blick zu. »Charity, es ist für Hope oder Faith nicht anders. Das Verlangen ist ganz natürlich. Und der Duft ist schwer wahrnehmbar, wenn auch sehr angenehm. Es gibt keinen Grund, sich dafür zu schämen.«

»Wieso sollte sie sich schämen?«, fragte Aiden beinahe wütend. »Schämst du dich, meine Gefährtin zu sein?«

Sie war kurz davor, in Tränen auszubrechen. Charity konnte spüren, wie sie in ihr aufstiegen und die Furcht sich in ihr ausbreitete. Ihr Drang, zu weinen, machte sie wütend. Verdammter Kerl, verdammt sei er, weil er sie zum Weinen brachte.

»Schwachkopf.« Ihre Faust traf auf seine Brust, führte aber lediglich zu einem verwirrten Stirnrunzeln bei ihm und schmerzenden Fingern bei ihr. »Sind alle Breed-Kerle so verdammt dumm?«

Überraschung stand in Aidens Miene. »Charity, vielleicht brauchst du nur etwas Ruhe«, seufzte er. »Deine Worte ergeben keinen Sinn mehr.«

»Weil du spinnst«, warf sie ihm wütend vor. »Du bist irre. Du hast von Tuten und Blasen keine Ahnung.«

Sie gab es auf. Ein ersticktes Wutgrollen vibrierte in ihrer Kehle, das jedem Breed Konkurrenz gemacht hätte, als sie um ihn herumging und auf einen Raum zusteuerte, der offensichtlich ein Schlafzimmer war. Zum Glück hatte dieser Raum eine Tür – die sie lautstark hinter sich zuschlug.

Aiden grinste langsam, als die Tür zuging und Charity mitsamt dem wütenden Zucken um ihre Lippen aus seinem Blickfeld verschwand. Er drehte sich zu seinem Rudelführer um und hob wissend eine Augenbraue.

Wolfe lachte, achtete aber darauf, leise zu bleiben, bis sie auch die Badezimmertür zuschlagen hörten. Aiden bewegte sich vorsichtig zum Kamin und prüfte, ob sie wirklich dorthin gegangen war.

»Ist sie schon schwanger?«, fragte Wolfe. »Ihr Duft hat sich verändert, Aiden.«

Aiden schüttelte den Kopf. »Armani testet gerade die Proben. Wir sollten es bald wissen. Wenn sie noch nicht schwanger ist, ist sie mitten im Eisprung. Diese Kojoten waren viel zu entschlossen, sie zu holen, Wolfe. Ich habe versucht, sie ständig in der Hütte zu behalten. Und die Fenster des SUV waren nur ganz kurz heruntergelassen, als wir unterwegs waren. Ich habe keine Ahnung, woher die wussten, wann sie zuschlagen mussten.«

»Die Wissenschaftler hätten eine Ahnung vom involvierten Zeitplan«, seufzte Wolfe müde. »Dann wäre es ganz einfach. Aber sie ist in ernsthafter Gefahr, so wie euer Kind, falls sie schwanger ist oder es noch wird. Diese Kojoten sind viel zu leicht hier reingekommen. Wir müssen die Sicherheitsvorkehrungen verstärken, innerhalb und außerhalb des Lagers. Ich habe Satin und ihre Enforcer angerufen. Stygians Truppe wird hierbleiben, und Drake und seine Leute sind auf dem Weg hierher. Wir müssen die Suche nach Laboren einstellen, bis ihre Sicherheit gewährleistet ist«, entschied Wolfe. »Koordiniere die Gruppen und hol die Enforcer zurück, die noch draußen sind. Zieh so viele zusammen wie möglich. Falls sie wirklich schwanger wird, wird Armani wissen, wie sie auch Faith und Hope helfen kann. Wir müssen vorsichtig vorgehen. All unsere Frauen sind in größerer Gefahr als je zuvor. Und sie sind nicht nur unser Herz, Aiden. Sie sind unsere Zukunft.«

»Was ist mit dieser Roberts?«, fragte Stygian neugierig. »Sie war auch auf der Liste.«

»Wenn die anderen hier eintreffen, nimm vier Männer mit und hol sie da raus«, befahl Wolfe barsch. »Wir haben nicht die Zeit für vorsichtiges Vorgehen. Hol sie her, egal wie.«

»Auch Satins Truppe wird von äußerster Wichtigkeit sein«, meinte Aiden leise. »Du wirst ihr das klarmachen und dann beten müssen, dass sie uns nicht an die Kehle geht. Verdammt, die Frau hätte ein Kerl werden sollen.«

»Hölle, hüte deine Zunge«, lachte Styx daraufhin herzlich. »Die Frau ist ein so verdammt hübscher Anblick, dass ich Stielaugen davon kriege.«

»Wenn sie das hört, schneidet sie dir die Eier ab«, warnte ihn Stygian.

Styx zuckte zusammen. »Verdammt, ja. Sie sieht vielleicht wie eine Barbiepuppe aus, aber die Frau ist echt fies.«

»Verschwinden wir, damit sie sich ausruhen kann«, seufzte Wolfe. »Wir versetzen die Wölfe in Alarmbereitschaft, und zwei Teams sollen ständig patrouillieren. Zwei Männer vor der Hütte. Ihr seid jetzt im Zentrum des Lagers, also seid ihr schwerer zu erreichen. Beten wir, dass es reicht.«

»Platziere einen Trupp Wölfe außerhalb des Lagers«, schlug Aiden vor. »Nimm die besten Paare, die wir haben, und lass sie unkontrolliert umherstreifen. Sie werden die wilden Rudel anziehen und uns vor jeder Gefahr warnen.«

Ihre Verbundenheit mit den Wölfen hatte es ihnen gestattet, ausgewählte Paare aufzuziehen und zu Sicherheitszwecken auszubilden. Die Intelligenz der Tiere, ihre naturgegebene Loyalität und dazu noch das überraschend hohe Maß an Kommunikation, das sie mit den Wölfen teilen konnten, machten sie perfekt für die Aufgaben, für die sie gebraucht wurden.

»Okay, wir verschwinden jetzt, damit ihr euch ausruhen

könnt«, seufzte Wolfe und warf einen Blick zur Schlafzimmertür. »Wir sorgen für Charitys Sicherheit, Aiden. Du sorgst dafür, dass sie vorsichtig bleibt. Alle Pläne der Welt werden sie nicht schützen, wenn sie nicht vorsichtig ist.«

»Sie wird viel zu müde sein, um unvorsichtig zu werden«, brummte Aiden, als er die Badezimmertür aufgehen hörte. »Sieh mal, ob Faith oder Hope ihr später etwas zum Anziehen bringen können. Für den Augenblick, denke ich, braucht sie Ruhe.«

Wolfe nickte und folgte den anderen aus der Hütte. Er wirkte müde, und inzwischen verstand Aiden, wieso. Die Sorge und die ständige Belastung, dass seine Gefährtin litt, lasteten schwer auf seinen Schultern. Indem Aiden Charity als seine Gefährtin akzeptierte, hatte er dieselbe Last auf seine Schultern geladen. Ihre Sicherheit, ihr Glück sowie die Zukunft ihrer Rasse waren nun ihre Verantwortung. Eine Verantwortung, die keiner ihrer Gefährtinnen gefiel.

Er seufzte müde, als er Charity im Schlafzimmer schimpfen hörte. Ihre Stimme klang erstickt von ungeweinten Tränen, und er kannte die Sorgen, die ihr gerade durch den Kopf gingen. Er war ihr Gefährte, und es war seine Aufgabe, sie zu beruhigen. Dann lächelte er. Und sie zu beruhigen war so verdammt gut, dass er nicht glaubte, dass ein ganzes Leben auch nur annähernd dafür ausreichen würde.

# 23

Noch immer pulsierte Adrenalin durch ihren Körper, und das Blut hämmerte in ihren Adern, selbst jetzt noch, Stunden nach dem Angriff. Die Wut überwältigte sie beinahe, als sie an Aiden und seine Weigerung dachte, die Gefahr zu begreifen, in die sie die Breeds, die sie aufgenommen hatten, brachte. Die Gefahr, in die sie Aiden brachte. Und das war ihre größte Sorge.

»Charity, ich kann dich beschützen«, hörte sie ihn mit dunkler, rauer Stimme vom Türrahmen hinter ihr sagen.

Sie blinzelte die Tränen weg und kämpfte gegen sich selbst und die Emotionen an, die sie überwältigten. So viele Jahre hatte sie sich gegen ihr Verlangen nach ihm gewehrt. Sie hatte geleugnet, was Körper, Herz und Seele ihr jeden Tag sagten. Wie sie es auch ihm gegenüber geleugnet hatte.

Sie hörte ihn hereinkommen und sah ihn an, als er in ihr Blickfeld trat, das Bett umrundete und auf sie zukam. Sein Oberkörper war nackt, glatte, feste Haut und harte Muskeln. Sein Bauch war fest, angespannt und sonnengebräunt. Und darunter, unter dem Bund der Jeans, wölbte sich seine Erektion.

Sie fuhr sich mit der Zunge über die Lippen. Ihr Körper sehnte sich begierig nach ihm und seiner Berührung.

»Charity.« Er blieb vor ihr stehen, und sie konnte nicht widerstehen.

Sie beugte sich vor, hielt sich mit den Händen an den Außenseiten seiner Oberschenkel fest und presste ihre Lippen auf seine festen Bauchmuskeln. Sie musste ihn berühren, ihn halten und sich vergewissern, dass er unversehrt war.

»Charity.« Seine Stimme klang erstickt, als er mit den Händen durch ihr Haar strich und sie an sich drückte, während sie mit der Zunge über seine Haut fuhr.

Seine Muskeln zuckten unter ihrer Berührung, und er drängte sich enger an sie. Er war hart und heiß, und sie hatte diesen kalten Klumpen aus Furcht und Einsamkeit, der so viele Jahre in ihr gewachsen war, so satt.

Ihre Hände glitten an die Metallknöpfe seiner Jeans, und ihre Finger zitterten vor Vorfreude, als sie den ersten Knopf öffnete.

»Charity, du brauchst Ruhe«, flüsterte er, doch seine Muskeln spannten sich, als auch der zweite Knopf aufging.

»Ich brauche dich.« Sie drückte einen Kuss auf die nun entblößte Haut, und bei dem Gedanken daran, was sie unter der engen Jeans erwartete, wurde ihr der Mund wässrig.

Die Knöpfe ließen sich leicht öffnen, und mit seiner Hilfe gelang es ihr, den Stoff über seine Hüften und Oberschenkel nach unten zu ziehen. Sein befreiter Schwanz richtete sich schwer und steif auf, die kräftigen Adern traten hervor und boten einen starken Kontrast zu seiner mahagonibraunen Haut.

Er war so kräftig und hart, dass es sie erstaunte, dass ihr Körper ihn aufnehmen konnte. Sie hauchte einen zarten Atemzug über seine Eichel und sah, wie sie daraufhin zuckte.

»Willst du mich die ganze Nacht lang reizen?« Seine Stimme klang erstickt. »Weißt du, wie lange ich darauf gewartet habe, noch einmal deinen Mund zu vögeln, Charity? Den Genuss deiner Zunge an meinem Schwanz noch einmal zu erleben?«

Sie zitterte, als seine Stimme, rau wie Whiskey, über ihre Sinne strich, samtweich und kraftvoll zugleich. Schwer atmend ließ sie eine Hand über seinen Oberschenkel wandern, um seine schweren Hoden zu massieren, während sie mit der anderen seinen Schaft umfasste, während ihre Zunge über seine gerötete Eichel strich.

Über sich hörte sie ihn stöhnen. Der Griff seiner Hände in ihrem Haar wurde stärker, und seine Hüften drängten seinen harten Schaft näher an ihre Lippen. Und immer noch spielte sie mit ihm. Warum, wusste sie selbst nicht. Vielleicht, weil sie seine schweren, lustvollen Atemzüge hören wollte. Weil sie das drängende Pochen seines Gliedes unter ihrer Zunge spüren wollte. Oder vielleicht auch nur, weil sie wollte, dass er sie zwang, seine kräftige Eichel mit den Lippen zu umschließen.

Seine Hände in ihrem Haar spannten sich an. Sie ließ die Zunge über die gerötete Eichel streichen, fühlte ihre Wärme und kostete den perligen Tropfen seines Vorsamens, der sich dort gebildet hatte. Er schmeckte herb, leicht salzig und absolut männlich.

»Charity.« In seinem schroffen Tonfall lag eine sinnliche Warnung. »Du spielst ein gefährliches Spiel, Gefährtin.«

Sie lächelte und sah zu ihm auf, während sie mit der Zunge über die Spitze fuhr und er verzückt sein Gesicht verzog. Seine Miene war angespannt, seine Augen stürmisch und eindringlich, während sie das Aroma seiner Erektion genoss. Ihre Zunge spielte unter der Eichel, streichelte die höchst empfindsame Stelle, und ihm stockte der Atem. Sie wollte, dass er ihren Mund füllte, mit schweren Stößen, doch er sollte es noch mehr wollen.

Jahrelang hatte sie von jenem ersten Mal geträumt, als sie ihn so aufgenommen hatte. Ihr war bewusst, dass sie ihm damals etwas entrissen hatte, was er nicht hatte geben wollen. Und nun wollte sie diese Erinnerung ersetzen durch etwas, das so erotisch war, dass er sich an jene Begebenheit nie wieder in derselben Weise erinnern würde.

»Genug«, knurrte er schließlich. »Bring mich nicht dazu, Zwang anzuwenden, Charity.«

Lächelnd senkte sie die Wimpern und leckte wieder an ihm, fühlte, wie sich seine Adern unter der Haut abhoben. Sich zurückzuhalten kostete sie mehr Selbstbeherrschung, als sie je gedacht hatte. Sie blickte zu ihm auf, sah die Sinnlichkeit in seinen Zügen, seine Augen, die sich verdunkelten, seine Brust, die sich in schweren Atemzügen hob und senkte, den Schweiß, der auf den kräftigen Muskeln glänzte, und ihre Vagina zog sich vor Verlangen zusammen.

Sie erkannte genau den Augenblick, in dem er genug von ihrem Spiel hatte. Seine Züge spannten sich an, seine Augenlider senkten sich, nur einen kurzen Augenblick bevor er mit einer Hand ihr Haar packte, während er mit seiner anderen um seinen Schaft griff, genau über ihrer Hand.

»Keine Spiele mehr, Charity.« Seine Eichel stieß gegen ihre Lippen und glitt dann mühelos in ihren begierigen Mund.

Charitys Körper verkrampfte sich bei seiner dominanten und aggressiven Bewegung. Doch noch beängstigender war, dass sie spürte, wie ein Teil von ihr langsam dahinschmolz. Sie begehrte ihn, und zugleich wusste sie aus Erfahrung, dass das Aphrodisiakum der Drogen inzwischen ihren Organismus verlassen haben musste. Ihr Verlangen nach ihm, seinem Geschmack, seiner Berührung, der gierige Hunger nach ihm, der sie quälte, das alles war jetzt wohl naturgegeben. Und in die berauschende Erregung, die durch ihren Leib strömte, mischte sich ein Anflug von Furcht.

Wenn das natürlich war, wie könnte sie ihn dann je verlassen? Und wie konnte sie bleiben, wenn sie wusste, dass er die Gefühle, die sie über die Jahre sorgfältig gepflegt hatte, nicht erwiderte?

Sie saugte an seiner Eichel, stöhnte in erschütterter Sehnsucht und versuchte verzweifelt, einen Teil ihres Herzens festzuhalten, als sie sein hartes Aufstöhnen hörte.

»Gott, Charity … das ist so gut.« Seine Hände vergruben sich weiter in ihrem Haar, als er sie für die vorsichtigen Stöße in ihren Mund festhielt.

Ihre Zunge strich über den steifen Schaft, während sie an der pochenden Eichel saugte. Sie hob die Augenlider und sah zu ihm auf. Die Wonne in seinem Gesicht ließ ihr das Herz schwer werden. Sinnlich und ungezähmt, mit Augen wie Sturmwolken, sah er zu ihr herab, und in seinen Zügen stand beinahe schmerzhafte Verzückung.

Und – schockierenderweise – ergoss sich heftig pulsierend warme, würzige Flüssigkeit in ihren Mund.

»Gott, hör auf …« Überraschung und Entsetzen machten sich auf seinem Gesicht breit, als er sie festhielt und sich aus ihrem Mund zurückziehen wollte.

»Nein.« Sie hielt seine Hüften umklammert. Ihr Verlangen nach ihm war so groß und geradezu lebenswichtig, dass sie die Trennung von ihm nicht ertragen könnte.

Sein Aroma war dunkel und erdig. Charity hatte keine Ahnung, was diese pulsierende Flüssigkeit war, aber sie wusste, dass sie mehr brauchte. Immer mehr. Sie konnte nie genug von ihm haben.

Erneut schlossen sich ihre Lippen um die Eichel, sogen sie in ihren Mund, und ein weiterer Schwall ergoss sich. Sein Stöhnen war beinahe animalisch.

»Baby«, protestierte er kraftlos. Seine Schenkel waren angespannt, stahlharte Säulen, die unter ihrer Liebkosung bebten.

Sie sah zu ihm auf, saugte langsam an ihm und ließ die Zunge über seine empfindsame Haut gleiten, bis noch mehr von dieser Flüssigkeit in ihren Mund strömte und sein Schwanz sich tiefer zwischen ihre Lippen schob.

Charity spürte die Erregung in den Tiefen ihres Unterleibs. Ihr Körper wurde hitziger als je zuvor, als sie anfing, den Mund begierig über seinen pochenden Schaft zu bewegen, mit der Zunge darüberzustreichen, um ihm diese tiefen, ungezähmten Stöhnlaute aus tiefster Kehle zu entlocken.

Seine Eichel drang tief in ihren Mund und füllte sie, während sie an ihm saugte und leckte. Es gab kein Unbehagen, kein Gefühl, zu ersticken. Ihre Zunge fühlte sich empfindsamer an, und ihr Mund empfand beinahe sexuelles Vergnügen, als Aiden anfing, ihn mit kurzen, raschen Stößen zu vögeln.

Bei jedem Stoß wimmerte sie auf, gierig auf noch einen Schub der süßen Ejakulation, die zwar kein Orgasmus war, aber seinen Körper beben ließ, als wäre es einer.

»Charity, Baby. Ich kann das nicht kontrollieren.« Seine Hand packte seinen Schwanz, während die andere sich weiter in ihr Haar krallte, als er in sie stieß. Seine Stimme klang dunkel und war so sexy, rau, so tief, dass ihr Unterleib sich vor Erregung zusammenzog.

Sie grub die Nägel in seine muskulösen Schenkel und rang selbst um Beherrschung. Sie schloss die Lippen um seine Erektion und streichelte sie mit der Zunge, voll Verlangen nach mehr.

»Charity, ich komme gleich«, warnte er angespannt. »Gott, Baby, hör auf.«

Sie spürte, wie sein Glied zuckte, als ihre Zunge über das tiefe Pulsieren der Schwellung strich, die unter seiner Haut lag und auf Erlösung wartete. Sie saugte kräftig an ihm, und sie liebte es, wie ihm der Atem stockte und sein Körper sich anspannte, mit jedem Saugen ihrer Lippen und jedem Strich ihrer Zunge.

»Charity.« Ein weiterer harter Schub strömte in ihren Mund, und ihre Hand umschloss seinen Schwanz noch fester.

Seine Hüften bewegten sich nun leidenschaftlicher, und er atmete ebenso keuchend wie sie. Ihre Finger streichelten seine Hoden, und ihre Nägel schrammten leicht über die weiche Haut, als er sich plötzlich versteifte.

»Nicht so!« Er zog sich zurück und ignorierte ihren verlangenden Aufschrei.

Ruckartig zog er sich die Jeans von den Beinen, während sie sich an ihn schmiegte, fixiert darauf, zu beenden, was sie angefangen hatte.

»Aiden, bitte.« Ihre Lippen wanderten zu seiner Brust, dann tiefer, und sie ging auf die Knie, begierig, weiter von ihm zu kosten.

»Charity. Gott, Baby.« Sie leckte über seinen Bauch, und nur eine Sekunde später umschlossen ihre Lippen wieder seine Eichel.

Und er gehörte ganz ihr.

Er griff mit beiden Händen in ihr Haar, und sie schlang ihre um seinen Schaft und trieb ihn mit Mund und Zunge bis zum Höhepunkt. Sie war erfüllt von dem drängenden Verlangen, die Erinnerung an die Nacht im Labor auszulöschen und mit einer Erinnerung an etwas Tieferes, Erotischeres zu ersetzen.

Sein Schwanz pulsierte, und Charity spürte, wie sie zwischen den Beinen feucht wurde. Die harte Schwellung seines Glieds begann und wölbte sich immer mehr unter ihren Händen, einen Augenblick bevor der erste Schub seines heißen Samens in ihren Mund strömte.

Seine Hüften bewegten sich in kurzen, harten Stößen, und sie hörte sein Stöhnen, heiß und voller Wonne, während sein Samen ihre Zunge benetzte und ihre Kehle hinablief. Sein Geschmack war ein Aphrodisiakum an sich. Das Gefühl der harten Schwellung unter ihren Händen, die pulsierende Eichel, der Erguss seiner Lust in ihren Mund, all das löste ein tiefes, krampfartiges Schaudern tief in ihrem Unterleib aus.

Ihre Hände streichelten über die empfindsame faustgroße Schwellung. Jede sanfte Liebkosung ließ einen weiteren Schub seines Samens in ihren Mund strömen, während er schwach unter ihren Händen stöhnte.

»Baby, das ist gut, so gut.« Seine geflüsterten Worte drangen in ihr Herz. »Charity. Charity, du machst mich fertig.« Wieder erbebte er, streichelte ihr Haar, während seine Hüften unter dem Griff ihrer Hände zuckten.

Als es vorbei war, zog er sie sanft auf die Füße und hielt sie fest, wiegte sie in seinen Armen. Sanft hob er ihr Kinn an und fuhr mit dem Daumen über ihre geschwollenen Lippen.

»Meins«, grollte er.

»Beweise es«, forderte sie ihn leise heraus.

Er lächelte, als er sie wissend ansah. »Im Augenblick ist kein Beweis nötig, Charity. Bald wirst du es wissen. Aber nur, weil du hast, was du brauchtest, heißt das noch lange nicht, dass ich schon mit dir fertig bin.«

# 24

Bevor Charity protestieren konnte, drehte er sie um und beugte sie über das Bett, sodass ihre Handflächen flach auf der Matratze lagen.

»Perfekt«, brummte er, fuhr mit der Hand über ihren Po und bückte sich, um ihr einen heißen Kuss zwischen die Schulterblätter zu drücken.

»Wir könnten uns aufs Bett legen«, keuchte sie, zitternd unter seinem Kuss. Er konnte sie völlig aus dem Gleichgewicht bringen, und das nur mit einem Streicheln seiner Lippen. Sie fühlte sich verloren unter seiner sinnlichen Berührung, wie eine Ertrinkende.

Heiße Lust flackerte zwischen ihren Beinen auf, in ihrem Unterleib, und krampfartige Schauder erfassten ihre Muskeln. Charity fragte sich, ob sie noch genug Kraft hatte, um auf den Füßen zu bleiben, als seine Hand zwischen ihren Schenkeln entlangstrich, ohne jedoch ihre pulsierende Mitte zu berühren.

Sie bewegte sich schwer atmend mit seiner Hand und war überzeugt, dass sie gleich zu seinen Füßen niedersinken würde.

»Wer braucht denn ein Bett?«, flüsterte er, als seine Lippen ihre Schulter berührten und seine Zähne über die zarte Haut schrammten. »Ich halte dich, Charity. Vertrau mir.« Seine Hände wanderten um ihre Taille, strichen über ihren Unterleib und fuhren nach oben über ihren Bauch, bis er ihre festen Brüste umfasste.

Charity konnte den Aufschrei nicht zurückhalten, als er ihre Brustwarzen umschloss und langsam zwischen den Fingern rollte, sodass die Lust in ihr zu brennen begann. Seine Lenden schmiegten sich an ihre Pobacken, und sein Glied ruhte dazwischen, erhitzte sie und fachte Fantasien in ihr an, in die sie gar nicht näher eintauchen wollte.

»Dir vertrauen?«, keuchte sie hitzig. »Deine Beine haben auch gezittert, Aiden.«

Er lachte leise an ihrem Nacken. »Klugscheißerin.«

Darauf hätte sie eine Antwort gehabt, hätte er sich nicht genau in diesem Moment bewegt und seine Erektion an die Pforte zu ihrer Vagina geführt. Sie spürte, wie die kräftige Eichel durch ihre Feuchte glitt, bereit, in sie einzutauchen.

»Du entscheidest.« Seine Zähne kratzten über ihren Nacken. »Hart und schnell. Oder sanft und langsam.«

»Was?«, keuchte sie und wollte sich ihm rücklings entgegendrängen, doch er kontrollierte ihre Bewegung mühelos, indem er sie an den Hüften festhielt.

»Entscheide dich schnell.« Seine Stimme war ein dunkles Grollen, und sein Schaft pochte an ihrem Schoß.

Charity wimmerte. Verdammt, sie konnte sich nicht entscheiden. Sie wollte beides. Hart und schnell und sanft und langsam, heiß und stark und …

Doch dann weiteten sich ihre Augen und ein lautloser Schrei drang aus ihrer Kehle, als er ihr die Entscheidung schließlich abnahm. Er glitt in sie, drang, langsam und mühelos, tief in sie ein. Ihre Muskeln klammerten sich um den Eindringling, und Feuer und Blitze jagten durch ihre Adern, als sie ihn in sich spürte.

»Warte. Warte«, rief sie drängend.

Er hielt inne, doch das animalische Grollen hinter ihr machte ihr klar, dass er es nur unter Protest tat.

»Was?« Seine Stimme klang angestrengt und kehlig.

Sie rang um Atem und schloss die Augen in Ekstase, als sie die Muskeln um seinen Schaft anspannte, um die erotischen Empfindungen, die durch ihren Körper liefen, noch mehr zu intensivieren.

»Charity.« Scin Tonfall warnte sie.

Sein Glied war zur Hälfte in ihr und dehnte sie in einer Mischung aus Schmerz und Lust, als ein harter Schub seidiger Flüssigkeit aus seiner Eichel strömte. Er stöhnte auf, und sie wimmerte vor Ekstase.

»Fühle es«, rief sie aus und schauderte in seinen Armen. »Oh Gott, Aiden, was macht das mit mir?«

Das Feuer in ihrem Unterleib wurde stärker, und ihre Muskeln entspannten sich ein wenig um seinen Schwanz, als er plötzlich hart und tief in sie drang. Sie zog die Hände unter sich hervor, sodass ihre Wange jetzt auf der Matratze lag, und schnappte nach Luft.

»Spielst du wieder Wissenschaftlerin, Charity?«, hauchte er verführerisch an ihrem Nacken, als er sie weiter die Matratze hinaufdrängte und ihr die Knie unter den Körper schob, um sie noch entschlossener zu nehmen. »Fühle, was mit ungezogenen kleinen Mädchen passiert, die Wissenschaftlerin spielen wollen, während ihr Gefährte sie vögelt.«

Und er erteilte ihr eine außerordentlich gründliche Lektion. Er hielt sie fest an den Hüften, während er hart und schnell in sie drang. Er verbrannte sie mit einer Lust, die sie flehentlich um Erlösung betteln ließ. Ihr Körper spannte sich an, und Wellen ihres nahenden Orgasmus zuckten durch ihren Unterleib, als er plötzlich aufhörte.

»Nein. Nein.« Sie wand sich verzweifelt, und ihr ganzer Körper protestierte gegen die plötzliche Unterbrechung. Ihre Vagina umschloss ihn, und ihre Muskeln zogen sich zusammen, während sie krampfhaft versuchte, die nahende Erlösung zu erreichen.

»Unartige kleine Gefährtin«, flüsterte er an ihrem Ohr und zog sich unerträglich langsam zurück.

Sie spürte, wie sich das so beanspruchte empfindsame Gewebe dehnte und dann schmerzte, als er sich zurückzog. Doch gleich darauf schrie sie verlangend auf, als er sich wieder in sie schob. Langsam, so verdammt langsam, dass sie sicher war, es würde sie umbringen. Er füllte sie, dehnte die angespannten Muskeln mit einem so wundervoll langsamen Stoß, dass sie auch die noch so kleinste Berührung seines Glieds in ihrem zuckenden Schoß spürte.

»Oh Gott, Aiden, du machst mich fertig.« Mit einer schnellen Bewegung ihrer Hüften wollte sie sich an ihn drängen, doch er kontrollierte sie mühelos mit seinen großen, festen Händen.

»Ich bereite dir Lust«, antwortete er mit erstickter Stimme. »Fühle sie, Charity.«

Sein Schwanz pochte in ihr, und ein harter Schub ergoss sich in ihr empfindsames Geschlecht. Sie schauderte. Die Hitze baute sich in ihrem engen Schoß auf und loderte überall in ihr.

»Du folterst mich«, rief sie aus, als er sich wieder zurückzog, bis nur noch seine Eichel in ihr war.

»Woran denkst du jetzt, Gefährtin?«, grollte er. Sein Atem strich zart über ihr Ohr, und seine Stimme klang angestrengt in seiner eigenen Erregung. »Denkst du daran, was dein Körper gerade tut, oder fühlst du, was mein Körper mit dir macht?«

»Jetzt«, keuchte sie, taub für den Sinn seiner Worte, während die Hitze durch ihren Leib jagte. »Oh Gott, Aiden, nimm mich, auf der Stelle.«

Und er füllte sie. Mit einem einzigen, harten Stoß trieb er seine Erektion tief in sie hinein, versengte ihre Nerven, bis Hitze und Lust sie in den Orgasmus stürzten. Harte, fast schon brutale Stöße, die sie im Höhepunkt schreien ließen, während sie krampfartig in seinen Armen bebte und zuckte, als er sich hart und fest in ihr verankerte und sein eigener Orgasmus seinen Samen wie Feuer in sie strömen ließ.

Charity brach unter ihm zusammen, und ihr ganzer Körper summte immer noch mit den Nachbeben der Erlösung, während Müdigkeit sie umfing wie eine dunkle, behagliche Decke. Dann erst wurde ihr klar, dass es Aidens Körper war. Breit und warm, stützte er schwer atmend sein Gewicht auf die Ellbogen, während ein weiterer Schub seines Samens in sie strömte.

»Ich schlafe jetzt«, murmelte sie. Aus Erfahrung wusste sie, dass er noch eine Weile in ihr bleiben würde. »Leg mich ins Bett, wenn du fertig bist.«

Sein Lachen klang rau an ihrem Ohr, als er tief einatmete.

»Zuerst analysierst du, wie unsere Körper aufeinander reagieren, und jetzt schläfst du unter mir ein. Du verpasst mir noch Komplexe, Gefährtin.« Er zahlte es ihr heim, indem er sich bewegte, sodass die Schwellung an seinem Schaft über die empfindsamen Muskeln ihrer Vagina rieb.

Sie zuckte schaudernd zusammen, als der Miniorgasmus durch ihren Leib lief und ihr Unterleib sich verkrampfte, während sein Samen sich erneut in sie ergoss.

»Oh Hölle«, flüsterte sie. »Gott, Aiden, lass das. Ich halte das nicht aus. Ich entschuldige mich. Versprochen.«

Was konnte sie auch sonst tun? Die Erschöpfung in ihr war wie ein Dämon geworden, der nach Ruhe verlangte. Ihr fielen die Augen zu, und sie glitt hinüber in ein behagliches Gefühl der Zufriedenheit und Sättigung, weil er noch immer in ihr, ein Teil von ihr war. Sie fühlte sich warm, ohne Schmerzen, getröstet innerlich wie äußerlich, treibend in einem Nebel aus Wohlbefinden.

Nur entfernt registrierte sie, wie er sich bewegte und sein

Schwanz schließlich aus ihr glitt. Innerhalb von Sekunden, bevor ihr Körper frieren konnte, hatte er sie unter die Decke gelegt, zugedeckt und sanft ihre Augenbraue geküsst.

»Ruh dich aus, Liebes«, flüsterte er leise, als sie in den Schlaf hinüberglitt. »Von jetzt an gebe ich besser auf dich acht.«

# 25

Als Charity am nächsten Morgen aus der Hütte trat, trug sie weiche Baumwollhosen und ein passendes Tanktop, das Aiden am Tag zuvor für sie gekauft hatte. An den Füßen hatte sie Socken und bequeme Canvas-Sneaker, und als sie daran dachte, wie lange es her war, dass sie so etwas getragen hatte, war sie ganz erstaunt.

Sie stand oben auf den Stufen der kleinen Veranda und versuchte, die beiden Männer, die in ihrer Nähe Posten bezogen hatten, zu ignorieren. Bevor Aiden heute Morgen gegangen war, hatte er sie vorgewarnt, dass die Wachen die ganze Zeit über präsent sein würden. Zu ihrem Schutz. Sie schützten genau die Person, die sie überhaupt erst in Gefahr gebracht hatte.

Sie holte tief Luft, setzte sich auf die Stufen der Veranda und balancierte dabei vorsichtig den Becher mit Kaffee auf ihrem Knie. Ein Glückstreffer, dass sie die Kaffeedose unter dem Schrank gefunden hatte. Noch eins der vielen Vergnügen, die ihr in den vergangenen Jahren versagt geblieben waren.

Sie nippte an dem dunklen Gebräu und hielt nur mit Mühe ein genussvolles Aufstöhnen zurück. Die Flüssigkeit war reichhaltig und duftete verführerisch. Sie breitete sich wohlig in ihrem Körper aus und erinnerte sie an all die kleinen Freuden, die sie so lange hatte entbehren müssen.

Die Geräusche aus dem Lager erinnerten sie an andere Dinge. Lachen drang aus einem der Lagerhäuser, die entlang des Kiesweges standen, wo mehrere Männer plauderten und Witze machten, während sie einen Lastwagen mit Vorräten entluden.

Weiter unten trainierte gerade eine Gruppe aus Frauen und Männern im grasbewachsenen Gelände. Ächzen, Stöhnen und Gelächter begleitete ihre Anstrengungen.

In den Laboren des Councils wurde nie gelacht. Training war eine grimmige Übung in »Friss oder stirb«. Wer nicht ausgezeichnete Leistungen zeigte, den erwarteten Bestrafungen, die jeder Beschreibung spotteten. Charity schloss die Augen. Sie erinnerte sich nur zu gut an die Schmerzensschreie, die ihren Grund in diesen Bestrafungen hatten. Von Geburt an hatten sie kein leichtes Leben gehabt. Und es waren mehr gestorben, als je das harte Leben überstanden hatten, zu dem sie verdammt gewesen waren. Das Böse in Gestalt des Councils kannte keine Gnade, weder für seine Schöpfungen noch für seine Mitarbeiter.

Das Geräusch eines Fahrzeugs, das sich vom Kiesweg her näherte, erregte ihre Aufmerksamkeit. Sie drehte den Kopf und sah lächelnd, wie Nikki in einem kleinen überdachten Gefährt, das wie ein Golfmobil aussah, heranfuhr. Sie stieg aus und kam mit grüßendem Lächeln zur Veranda.

»Dieser Kaffee ist nicht gut für dich.« Mit einer einzigen Bewegung nahm Nikki Charity den Becher aus der Hand und leerte ihn zügig. »Bitte sehr, nichts mehr von dem schlechten Stoff für dich.«

Charity blinzelte sie überrascht an.

»Verdammt, Nikki. Weißt du, wie lange es her ist, seit ich meinen letzten Kaffee getrunken hatte?«, fragte sie milde, obwohl sie mehr als nur ein wenig aufgebracht war, dass ihr ihr entspannendes Gebräu so ungeniert weggenommen wurde.

»Ich würde mal sagen: knapp sechs Jahre.« Nikki ließ sich am Rand der Veranda nieder, drehte sich um und sah Charity an. Ihr dunkles Gesicht war nachdenklich, und in ihren Augen glitzerte Belustigung. »Ich wette, du hast ungefähr zu der Zeit damit aufgehört, als sich die Effekte von Aidens Hormon in deinem Organismus bemerkbar machten.«

Charity verzog das Gesicht. Sie wusste noch genau, warum sie aufgehört hatte. Das Koffein schien alles noch schlimmer zu machen.

»Es sollte jetzt besser sein«, brummte sie. »Oder zumindest leichter zu kontrollieren.«

»Weil du Sex hast?« Nikki hob fragend eine Augenbraue, und Charity fühlte ihr Gesicht glühend heiß werden. »Darauf solltest du nicht wetten, Süße. Faith leidet immer noch unter schrecklichen Nebenwirkungen davon. Sie musste ihn komplett weglassen. Ich glaube, Jacob gerät unter der Anstrengung ins Wanken.«

Ihr Grinsen war voller Belustigung.

»Also auch keinen Kaffee, hm?«, seufzte Charity und musterte ihre Freundin eindringlich. »Bist du mit den Tests fertig?«

»Noch keine Empfängnis. Aber wir haben es hier definitiv mit einigen Veränderungen zu tun, Charity. Und zwar solchen, die die anderen noch nicht durchmachen. Deine Eierstöcke sind vergrößert, und das Breed-Hormon ist stärker geworden, seit ich die anfänglichen Bluttests im Feldlazarett gemacht habe. Ich würde annehmen, dass der Eisprung beginnt. Es sollte jetzt nicht mehr lange dauern.«

Charity kaute nervös auf ihrer Unterlippe.

»Denkst du, dass es zu einer Angleichung kommen wird?«, fragte sie besorgt. Sie war nicht bereit für ein Kind. Sie war nicht bereit, noch so viel enger an Aiden gebunden zu sein, in einer Zeit, die so gefährlich war.

Nikki seufzte. »Ich muss in die Eierstöcke kommen. Aber Aiden und Wolfe haben es ausdrücklich verboten. Ich könnte die Eizelle entnehmen, wenn sie sich bildet, und sie testen. Das würde uns die Antworten in Bezug auf die Kompatibilität geben und in deinem Fall die Zeit, die du brauchst, um zu akzeptieren, was auch immer zwischen dir und Aiden ist.«

Charity sah sie überrascht an. »Warum sollten sie solche Tests verbieten?«

Nikki lehnte sich an den Pfosten in ihrem Rücken und musterte Charity aufmerksam.

»Wegen des Councils und dessen Tests. Vergiss nicht, Charity, die Zeit, die sie bisher in Freiheit verbracht haben, ist noch kurz. Für einige sind es erst einige Monate. Viele von ihnen haben immer noch Albträume, und viele andere müssen sich erst noch an ein Leben in Freiheit und ohne die Fesseln des Councils gewöhnen. Sie haben kein Verlangen danach, noch einmal Tests über sich ergehen zu lassen«, sagte Nikki nachdenklich. »Es ist oft schmerzlich anzusehen, wie sie sich nach einem Leben in der Hölle anzupassen versuchen.«

Charity schluckte schwer. Die sechs Monate, die sie als Gefangene verbracht hatte, waren die Hölle auf Erden gewesen. Sie verstand absolut, wie sie sich fühlten. Aber es ging um ihren Körper, also war es doch ihre Entscheidung.

»Wie schnell könntest du die Prozedur vornehmen? Du müsstest mich betäuben …«

Nikki schüttelte den Kopf. »Das Betäubungsmittel könnte das Testergebnis verändern, es verfälschen. Die Prozedur müsste ohne Narkose durchgeführt werden.«

Charity holte hörbar Luft und dachte an die Untersuchung vor einigen Tagen. »Ich glaube nicht, dass ich das aushalten kann, Nikki. Der Schmerz ist furchtbar.«

»Noch so ein Rätsel«, Nikki runzelte die Stirn, »das ich nicht lösen kann, Charity. In deinem Organismus befindet sich nichts, kein Grund, warum du eine solche Aversion gegen jede Berührung außer die von Aiden hast. Bis zu einem gewissen Punkt war es auch bei Faith und Hope so. Die Katzen-Breeds haben Erfahrungen damit, aber bei ihnen kommt es rasch zu einer Empfängnis, ohne Drogen oder Hormonbehandlungen. Nach dem, was ich in den letzten paar Tagen herausgefunden habe, befindest du dich im Endstadium vor der Empfängnis. Wenn wir das tun wollen, dann muss es schnell passieren.«

Charity wandte sich ab, blickte hinaus über das Lager und konzentrierte sich auf die Berge außerhalb der hohen Mauern. Sie schauderte bei dem Gedanken an einen Versuch ohne Betäubung. Der Schmerz war beängstigend.

»Ich weiß nicht, ob ich das noch einmal durchstehe«, flüsterte sie. »Nein, ich weiß, dass ich es nicht kann, Nikki. Du musst einen Weg finden, mich zu betäuben.«

Schweigen zwischen ihnen. »Dann lass mich noch ein paar Tests machen«, seufzte Nikki. »Ich muss sicher sein, dass ich ein eindeutiges Ergebnis mit der Eizelle erhalten kann. Sonst ist der Test nutzlos. Wir bekommen schon genug Schwierigkeiten, wenn wir es einfach tun.« Sie seufzte spöttisch. »Wenn man bedenkt, dass ich einen netten und lockeren Posten bei der Regierung aufgegeben habe, um diesen Breeds zu folgen. Wie blöd war das denn? Die sind doch viel zu starrsinnig.«

Charity warf ihr einen wissenden Blick zu. Sie wusste um die Hingabe und Zuneigung ihrer Freundin für die Breeds, mit denen sie arbeitete. Sie wollte gerade etwas antworten, als ein schriller Alarmton durch das Lager heulte, gebieterisch und kreischend laut.

»In die Hütte.« Nikki sprang auf und zog Charity am Hemd hoch, während die beiden Wachen zu ihr eilten.

»Gehen Sie hinein, Miss Dunmore.« Sie brachten die automatischen Waffen in Anschlag, während Nikki sie durch die offene Tür in die Hütte zog, gefolgt von den beiden Wachen.

»Was ist los?«, fragte Charity, als die Tür hinter ihnen zuschlug. Die Wachen gingen zu den Fenstern in Küche und Wohnzimmer und spähten angestrengt hinaus.

»Flugangriff«, stieß Nikki hervor. »Haben wir mittlerweile immer öfter.«

Charity ging von der anderen Seite ans Fenster und sah vorsichtig hinaus.

Jeeps rasten durch das Lager, mehrere davon mit aufmontierten Gewehren und Raketenwerfern. Es sah aus wie in einem Kriegsgebiet. Männer und Frauen rannten, um sich in Sicherheit zu bringen, und langsam begann das Geräusch eines schweren Flugzeugs durch die Hütte zu vibrieren.

»Council?«, fragte sie den Wächter besorgt.

»Bastarde«, schimpfte der. »Inzwischen haben sie Leute angeheuert. Wolfe, Jacob und Aiden sind unter ständiger Bedrohung.«

Charity wandte sich wieder an Nikki. »Wovon spricht er?«

»Söldner, Charity«, antwortete sie sanft. »Wir können sie nicht zum Council zurückverfolgen, aber wir wissen genau, wer dahintersteckt. Mach dir keine Sorgen, Aiden wird unsere Verstärkung von der Regierung angefordert haben, sobald das Flugzeug auf dem Radar auftauchte.«

# 26

Das Geräusch kam näher. Das harte, pulsierende Hämmern eines düsenbetriebenen Helikopters schien in den Grundfesten der Hütte widerzuhallen.

»Greifen sie an?« Charity spürte ihr Herz pochen und Furcht peitschte durch ihre Adern.

»Manchmal. Gehen Sie vom Fenster weg. Falls Scharfschützen nach Ihnen Ausschau halten, sind Sie ein viel zu leichtes Ziel.« Charity sprang vom Fenster weg, noch bevor er den Satz vollständig ausgesprochen hatte.

Sie sah Nikki an, die auf der anderen Seite des Zimmers stand, und sah deren Besorgnis.

»Sie greifen nur selten bei Tageslicht an«, meinte sie bedächtig. »Langsam werden sie verzweifelt.«

Die Worte waren kaum gesagt, als draußen eine heftige Explosion zu hören war, die die Hütte beben ließ.

»Sie haben Wolfes Hütte getroffen!«, brüllte der Wächter wütend. »Die Hurensöhne haben Wolfes Hütte getroffen.«

»Hope«, hauchte Charity verzweifelt und wandte sich an den Wächter. »Gib mir deine verdammte Waffe. Und dann geh da raus und sieh nach, ob sie Hilfe brauchen. Ich brauche keinen verdammten Babysitter.«

»Charity, halt.« Nikki kam eilig zu ihr, doch dann stolperte sie, als eine weitere Druckwelle die Hütte erschütterte. »Wir müssen zum Labor. Das liegt unterirdisch; da finden wir Schutz.«

»Was machen die da?« Charity war rasend vor Zorn. Sie

konnte die Schreie draußen und die Schüsse aus dem Lager hören. »Wir müssen zu Hope, Nikki.«

»Sie wollen dich herauslocken«, schrie Nikki. »Mach dir keine Sorgen um Wolfe und Hope. Wolfe weiß, wie er seine Gefährtin beschützen muss. Ich verspreche dir, unsere besten Männer und Wolfe selbst beschützen sie.«

»Sie drehen um. Seht zu, dass ihr hier rauskommt, die kommen in unsere Richtung«, rief der Wächter am Fenster, drehte sich um und riss die Vordertür auf.

»Das Labor«, rief Nikki. »Nur im Labor sind wir sicher.«

»Los.« Der Wächter packte Charity am Arm und eilte mit ihr zur Tür. »Sie haben die Hütte von Wolfe und Jacob getroffen, und jetzt kommen sie zurück.«

Charity lief zwischen den Wächtern, ohne Fragen zu stellen oder sie aufzuhalten. Sie registrierte, dass Nikki hinter ihr war, und hörte das Geräusch des Helikopters, der zurückkehrte.

»Die Hurensöhne müssen hier einen Spitzel haben«, fluchte einer der Wächter, als er mit ihr von der Veranda in den Schutz der Bäume entlang des Kiesweges eilte. »Bewegung.«

Der Helikopter wurde schneller. Charity konnte den hämmernden Motor hören, das Knattern der Rotoren, im selben Takt wie das verzweifelte Pochen ihres eigenen Herzens. Die Wächter rannten neben ihr und sahen sich immer wieder um, jede Menge deftige Flüche ausstoßend.

Gerade floh sie noch mit ihnen, und im nächsten Augenblick fühlte sie sich, als hätte eine unsichtbare Hand sie aufgehoben und durch die Luft geschleudert, während hinter ihnen eine weitere Explosion zu hören war.

Sie hörte sich selbst schreien, eine Sekunde bevor sie auf den Boden knallte, so hart, dass es ihr sämtliche Luft aus den Lungen trieb. Sie lag still da, bemühte sich zu atmen und blinzelte gegen den blendenden Schmerz an, der sie attackierte.

»Bewegung.« Ohne viel Federlesen wurde sie aufgehoben und rückwärts gezerrt, und im selben Augenblick schlug eine Salve Kugeln genau dort ein, wo sie gelegen hatte.

Um sie herum brach die Hölle los, während sie um Atem rang und mühsam versuchte, einen Sinn in den Schreien zu erkennen, die zu hören waren. Dann sah sie sich um und keuchte auf, während ihr ihr Herz voller Angst bis zum Hals schlug.

Die Wächter waren bewusstlos oder tot – was genau, wusste sie nicht –, und drei große Männer kamen auf sie zu. Ihr Duft war fremd, und ihre Gesichter waren hart und entschlossen.

»Nikki!«, schrie sie und wich zurück, sah verzweifelt über die Schulter und blieb abrupt stehen.

Nikki war benommen, stand aber. Zwei weitere Männer mit entschlossenen Mienen hielten sie aufrecht.

»Kommen Sie mit uns, und Ihnen passiert nichts.« Charity drehte sich schnell um, als der offensichtliche Anführer das Wort ergriff. »Nein, Miss Dunmore. Zwingen Sie mich nicht dazu, Gewalt anzuwenden.«

Sie hätte sich gewehrt, aber sie waren zu fünft, und Charity wusste, dass sie keine Chance hatte, unversehrt zu entkommen.

»Ihr werdet uns doch sowieso umbringen«, schrie sie, als eine weitere Explosion den Boden erschütterte. Dann keuchte sie vor Entsetzen auf, als der Mann lächelte. Seine gekrümmten Reißzähne schimmerten – der Beweis, dass die Kojoten sie am Ende doch noch gefunden hatten.

»Ich will Sie nicht verletzen, aber ich tue es, wenn ich muss«, knurrte er. »Glauben Sie erst mal, was Sie wollen, aber Sie kommen mit uns.«

Behandschuhte Hände packten sie am Arm und zogen sie zu dem Loch, das in die Mauer des Lagers gesprengt worden war. Furcht machte sich in ihr breit, als ihr Körper gegen die

Berührung protestierte und Wellen des Schmerzes durch ihren Leib jagten. Zum Glück ließ er wieder los, als er sie vorwärtsschubste.

Charity betete, dass Aiden irgendwo, irgendwie in der Nähe war. Sie betete, dass er in Sicherheit war. Sie spürte, wie ihre Wangen feucht mit Tränen der Verzweiflung wurden, als sie über die Schulter einen Blick auf Nikki warf und die üblen Flüche der Frau hörte. Sie hatte eine Heidenangst. Nikki fluchte so gut wie nie – nur, wenn Furcht ihre naturgegebene Zurückhaltung überwältigte.

Sie wurden durch die Bresche in der Mauer getrieben und dann eilig in einen wartenden Jeep gedrängt. Nur Sekunden später raste das Fahrzeug weg vom Lager, im Schutz der dicht wachsenden Kiefern, während der Helikopter eine weitere Runde ins Lager hineinflog.

»Ich hoffe, ihr schmort alle in der Hölle«, fluchte Nikki, als sie über eine besonders ausgeprägte Bodenwelle fuhren. »Ich hoffe, Wolfe und Aiden kastrieren euch alle.«

Keine Antwort. Die Kampfgeräusche ebbten ab, während Charity gegen die Wut ankämpfte, die durch ihre Adern pulsierte. Kojoten. Sie waren nicht mehr als die Schoßhündchen des Councils. Wie sollte Aiden sie jetzt finden, selbst wenn er es geschafft hatte, den Angriff zu überleben? Er würde nicht wissen, was mit ihr passiert war. Würde er denken, sie sei in der Hütte gewesen, als die explodierte? Natürlich würde er das.

Sie verschränkte die Arme und kämpfte gegen die Verzweiflung an, die sie schwächen wollte. Sie musste einen Weg hier raus finden.

»Wolfe wird euch mehr bezahlen, als das Council es je kann«, stieß sie hervor. Sie kannte die Söldnermentalität der Bastarde, die sie ergriffen hatten. Die Kojoten waren bekannt dafür, dass sie ihre Herrn und Meister oft hintergingen. Wenn der Preis stimmte. »Ihr macht einen Riesenfehler, wenn ihr uns zurückbringt.«

Der Fahrer warf einen Blick über die Schulter, und in seinen überraschend hellen blauen Augen schimmerte Abscheu. »Das Council besitzt uns nicht, Miss Dunmore, und wir haben nicht die Absicht, Sie dorthin zu bringen. Sie werden zu Ihrem Gefährten zurückgebracht, sobald Sie etwas für uns erledigt haben. Jetzt lehnen Sie sich zurück und entspannen Sie sich. Zu gegebener Zeit werden Sie es verstehen.«

Der Schock ließ sie nach Luft schnappen. Er war ein Kojote, das konnte sie an den gekrümmten Reißzähnen sehen, wenn er den Mund aufmachte. Aber den widerlichen Geruch, der normalerweise von diesen seelenlosen Breeds ausging, konnte sie nicht wahrnehmen.

Sie warf Nikki einen Blick zu und sah, dass sie ihre Augen zu schmalen Schlitzen zusammenkniff und ihre Miene hart wurde, bevor sie den Blick wieder auf den Mann vorn im Jeep richtete.

»Das Council hat Marionetten an vielen Orten«, sagte sie.

Charity hielt den Atem an. Die Worte waren schlicht, aber die Bedeutung dahinter kannte sie gut.

Der Beifahrer drehte sich langsam und mit entschlossenem Blick zu ihr um.

»Marionetten haben Meister. Männer spielen Narren. Und doch wird Breed Law überdauern.«

Und die Antwort war gegeben. Eine Antwort, die nur eine Handvoll Männer und Frauen verstehen konnten. Es war eine Antwort, die Charity bis ins Mark erschütterte. Breed Law hatte noch kaum Gestalt angenommen. Ein Ehrenkodex, der so streng war und so strikt durchgesetzt wurde, dass jedem Mitglied, der ihm zuwiderhandelte, sei es nun Wolf, Raubkatze oder Mensch, der augenblickliche Tod drohte.

»Euer Rudel?«, fragte Nikki. »Ihr seid keine Wölfe. Ihr seid Kojoten. Wer kontrolliert euch?«

Das Lächeln, das auf diese Frage folgte, war hart und voller Spott. »Nichts und niemand kontrolliert uns, Doktor, außer dem Kodex, dem wir folgen.«

»Dieser Angriff entspricht nicht dem Kodex«, erklärte sie daraufhin wütend. »Ihr kennt den Preis, der dafür zu zahlen ist.«

»Der Angriff kam nicht von uns«, knurrte er. »Lehnen Sie sich zurück und haben Sie Geduld. Ihre Fragen werden bald beantwortet. Und, so hoffen wir, auch unsere.«

»Es spielt keine Rolle, wer angegriffen hat. Aiden wird euch töten, bevor ihr eine Chance auf Erklärung bekommt«, erklärte Charity wütend. »Du hast einen Fehler gemacht, Kojote.«

Er zuckte lässig mit seinen breiten Schultern, als er sich wieder nach vorn drehte. Es gab nichts mehr zu sagen. Der Jeep wurde schneller, als er zwischen den Bäumen hervorbrach und die Hauptstraße erreichte. Der Motor heulte auf, der Jeep beschleunigte, und die Entfernung zwischen ihr und Aiden wurde immer größer.

Charity rieb sich über die Arme und drehte sich zu Nikki um, um sie stumm nach möglichen Optionen zu fragen. Nikki seufzte und schüttelte den Kopf. Wie Charity wusste auch sie, dass sie nur abwarten und sehen konnten, was das Ende dieser Reise bringen würde.

# 27

Aiden starrte auf das Loch in der Mauer und den Brief, den er dort angeheftet gefunden hatte.

»Breed Law gebietet, dass ich Kontakt herstelle. Das habe ich getan. Viele Male. Jetzt bist du dran. Obwohl, mein Freund – ich habe, was ich brauchte. Du auch? Del-Rey.«

Del-Rey. Den Namen hatte Aiden schon häufiger von den Spionen innerhalb des komplexen Informationsnetzwerks, das er über die Jahre aufgebaut hatte, gehört. Del-Rey, der hellhaarige Kojote, der sich vor Jahren vom Council losgesagt hatte und von der Bildfläche verschwunden war. Sein Rudel zählte mehrere Dutzend, alle handverlesen und vor Jahren von ihm ausgebildet.

Das Gerücht sagte, dass Del-Rey und seine Männer, anders als die Kojoten des Councils, einen Ehrenkodex angenommen hatten, der sogar noch strenger war als der der Breeds.

»Wann wurden wir kontaktiert?«, fragte er Wolfe. Der Drang, gewalttätig zu werden, spannte jeden Muskel in ihm an.

Wolfe schüttelte den Kopf und starrte nachdenklich in die Ferne. »Während wir dabei waren, die geflügelten Breeds zu retten, kamen mehrere Nachrichten herein. Als ich sie beantworten wollte, waren sie verschwunden. Ich habe sie noch nicht zurückverfolgt.«

»Und man hat mir nichts davon gesagt?«, grollte Aiden. Für ihn als Sicherheitschef wären die verschwundenen Meldungen eine wichtige Information gewesen.

»Du warst sehr beschäftigt. Hawke hat das Problem untersucht, und ich glaube, er ist kurz davor, eine Antwort zu finden.« Wolfe warf ihm einen kalten, finsteren Blick zu. »Deine Gefährtin war wichtiger, Aiden.«

Aiden knurrte wieder, schroff und warnend. »Und jetzt ist meine Gefährtin verschwunden, wegen ein paar verlorener Nachrichten«, stieß er hervor. »Sobald sie gefunden ist, Wolfe, werde ich den Verräter persönlich aufspüren und Rache an ihm üben.«

Um sie herum herrschte geordnetes Chaos, in dem jeder daran arbeitete, den Schaden zu reparieren, den der Angriff angerichtet hatte. Die Air Force war endlich aufgetaucht und hatte den Helikopter in genügend Stücke gerissen, um damit einen Regen aus Metall und brennendem Schutt auszulösen. Doch nicht früh genug, um umfassenden Schaden zu verhindern.

Aiden biss die Zähne zusammen und bemühte sich, das Knurren, das in seiner Brust vibrierte, zu unterdrücken. Die Wut in ihm war wie ein brennender Schmerz. Oder – war es denn tatsächlich Wut? Er konnte nur noch an Charity denken. War sie verletzt? Hatten die sie angerührt? Sie vor Schmerz schreien lassen? Der Drang nach Gewalt, der bei dem Gedanken in ihm losbrechen wollte, ließ ihn beinahe zittern.

»Wir sind verraten worden«, sagte er leise. »Die in dem Helikopter wussten, wo und wann sie zuschlagen mussten. Deine Hütte, die von Jacob und die in der Mitte des Lagers, in die wir gezogen waren, waren alle drei vor ihrem Radar verborgen und außer Sicht. Die wussten, wo sie zuschlagen mussten.«

»Kein Wolf-Breed hätte diese Information verraten. Es muss einer der Soldaten gewesen sein, die die Army geschickt hat«, warf Jacob ein. »Das könnte auch die fehlenden Nachrichten und den früheren Angriff auf Aidens Hütte erklären.«

Wolfe drehte sich um und beobachtete das Treiben im Lager. Nur sie drei standen an der Mauer. Sie waren gerade noch rechtzeitig gekommen, um den Jeep verschwinden zu sehen und die Notiz an der Wand zu finden.

»Sie ist nicht in Gefahr durch das Council. Aber wofür braucht er Nikki und Charity?«, fragte er leise. »Und woher wussten sie, wann sie hier sein mussten, wenn sie nicht von dem kommenden Angriff wussten?«

»Es heißt, dass Del-Rey ein Netzwerk innerhalb des Councils hat«, meinte Aiden. »Ich hatte vor, ein Treffen anzusetzen, sobald die Sache mit Charity geklärt wäre.«

Wolfe brummte. »Scheint so, als wäre Del-Rey nicht gewillt gewesen, zu warten. Kommt, gehen wir zurück in die Kommandozentrale. Falls eine Nachricht ankommt, müssen wir sicherstellen, dass nur wir sie sehen.«

»Es wird nicht so einfach sein, unseren Spion zu entlarven«, meinte Aiden. »Wenn wir ihn finden, dann will ich ihn haben, Wolfe.«

»Er fällt nicht unter Breed Law, Aiden«, erinnerte Wolfe ihn angespannt.

»Dann tue ich es still und leise«, stieß Aiden wütend hervor. Er würde den Verrat nicht ungestraft lassen, egal, wer es war oder mit wem. Mehrere ihrer Leute waren bei dem Angriff ernsthaft verwundet worden, und Charity und Nikki waren vermisst. Breed Law verlangte Gerechtigkeit. Er verlangte Gerechtigkeit.

»Zuerst müssen wir ihn finden.« Wolfe sprang in den offenen Jeep und wartete darauf, dass Jacob und Aiden ihm folgten, bevor er den Gang einlegte und zur Kommandozentrale fuhr. »Breed Law gilt nur für die, die ihm zustimmen, Aiden, das weißt du. Aber der Verrat wird nicht ungestraft bleiben, das schwöre ich dir.«

Die Fahrt zur Kommandozentrale war kurz. Kaum hielt das Fahrzeug, sprang Aiden vom Rücksitz und marschierte zielstrebig auf die Tür zu. Der Verräter musste zu den Leuten gehören, die für das Lager an den Funkgeräten und Computern arbeiteten. Etwas anderes ergab keinen Sinn.

Er ging hinein und ließ den Blick über die Männer und Frauen schweifen, die dort arbeiteten. Radar, Satellitenkommunikation, Handyübertragungen, Mail, Funk – alles kam hier durch. Alle Männer und Frauen, die in diesem großen Raum arbeiteten, hätten Zugriff auf die Nachrichten gehabt, die hier angekommen waren, kurz vor ihrem Aufbruch nach Südamerika. Einer von ihnen war dafür verantwortlich, dass diese Nachrichten vernichtet worden waren.

Er ging durch den Raum und wusste Wolfe und Jacob hinter sich, die die anderen sorgfältig beobachteten. Es gab hier über ein halbes Dutzend Beschäftigte der Army. Aiden weigerte sich zu glauben, dass ein Breed die Standorte der wichtigsten Hütten im Lager verraten hatte. Kein lebender Wolf-Breed hätte seinen Rudelführer verraten. Der Ehrenkodex war ein Teil von ihnen, schon bevor das geschriebene Gesetz in Kraft getreten war.

»Schickt die Menschen raus«, brummte er und drehte sich zu Jacob um. »Ich will nur Breeds hier drin haben, bis wir eine Nachricht bekommen. Setzt sie woanders ein, lasst sie Putzdienst machen, ist mir egal. Aber schafft sie zum Teufel noch mal hier raus.«

Der Zorn, der sich in ihm aufstaute, war beinahe mehr, als er kontrollieren konnte. Die Unterscheidung zwischen Breed und Vollmenschen war ihm nie so wichtig gewesen wie jetzt. Sie kämpften um Gleichheit und darum, ihren Weg zu finden in einer Welt, in der sie nicht natürlich gezeugt, sondern künstlich geschaffen worden waren. Es war nicht ihr Wunsch gewesen, anders zu sein. Aber in diesem Augenblick spürte Aiden die Unterschiede deutlicher als in seinem ganzen bisherigen Leben.

Nicht, dass es noch nie vorgekommen wäre, dass ein Breed gewalttätig geworden wäre. Eher im Gegenteil. Aber niemals verriet ein Breed einen anderen an das Council oder an andere Menschen. Ihre Verbrechen richteten sich häufig gegen das Council oder Menschen, die im Verdacht standen, mit dem Council zusammenzuarbeiten. In ein paar Fällen von Irrsinn hatte sich ein Breed gegen sein Rudel gewendet, doch niemals in dem Ausmaß, dass einer sie an die Monster verraten hätte, die sie geschaffen hatten.

Wegwerfsoldaten. Das war es, wofür man sie gezüchtet hatte, dachte Aiden, als er sich an den Hauptcomputer setzte. Austauschbar. Wertlos. Kreaturen, entworfen und geschaffen, um den Launen und Grausamkeiten ihrer Schöpfer zu gehorchen.

In den Augen des Councils besaßen sie keine Menschlichkeit. Sie waren Tiere, nicht mehr. Und viele Vollmenschen, so wusste er, sahen sie genauso. Er hatte es gesehen, in ihren Augen und an ihren Taten. Die Breeds waren anders. Sie waren Tiere, die keine Loyalität und kein Leben verdienten. Und sie verdienten seine Gnade nicht. Wenn er den Bastard fand, der sie verraten hatte, würde er ihn umbringen. So einfach war das.

# 28

»Habe ich schon erwähnt, dass ich Höhlen hasse?«, maulte Nikki, als der Jeep in genau eine solche hineinfuhr.

Die beiden Männer hinten im Auto sprangen heraus, und in Sekundenschnelle glitt eine breite Tarnfolie über den Eingang. Charity beobachtete das Ganze aus zusammengekniffenen Augen. Aus der Ferne würden die falschen immergrünen Pflanzen echt aussehen und den Eingang zur Höhle wirksam verbergen.

»Kommt mit.« Der Fahrer stieg aus und drehte sich zu ihnen um, während gleichzeitig in einem Tunnel links von ihnen Lichter angingen.

»Beeindruckend.« Charity warf dem Fahrer einen kalten Blick zu und entfernte sich vom Jeep. »Ich wette, von hier aus könnt ihr das Lager der Breeds mit Leichtigkeit sehen.«

Sie hatte während der Fahrt gut aufgepasst. Während sie sich in die Berge bewegten, hatte sie mehrmals einen Blick auf den großen See erhaschen können, neben dem sich das Lager befand. Nach ihrer groben Einschätzung wäre es mit der richtigen Ausrüstung ein Leichtes, das Lager zu beobachten.

Niemand antwortete ihr. Man führte sie zügig und ungeduldig durch den Tunnel, bis sie in einen großen, höhlenartigen Raum kamen. Dort blieb Charity geschockt stehen. Der Raum war gut beleuchtet, angenehm beheizt und fast wie eine geräumige Wohnung eingerichtet.

Auf der Seite hinten standen mehrere elektrische Kochplatten. Grobe Holzregale beinhalteten eine ganze Palette an

Töpfen, Pfannen und Trockenwaren. Auf einem offensichtlich handgefertigten Tisch stand ein kleiner Kühlschrank, und gegenüber davon befand sich ein langer Tisch aus Holzbrettern mit schlichten Holzstühlen.

Charity stand offenbar am Eingang zu einem Wohnbereich mit Bänken, ein paar alten, ramponierten Lehnstühlen, einer Couch, die schon bessere Tage gesehen hatte, und einem Kartentisch.

»Demnächst richten wir uns neu ein.« Der Kojote mit dem kalten Blick sah sie spöttisch an. »Kommt, hier entlang.«

Ein weiterer Tunnel führte seitwärts weg. Dieser wurde von mehreren dicken Kerzen beleuchtet, die in den in die Wand eingehauenen Nischen aufgestellt waren. Nur Sekunden nachdem sie den schmalen Tunnel betreten hatte, hörte Charity das erste Stöhnen. Es war halblaut, verzweifelt und eindeutig weiblich.

»Mist«, hörte sie Nikki hinter sich murmeln, und Charity gab ihr im Stillen recht. Diesen Laut kannte sie.

Sie betraten ein Schlafzimmer. An der Wand stand ein breites Bett, gefertigt aus grobem Holz, aber mit großer Matratze. Darauf lag eine Frau, in Fötalstellung eingerollt und die Arme um den Bauch geschlungen. Neben ihr stand ein großer, auf herbe Weise gut aussehender Mann mit dunkelblondem Haar, das ihm über die Schultern fiel. Seine Augen im wettergegerbten Gesicht waren kalt und ungewöhnlich schwarz.

Er stand auf und ließ das feuchte Tuch in seinen Händen auf den Tisch neben dem Bett fallen. Sein Blick richtete sich auf den Mann hinter Charity.

»Verletzte?«, fragte er ihn.

»Keine. Das Council griff gerade an, also haben wir sie gegriffen und das Weite gesucht, bevor irgendwer es merkte.«

Sein breiter Brustkorb hob sich mit einem müden Atemzug.

»Oh, ich bin sicher, dass es inzwischen irgendwem aufgefallen ist«, gab Charity zurück und ging zu dem Bett, auf dem die Frau lag.

»Ich hoffe, ihr habt hier wenigstens eine medizinische Grundausstattung«, meinte Nikki und folgte ihr. »Was ist mit ihr passiert?«

Charity schob das lange, zerzauste rote Haar zurück, das der Frau ins Gesicht fiel, und untersuchte zuerst ihre Schulter. Das Wimmern, die Körperhaltung und der leise Duft, den sie wahrnahm, bestätigten ihr, dass sie mit ihrer Annahme richtiglag. Sie sah Nikki an.

Die Ärztin blieb stehen.

»Wer hat die Frau gebissen?« Sie richtete den grimmigen Blick auf den Mann, der zurückgewichen war, als sie sich dem Bett genähert hatten.

Auch Charity musterte ihn. Seine Augen waren schwarz wie die Hölle, aber sein Blick war eiskalt.

»Was hat das Mal damit zu tun?«, fragte er. »Wir sind nicht infiziert, Frau.«

Charity sah das angespannte, sarkastische Lächeln um Nikkis Lippen.

»Natürlich seid ihr das«, summte sie beinahe. »Wenn das, was ich sehe, stimmt, dann bist du mit diesem faszinierenden Hormon infiziert, Kojote. Wirklich ganz erstaunlich.«

Der Kojote machte schmale Augen. »Erklär mir das.«

»Du hast dich mit dieser Frau gepaart.« Charity war nicht in der Stimmung, zuzuhören, wie Nikki sich mit dem Kojoten zankte. Sie war müde, wund, und bei Gott, sie war geil. Sie wollte so wenig Zeit wie nur möglich hier verschwenden, damit sie zurückkonnte, zu Aiden, ihrem Bett und ihrer Erlösung.

»Mit ihr gepaart?«, gab er zurück. »Kojoten paaren sich nicht, Frau. Egal, wie die Gerüchte lauten …«

»Bist du in ihr angeschwollen, großer Junge?«, fragte Nikki. »Während du sie genommen hast? Es ist mehr als offensichtlich, dass du sie gebissen hast, also gehe ich davon aus, dass du auch in ihr hängen geblieben bist.«

»Eine Anomalie«, knurrte er. »Tierischer Instinkt.«

»Ich weiß, dass das Council seine Kojoten auch auf sexuelle Unterwerfung trainiert« – der Begriff des Councils für Vergewaltigung. »Erzähl mir nicht, dass sie deine erste Frau ist.«

Charity hörte dem Hickhack hinter sich zu, während sie die Pupillen und den Puls der Frau prüfte und dann nach dem Brandzeichen sah, dass das Council all seinen Schöpfungen verpasste. Als sie das Haar des Mädchens zurückschob und nichts auf den Schultern fand, erstarrte sie. Sie zog die Decke über den Hüften beiseite – auch dort nichts.

»Charity?« Nikki wollte wissen, was sie da tat.

Sie drehte sich um und sah Nikki eindringlich an. »Sie ist keine Breed.«

Daraufhin kam Bewegung in Nikki. Sie sagte nichts, und genau wie Charity ignorierte sie die Männer, als sie anfing, die Frau zu untersuchen. Die wollte ihre Hände wegschieben und wimmerte bei jeder Berührung. Sie schwitzte stark, ihr Gesicht war blass und ihre blauen Augen blickten benommen, während sie sich schwach wehrte.

»Hundesohn«, fluchte Nikki. »Jetzt sieh dir das an.« Sie drehte sich zu dem Mann um, der sie mit einem zornigen Glitzern in den Augen beobachtete. »Ich komme seit Monaten nicht mehr aus dem Fluchen raus. Weißt du, wie wütend mich das macht? Hast du irgendeine Ahnung, was du getan hast? Bitte sag mir, dass du das Mädchen nicht vergewaltigt hast.«

Unbändiger Zorn lag in ihrer Stimme. Auch Charity zitterte bei dem Gedanken, als sie die kleinen Blutergüsse an den Brüsten und Armen der Frau sah.

»Es gab keine Vergewaltigung«, stieß er hervor.

»Wer hat sie genommen?« Charity drehte sich zu ihm um, sodass sie und Nikki ihn anstarrten, und sie bebte vor Zorn. »Du warst es, nicht wahr?«

»Ja.« Er machte keine Ausflüchte. Allerdings hatte Charity schon bemerkt, dass das nur wenige Breeds taten.

»Du hast dich mit ihr gepaart. Sie ist im Paarungsrausch. Weiß sie überhaupt, was du bist?«

Er blinzelte, und sein Blick huschte von der Frau, die stöhnend auf dem Bett lag, wieder zu Charity und dann zu Nikki.

»Ich bin ein Kojote. Kojoten paaren sich nicht.«

»Tja, großer Junge, entweder hast du dich weiterentwickelt, oder du hattest schlichtweg *fucking* Glück«, knurrte Nikki.

Charity zuckte zusammen. Nikki hatte »fuck« gesagt. Und wenn Nikki »fuck« sagte, verhieß das nichts Gutes.

Der Kiefer des Mannes spannte sich trotzig an. Er sah aus wie ein blonder Rächer mit diesen schwarzen Augen, die sie anstarrten, und dem dunklen Gesicht, das sich rötete – sie wusste nur nicht, ob vor Zorn oder Beschämung.

»Kontaktiere sofort das Lager«, forderte sie ihn auf. »Sie ist im fortgeschrittenen Stadium der Fruchtbarkeit, und sie ist im Paarungsrausch. Keiner von euch beiden ist hier sicher, denn wenn das Council Wind davon bekommt, und irgendwie wird das passieren, dann ist das Leben dieser Frau keinen Pfifferling mehr wert. Verstehst du mich?«

»Aiden wurde kontaktiert«, gab er zurück und sah wieder zu der Frau. »Was ist diese Paarung, von der du dauernd redest?«

Charity verschränkte die Arme vor der Brust und musterte ihn mit beinahe wütender Belustigung. Sie war so sauer und gerade so frustriert, dass ihr inzwischen ganz egal war, ob sie ihren Kidnapper gegen sich aufbrachte.

»Sie gehört jetzt zu dir«, stieß sie hervor. »Ihr Körper bereitet sich vor und verändert sich, sodass er so weit zu deinem passt, dass sie schwanger werden kann.« Wurde er etwa blass? »Sie ist im Paarungsrausch. Sie braucht Sex. Eine Menge Sex. Fast ständig. Und nur mit dir. Stell dir vor. Du bist der erste Kojote, der sich gepaart hat, und das auch noch mit einer vollmenschlichen Frau. Verdammt, damit hast du so einige Theorien direkt in die Hölle geschickt. Und wir dachten noch, Kojoten wären nur für ihren Gestank gut.«

»Wir stinken nicht«, knurrte einer der Männer hinter ihr.

»Hat sie denn mit dir geredet?«, fragte Nikki zuckersüß. »An deiner Kette haben wir nicht gezogen, Großer.«

Hellblaue Augen verengten sich grimmig. »Du hast ein böses Mundwerk, Frau«, gab er zurück.

»Och, ist dir das gerade erst aufgefallen? Du bist wohl ein ganz besonders Schlauer.« Sie hatte den Tonfall, der, wie Charity wusste, für die besonders Begriffsstutzigen reserviert war.

»Du hast deine Zeit verschwendet, als du uns herbringen ließest«, sagte Charity. »Und glaub mir, Aiden wird nicht erfreut sein. Du solltest dir lieber ein Loch suchen, in das du dich verkriechen kannst …«

»Da gibt es keins, das tief genug wäre«, unterbrach sie Aidens wütende Stimme, als er hereinkam. Hinter ihm über zwei Dutzend Wolf-Breeds, die Waffen drohend im Anschlag.

»Tja, sieht so aus, als wäre die Kavallerie da«, bemerkte Nikki schneidend. »Und alles voller Kerle, vollgepumpt mit Testosteron. Schwachköpfe.«

Charity seufzte. Nikki war nicht erfreut. Die Rückfahrt würde nicht angenehm werden.

# 29

Aiden stand im Eingang zu einer kleineren Höhle, die sich in dem Berg befand, den die Kojoten zu ihrer Heimatbasis gemacht hatten. Die Höhle war über mehrere lange Tunnel und eine Leiter, die durch eine natürliche Öffnung im Boden mit der oberen Höhle verbunden war, zugänglich. Dort, im äußeren Eingang, hatte der Anführer des Kojotenrudels ein Langstreckenteleskop aufgestellt, das auf das Lager der Breeds gerichtet war.

»Wir beobachten euch schon seit Monaten«, bemerkte er, als Aiden das Teleskop im Nachtsichtmodus fokussierte und die Bewegungen unten verfolgte. »Als ich erfuhr, dass mehrere eurer Frauen ähnliche Probleme haben wie Anya, habe ich angefangen, die Nachrichten zu schicken. Als keine Antwort kam, bin ich langsam verzweifelt.«

Die beweglichen roten Ziele unten huschten zwischen Bäumen und natürlich geschützten Stellen hin und her und patrouillierten an der Grenze des Lagers. Aiden wusste, dass es noch mehrere andere gab, die gegen Nachtsichtgeräte geschützt waren und sorgfältig in den hohen Bäumen innerhalb und außerhalb des Geländes Wache hielten.

»Wann ist dir klar geworden, wer unser Spion war?«, fragte er.

Er wusste, Del-Reys Nachrichten und seine Mittel, eine Antwort zu erzwingen, waren so angelegt, dass seine eigene Identität und sein Standort verborgen blieben.

»Vor mehreren Tagen«, seufzte der. »Ich habe die Information über den Angriff einige Stunden, bevor es losging, erhalten. Daraufhin habe ich eine weitere Nachricht geschickt. Auch die wurde ignoriert.«

Aiden brummte.

»Konntest du den Spion identifizieren?« Er war nicht in der Stimmung für Spielchen. Er wollte die Identität des Kerls, der es gewagt hatte, sie zu verraten.

»Breed Law fordert den Tod«, sinnierte Del-Rey leise. »Manchmal ist die Antwort aber nicht so eindeutig, Wolf.«

Aiden ging vom Teleskop weg und nagelte den Mann mit einem eiskalten Blick fest. »Breed Law existiert aus gutem Grund, Del-Rey.«

Der Kojote seufzte müde und sah hinaus in den Nachthimmel. »Als Breeds unterscheiden wir uns sehr von anderen«, meinte er leise. »Das habe ich gelernt, und ich weiß, du auch. Vollmenschen sind sehr verschieden in ihren Überlegungen, ihrer Akzeptanz und ihren eigenen Formen von Ehrenkodex. Um in dieser Welt existieren zu können, müssen wir vielleicht Zugeständnisse machen.«

Aiden musterte ihn einige Minuten lang. Der Kojote hatte die Schultern trotzig gestrafft, und sein Gesichtsausdruck war resigniert. Er lehnte sich an den Eingang zur Höhle und sah hinaus, als ließe sich die Antwort auf ihre Probleme dort in den tarnenden Schatten der Nacht finden.

»Komm zum Punkt«, brummte Aiden. Er war mehr als scharf darauf, nach Hause zu kommen und sich um die Probleme zu kümmern, die den Frieden seiner Beziehung mit Charity und seine Leute bedrohten.

Der Mann drehte sich langsam um und sah ihn an.

»Die Rudel der Wolf-Breeds haben in mancher Hinsicht die Bewohner der Stadt adoptiert. Sie vertrauen ihnen, glauben ihnen und der Propaganda ihrer offiziellen Stellen, dass die Breeds willkommen sind. Ihr behandelt die Stadt, als sei sie ein Ort, der eure Loyalität verdient hätte, doch in Wirklichkeit könnte der Hass, der dort gärt, am Ende der Untergang der Wolf-Breeds sein.«

Aiden holte tief Luft und machte sich auf das Kommende gefasst, als er dem anderen Mann direkt in die Augen sah.

»Was hast du erfahren?«

»Viele interessante Dinge.« Er deutete hinter sich auf den Eingang zu den Haupthöhlen. »Ich habe Anya außerhalb eines Labors des Councils in Russland entführt. Die Informationen, die ich von ihr erhalten habe, waren ziemlich überraschend. Es gibt so einige Gruppen, die sich derzeit bilden und die scharf darauf sind, alle Breeds von der Erde getilgt zu sehen. Männer, deren Väter und Großväter vor ihnen die Rassenkriege der Vergangenheit fortgesetzt haben, haben jetzt einen neuen Krieg gefunden. Man wird die Breeds nie akzeptieren, Aiden. Wir werden immer den Tod finden, egal, welche Richtung wir nehmen oder auf welchem Land wir siedeln. Und die Verschwörung gegen sie wird hier beginnen, zentriert um dieses Lager, das Wolfe aufbaut, um seine Leute zu schützen.« Del-Reys Stimme klang leise und tröstend, während er von noch mehr Verrat, Täuschung und Tod sprach.

»Niemand ist eine Insel, Del-Rey«, erinnerte Aiden ihn leise. »Dort draußen gibt es viele gute Menschen, die bereit sind, ihr Leben Seite an Seite mit den Breeds zu riskieren. Wir dürfen sie nicht außer Acht lassen. Und unsere Zahl ist zu gering, um etwas anderes zu tun, als zu beten, dass wir, mit der Zeit, Anerkennung finden.«

»Die Breeds wandeln auf mehreren schmalen Graten«, seufzte Del-Rey. »Und wenn das, was ich von meinen eigenen Quellen erfahre, stimmt, wird das Council nie zerschlagen werden. Ihre Gelder sind zu reichlich, und die, die ihnen helfen wollen, sind zu zahlreich.«

»Wer ist der Spion in unserem Lager?«, fragte Aiden wieder. »Um den Rest kümmern wir uns, aber er kommt zuerst dran.«

»Und wenn es kein ›Er‹ ist?«, fragte der Kojote geduldig. »Wenn euer Verräter eine Frau ist, beliebt in eurer Gemeinschaft, wie willst du dann ihre Exekution rechtfertigen?«

Es musste ja kompliziert sein, dachte Aiden wütend. Wieso hatte er auch etwas anderes erwartet?

»Genauso wie bei jedem Mann«, gab er zurück. »Sie haben sich Breed Law verpflichtet, um im Lager zu arbeiten. Mann oder Frau, sie haben die Risiken akzeptiert.«

»Und wenn sie denken, dass ihr Kampf durch das, was sie glauben, legitimiert ist?«, fragte Del-Rey. »Wie bestrafst du jemanden, weil er seinen Überzeugungen treu geblieben ist? Oder seinem eigenen Gewissen?«

Verdammt noch mal. Ein philosophischer Kojote war jetzt das Allerletzte, was sie gebrauchen konnten. Aber in seinen Ärger mischte sich sein eigenes Gefühl von Hilflosigkeit. Ein männlicher Verräter wäre leicht zu töten gewesen. Aber eine Frau … Müde fuhr er sich mit den Fingern durchs Haar und lehnte sich mit der Schulter an die Felswand. Eine Frau musste man schützen und in Ehren halten, nicht exekutieren.

»Interessante Frage«, seufzte er. »Zum Glück habe ich das nicht zu entscheiden. Aber man wird sich um sie kümmern, Del-Rey. So oder so. Wer ist sie?«

»Sie ist die Tochter des Bürgermeisters. Sie bedient eure Funkgeräte, und wenn weder du noch Wolfe da seid, gibt sie über ihren Vater heimlich Informationen an eure Feinde weiter. Aber es kann sein, dass die Frau benutzt wird. Sie hat euch nicht völlig verraten. Erinnere dich, Aiden, wer vor dem Angriff dafür gesorgt hat, dass Hope und Faith nicht in den Hütten waren. Einer meiner Männer hat ihre Bewegungen verfolgt. Er hat beobachtet, wie sie zu jeder Einzelnen gegangen ist und sie ins Kommunikationsgebäude gelockt hat, nur Minuten bevor der Helikopter auf dem Radar auftauchte. Das Council wollte nur eine Frau. Die, die am wahrscheinlichsten schwanger wird. Deine Frau.«

»Jessica«, hauchte Aiden überrascht. Die junge Frau war seit nicht ganz einem Jahr beim Militär. Er hatte sie für scheu und ängstlich gehalten, nicht für den Typ, der so bereitwillig die Leute hinterging, die er zu schützen geschworen hatte.

»Ihr ist vielleicht nicht einmal bewusst, dass sie euch verraten hat.« Del-Rey zuckte mit den Schultern. »Ihr Vater allerdings ist sich seiner Verbrechen bewusst, so wie viele in ihrer Familie und der Stadt, aus der sie kommt. Kannst du sie alle töten?«

Auch das machte die Sache noch komplizierter. Sie hatten geschworen, jedem Mann, jeder Frau, jedem Kind auf dieser Welt, in der sie überleben wollten, eine Chance zu geben. Jedem als Einzelwesen. Sie hatten geschworen, wie jeder Vollmensch Vertrauen zu haben in die Barmherzigkeit und Großzügigkeit des menschlichen Geistes, dessen Existenz sie erhofft hatten. Es hatte viele gegeben, die ihnen über die Jahre geholfen hatten. Viele, die sie verraten hatten. Dieser Schlag würde die Art verändern, wie die Breeds mit der Stadt umgingen, sowie das Vertrauen, das sie in sie gesetzt hatten.

»Am besten bleibt ihr hier in Deckung«, seufzte Aiden schließlich und wusste dabei, dass Charity und Nikki darauf bestanden, dass die Frau ins Lager gebracht wurde. »Ihr scheint hier ziemlich sicher zu sein. Bis wir die Vollmenschen loswerden, die im Lager arbeiten, wird deine Frau nicht sicher sein, und ihr auch nicht. Die Neuigkeit, dass Kojoten sich paaren können, wird das Council erschüttern. Es könnte noch mehr Blutvergießen über die bringen, die euch innerhalb der Organisation unterstützen.«

»Das sind nur wenige«, schnaubte Del-Rey. »Aber ich stimme zu. Ich werde etwas Zeit brauchen, um sie zu alarmieren, damit sie sich in Sicherheit bringen. Wir haben unser neues Heim hier ziemlich ins Herz geschlossen, und wir werden wohl versuchen, so lange wie möglich hierzubleiben. Die Freiheit, die es bietet, wird allseits sehr geschätzt.«

In der Stimme des Mannes lag unendlich viel Müdigkeit. Eine Müdigkeit, die Aiden auch in sich selbst wusste. Ihr Kampf hatte erst begonnen, und er fürchtete, er könnte zu einer langen, blutigen Schlacht werden, die die Breeds am Ende vielleicht verlieren würden.

»Wir verschwinden, bevor es Tag wird.« Aiden ging zügig zum Eingang der Tunnel zurück. »Kümmere dich um deine Frau, Del-Rey. Und wenn du so freundlich wärst, eine eurer Schlafhöhlen zur Verfügung zu stellen, kümmere ich mich um meine.«

Charitys Hitze hatte schon nach ihm gerufen, bevor Del-Rey ihn zu dem Aussichtspunkt mitgenommen hatte, um mit ihm über die Gründe zu sprechen, warum sie Charity und die Ärztin so geholt hatten, wie es geschehen war. Aiden war kaum in der Stimmung gewesen, sich Entschuldigungen anzuhören, aber jetzt verstand er die Geheimniskrämerei des Kojoten nur zu gut. Ihre Probleme hatten eben erst begonnen, und er wollte verdammt sein, wenn er irgendeine Möglichkeit übersah, wie sie gelöst werden konnten.

Wie Del-Rey gesagt hatte – es gab keinen Ort auf der Erde, an dem sie wahrhaft Sicherheit finden konnten.

»Aiden.« Del-Rey hielt ihn zurück, als er durch die Öffnung im Boden steigen wollte. Aiden drehte sich um und musterte ihn aufmerksam.

»Wenn sie schwanger werden, wird die Gefahr nur noch größer. Was dann?«

Aiden kniff die Augen zusammen. »Wir warten nicht, Rey. Wir zeigen ihnen auf der Stelle, wie unbarmherzig wir sein können, wenn wir verteidigen, was unser ist. Wir machen keine Fehler, und wir halten den Kodex ein. Und dann werden wir beten. Denn ich habe im Moment das Gefühl, das ist das Einzige, was uns retten wird.«

# 30

Der Duft ihres Verlangens lockte ihn, trieb ihn und füllte seine Sinne. Aiden trat in die kleine Höhle, die Del-Rey ihm und Charity zur Verfügung gestellt hatte. Sie wartete auf ihn, ausgestreckt auf der Matratze, und beobachtete ihn mit hungrigem Blick, als er die grobe Holztür hinter sich schloss.

Kerzenlicht flackerte über ihre Züge, betonte die dunklen Tiefen ihrer Augen, ihren cremigen Teint. Er roch den leichten Duft von Seife und Regenwasser – der Beweis, dass es ihr gelungen war, die Kojoten so weit einzuschüchtern, dass sie ihr ein Bad organisiert hatten.

Ein Laken bedeckte sie von der Brust bis zum Oberschenkel und ließ ihre langen, lockenden Beine frei. Ohne große Umschweife zog er sein Hemd aus, während er sich dem Bett näherte. Er spürte das Blut fordernd durch seine Adern rauschen, und sein Schwanz pochte vor Verlangen.

Der urwüchsige Drang, den Paarungszyklus zu vollenden, jenen letzten Schritt zu gehen, beherrschte seinen Körper und seinen Verstand. Sie war seine Gefährtin. Seine Frau. Sie war ihm genommen und von einem anderen berührt worden, egal wie unpersönlich. Lange, qualvolle Stunden war sie nicht in seiner Reichweite gewesen.

Und noch mehr. Bis in die tiefste Seele glaubte er, dass Charity heute Nacht schwanger würde. Ihr Duft war wilder, wie der nahende Frühling. Eine Wiedergeburt. Doch er konnte erkennen, dass ihre Erregung noch immer voller Hitze und schmerzhaft verlangend war.

Der Paarungsinstinkt der Breeds war ihm nie erklärt worden. Zur Hölle, bis vor Kurzem hatte ja niemand gewusst, dass es ihn überhaupt gab. Sich durch jede Phase hindurch seinen Weg zu ertasten war die schwierigste Reise, die Aiden je unternommen hatte. Und sich der nun, wie er inständig hoffte, finalen Phase zu stellen war das Allerschwierigste. Er brauchte sie. Sein Körper verlangte nach ihr, forderte die finale Unterordnung, und er hatte eine Heidenangst, dass sie sich dem verweigern würde. Hätte er die Kraft, zu gehen, wenn sie sich weigerte?

Er spürte, wie seine eigene Lust immer höher stieg, wie sein Verlangen in ihm brannte.

»Worauf wartest du?« Sie legte den Kopf schief und musterte ihn neugierig.

Er ging zum Bett, ließ sich langsam auf der Matratze nieder und drehte sich zu ihr um. Er hätte es vorgezogen, auf eine andere Gelegenheit zu warten, aber er kannte seinen Körper. Seine Instinkte hatten letztendlich das Ende seiner Geduld kenntlich gemacht.

Er streckte die Hand nach ihr aus und strich mit den Fingern über ihre Wange, mit dem Daumen über ihre Lippen.

»Ich brauche dich«, flüsterte er und klammerte sich verzweifelt an seine Selbstbeherrschung, um sie behutsam in die kommende Erfahrung einzuführen.

»Ich verstehe nicht.« Ihre Lippen zitterten nervös, und ihr Blick flackerte für einen kurzen Moment, ein Zeichen dafür, dass sie sehr wohl verstand – oder zumindest ahnte, was auf sie zukommen würde.

Aiden seufzte hörbar. »Die Paarung ist nicht vollendet, Charity. Ich wollte warten und dir Zeit geben, die Bande zwischen uns zu akzeptieren, aber ich kann nicht länger warten.«

Charity holte tief und hörbar Luft. »Es geht um diese Analsache, richtig?« Sie sah ihn aus zusammengekniffenen Augen an und krallte die Fäuste in das Laken über sich.

Er verzog das Gesicht, als er spürte, wie sich ihr Körper ablehnend versteifte. »Ich werde es nicht tun, ohne dich vorzuwarnen, Charity. Ich schwöre, ich werde dir nicht wehtun. Mehr kann ich nicht versprechen.«

Sie hob ungläubig eine Augenbraue. »Du denkst wirklich, dein Schwanz passt da rein?«, fragte sie spöttisch.

Aiden konnte nicht anders als lächeln. »Ich weiß, dass es so ist, Charity. Und bald wirst du es auch wissen.«

Ihre Lippen formten sich zu einem höchst reizenden Schmollmund. Diesen speziellen Gesichtsausdruck hatte Aiden noch nie bei ihr gesehen. Er spiegelte Entschlossenheit und Neugier zugleich, gemischt mit der Enttäuschung, dass das liebevolle Zusammensein, das sie erwartet hatte, nicht kommen würde. Sie brannte für seine Berührung, und ihr Körper pochte vor Sehnsucht nach Erlösung. Die Hitze war ein Inferno in ihrem Unterleib, und ihr Duft war wild und süß wie ein Sommergewitter.

»Aiden, habe ich vergessen, dir zu sagen, dass ich wirklich nicht auf Schmerzen stehe?«, fragte sie schließlich bedächtig und in demonstrativ geduldigem Tonfall. »Ich bin sicher, du wirst es inzwischen herausgefunden haben, aber das steht nicht sehr weit oben auf der Liste der Erfahrungen, die ich noch machen will.«

Er unterdrückte sein Lächeln. Ihr flinkes Mundwerk war eine der Eigenschaften, die er am meisten an ihr liebte.

»Es wird keinen Schmerz geben, Charity. Ich verspreche dir, sobald du mich bittest, aufzuhören, werde ich es bereitwillig tun. Aber ich wette«, flüsterte er, »wenn ich erst einmal anfange, dich in Besitz zu nehmen, wirst du mich eher anflehen, weiterzumachen, als damit aufzuhören.«

»Du hörst auf, wenn ich es will?« Ihre Atmung war schneller geworden, ihre Brüste hoben und senkten sich unter dem Laken, und ihre Brustwarzen zeichneten sich darunter ab.

»Wenn du es willst«, versprach er und spürte, wie auch seine Atmung schneller ging und sein Schwanz vor Verlangen und Vorfreude zuckte. Er konnte nur beten, dass er die Kontrolle, die er brauchte, um sie nicht zu verletzen, nicht verlieren würde. »Entspann dich für mich, Charity.« Langsam zog er ihr das Laken vom Körper und sah ihr in die Augen, während er mit sanfter, leiser Stimme weiterredete. »Einfach entspannen und fühlen.«

Sie schluckte schwer. »Tja nun, der Teil mit dem Fühlen ist das, was mir langsam Sorgen macht«, keuchte sie, als er den Kopf senkte und das Mal an ihrer Schulter mit den Lippen bedeckte. »Oje. Ich schätze, jetzt finden wir raus, ob die Stelle wirklich nur ein Ausgang ist.«

Aiden lachte leise. Er konnte nicht anders. In ihrem Tonfall hörte er ihre Nervosität, ihre Erregung und ihre Hinnahme dessen, was kommen würde. Sie klammerte sich an seine Unterarme, als er mit der Zunge über das Mal strich und den süßen, leicht herben Geschmack ihrer Haut genoss.

Ihr Körper lag weich und zierlich in seinen Armen, und er konnte sich nicht gegen die ungewohnten Gefühle wehren, die in ihm aufstiegen. Er hielt sie fest, ließ seine Hände an ihren Rücken wandern, als er sie enger an sich drückte. Er musste sie halten, musste wissen, dass sie sicher und geborgen war.

Er erinnerte sich deutlich an die blendende Wut, die in seiner Seele getobt hatte, als er erkannte, dass man sie ihm genommen hatte. Und Furcht. In seinem ganzen Leben hatte er noch nie Furcht gekannt – bis zu diesem Moment. Der Gedanke an seinen eigenen Tod machte ihm nur wenig aus. Aber der Gedanke an auch nur den geringsten Schmerz für die zarte Gestalt in seinen Armen ließ einen unbändigen Drang nach Vergeltung in ihm aufsteigen. Und das Verlangen, sie zu markieren, mit dieser letzten, ultimativen Unterwerfung.

»Ich habe schier den Verstand verloren, als ich sah, dass du weg warst«, flüsterte er ihr ins Ohr und spürte ihr überraschtes Zittern. »Ich habe nie in meinem Leben wie ein Wolf geheult, Charity. Aber in dem Augenblick, als mir klar wurde, dass du fehlst, wussten sogar die Wölfe von meinem Zorn.«

Sie hatten auf seinen animalischen Ruf geantwortet. Sie hatten den Jeep auf seinem Weg den Berg hinauf verfolgt und dann seinen Standort gemeldet, als er angehalten hatte. Ein Urinstinkt, scharf und blitzschnell, eine Kommunikation mit den Tieren, wie er sie nie erwartet hatte.

»Ich hatte Angst«, flüsterte sie. »Ich hoffte inständig, dass du mich finden würdest, Aiden.«

»Und das habe ich«, grollte er. Er konnte das Vibrieren in seiner Stimme nicht unterdrücken. »Und jetzt muss ich es zu Ende führen, Charity. Ich muss die Paarung vollenden. Jetzt.«

Er konnte es nicht erklären. Es ergab keinen Sinn. Analsex würde nicht bei einer Empfängnis helfen. Das Hormon in seinem Samen würde nichts in irgendeiner Weise beeinflussen, um sie noch weiter zu markieren. Und doch konnte er den Impuls nicht unterdrücken. Am liebsten würde er sie auf der Stelle auf den Bauch drehen, ihre Hüften anheben und sie augenblicklich besteigen. Sich vergewissern, dass sie ihm gehörte, ganz und gar!

Und er fürchtete, dass der überwältigende Drang, die Paarung zu vollenden, genau daher rührte. Von dem Verlangen, dem unbändigen Drang, sich zu vergewissern, dass seine Gefährtin ganz allein ihm gehörte. Dass sie sich jedem seiner Bedürfnisse ergeben würde. Dass sie sich hingeben würde, egal, wie er sie brauchte.

Er drückte seine Lippen auf ihren Mund und kämpfte gegen den niederen Instinkt an, sie sofort zu nehmen. Seine Zunge drang in ihren Mund, strich über ihre Zunge, ihre Zähne, ihre Lippen, und er knurrte grimmig, als sie an den geschwollenen Drüsen an der Seite sog.

Er stöhnte auf, als er fühlte, wie das Hormon freigesetzt wurde, und sein Schwanz zuckte bei dem Gedanken, dass es nur noch Minuten dauern würde, bis ihre Sehnsüchte seinen glichen und ihre Erregung zu einem Inferno wurde, das sie beide verbrannte.

»Aiden, warte.« Sie löste sich von ihm, schwer atmend und um Beherrschung ringend. Er wusste, sie versuchte, die Reaktionen ihres Körpers zu analysieren und die Aktionen und Reaktionen ihrer Sexualität zu verstehen.

Doch heute Nacht wollte er nicht die Forscherin in seinem Bett haben. Er wollte die Frau. Seine Gefährtin. Ihre feurige Hitze versengte ihn, und ihre Feuchte verriet ihr Verlangen. Er knurrte und zog die Lippen zurück, während er seine Finger in ihrem Haar vergrub, um sie festzuhalten, als seine Lippen sie erneut eroberten.

Als sie sich weigerte, seine Zunge in ihren Mund zu saugen, knabberte er an ihren Lippen, bis sie sich mit einem erhitzten Keuchen öffneten. Er fühlte, wie sich ihre Erregung langsam steigerte, witterte den reichen, femininen Duft, der ihn umhüllte und in ihrer Lust ertrinken ließ.

Er neigte den Kopf und fuhr mit den Lippen über ihren Mund, als er schließlich zuließ, dass sie ihn freigab. Sie schnappte nach Luft und knetete seine Schultern mit den Händen, rieb ihre aufgerichteten Brustwarzen über seinen nackten Oberkörper, während ihre Hand über seinen Bauch nach unten glitt, um seinen Schaft zu umfassen.

Er verzog das Gesicht und warf den Kopf nach hinten, als

ihre Finger über die kräftigen Adern und den pochenden Schaft strichen. Die qualvolle Sehnsucht war nichts, was er je zuvor gekannt hatte. Sie spannte seinen Körper an, rauschte durch seine Adern und jagte ihm ein Kribbeln über den Rücken, mit einer Wonne, die alles überstieg, wovon er je gehört hatte.

»Genug!« Er nahm ihre Finger, zog sie von seinem sehnsüchtigen Schwanz weg und drückte sie aufs Bett zurück. »Das hier ist für dich, Charity. Alles für dich. Du kannst es später erwidern.«

»Nein.« Sie sah zu ihm auf, mit benommenem Blick, und ihre Augen waren fast schwarz vor Begierde. »Ich muss dich berühren, Aiden.«

»Noch nicht, Liebes«, antwortete er sanft, glitt neben sie und umfasste überaus zärtlich eine ihrer prallen Brüste. »Entspann dich, Charity. Nur fühlen, Baby. Für mich. Fühle nur die Empfindungen, die ich deinem Körper bescheren kann.«

Und dann konnte er nicht länger widerstehen. Er senkte den Kopf und bedeckte die aufgerichtete Brustwarze, die auf seine Aufmerksamkeit wartete, mit dem Mund. Er fühlte ihren Körper zucken, hörte den Aufschrei, der über ihre Lippen kam, und er wusste, noch bevor die Nacht zu Ende war, würde sie nie wieder die Paarung leugnen.

# 31

Charity war nicht klar gewesen, wie viel Angst sie gehabt hatte, bis Aiden in die Höhle gekommen war. Seine starken Arme hatten sie umfangen, sein muskulöser Körper schützte sie und hielt sie fest, auf eine Weise, die ihr Sicherheit und Schutz bot. Sie hatte nicht erkannt, wie sehr sie seine Stärke brauchte, bis er hereingekommen war in der Erwartung und dem Bedürfnis, dass sie sich an ihn lehnte.

Und jetzt brauchte er noch so viel mehr. Zitternd sah sie zu, wie sein Kopf sich auf ihre Brust senkte, die er mit der Hand umfasst hielt. Sie konnte das fast schon brutale Zucken ihres Körpers und ihr Keuchen nicht unterdrücken, als sein warmer Mund die harte Knospe umschloss.

Seine Zunge spielte um ihre Brustwarze und entlockte ihr ein verzweifeltes Stöhnen, während sie die Hände in seine Schultern grub. Sie konnte nur noch fühlen, so wie er es wollte. Nur noch auf der Woge der Lust dahingleiten, die er ihren aufgeheizten Sinnen bescherte.

Seine geschickten Finger kneteten ihre empfindsamen Brüste, und seine Zunge strich über die harte, aufgerichtete Knospe, während er an ihr saugte. Dann schob er sich weiter über sie und drückte mit den Händen ihre Brüste aneinander, sodass er beide Brustwarzen mit den Lippen bedecken konnte.

»Aiden, verdammt. Du machst mich fertig.« Sie rang um Atem, kämpfte um ihren Verstand, aber ihre Hände krallten sich in sein Haar und hielten ihn fest, während ihr Körper sich seinen Liebkosungen entgegenbog.

Sie warf den Kopf auf der Matratze hin und her, als die Empfindungen in ihr immer stärker wurden. Wie eine glühend heiße Woge bauten sie sich in ihrem Unterleib auf, stärker und intensiver als je zuvor.

Sie spürte, wie sie immer feuchter zwischen den Beinen wurde, wie warmer Honig, der ihre Schamlippen benetzte. Ihre Klitoris pochte und flehte um Aufmerksamkeit. Ihre Vagina zog sich rhythmisch zusammen und verlangte nach der harten, pochenden Länge seines Schaftes. Sie wimmerte vor Verlangen, als er ein letztes Mal über ihre Brustwarzen leckte, bevor seine Lippen tiefer wanderten.

Sie krallte die Finger in sein Haar, als seine Reißzähne über ihre schweißfeuchte Haut am Bauch strichen. Und dann hielt sie die Luft an, als sein warmer Atem über ihre pulsierende Klitoris hauchte.

»Bitte«, flüsterte sie und hob ihm die Hüften entgegen. Sie brauchte seine Zunge auf dem kleinen Lustknopf, so dringend wie die Luft zum Atmen.

»Vorher will ich dich kosten«, flüsterte er und bewegte sich langsam zwischen ihre Schenkel. Seine Augen waren dunkel und umwölkt vor Sehnsucht, als er ihre Beine spreizte und sie ermunterte, die Knie anzuheben und sich ihm zu öffnen.

Sie sah ihm zu, hilflos in den Empfindungen gefangen, die sich in ihr aufbauten. Sie sah zu, wie seine langen, anmutigen Finger ihre Schenkel streichelten, bevor er den Kopf senkte. Seine Zunge glitt langsam durch die enge, feuchte Spalte zwischen ihren Beinen.

Sie schauderte. Ihr Körper bebte in der intensiven Wonne, die ihre Sinne einhüllte. Sie ließ den Kopf nach hinten auf das Bett sinken und schloss die Augen, als sich ihre Hüften hoben.

»Mehr«, flehte sie, keuchend, fast um den Verstand gebracht von den überwältigenden Empfindungen in ihr. Hitze flackerte in ihrer Vagina, breitete sich in ihrem Unterleib aus und legte sich um ihre Brüste. Wie unsichtbare, neckende Finger strich sie über ihren Körper und ließ die Flammen immer höher lodern.

Seine Hände glitten über ihre Oberschenkel, und ihre Muskeln zitterten, als er sich langsam ihrem feuchten Schoß näherte, von dem er so begierig naschte. Seine Zunge flatterte neckend durch ihre empfindsame Spalte, umkreiste ihre pralle Lustperle und glitt dann wieder abwärts, um die Pforte zu ihrer Vagina zu umkreisen. Eine langsam gezogene Acht fuhr er so in einem verführerischen Feuertanz mit der Zunge nach, sog die weiche Feuchte ihrer Vagina in sich ein, hielt sie geöffnet und ließ ihre warmen Säfte an die Öffnung ihres Anus fließen.

Sie wusste, was kommen würde. In ihrem Verstand schrillte eine Alarmglocke, doch die verlor sich in seinen Liebkosungen von Lippen und Zunge. Und da hatte sie gedacht, es könnte nicht noch schlimmer werden. Dass sie den Gipfel des Verlangens erreicht hätte – bis er ihr das Gegenteil bewies.

Sie spürte, wie seine Hand sich bewegte, während er mit der Zunge ihre Lustperle verwöhnte. Ein langer, anmutiger Finger glitt in ihre enge Vagina. Sie wollte die Schenkel zusammenpressen, um ihn in sich festzuhalten, doch seine breiten Schultern hielten sie gespreizt und sein warnendes Knurren ließ sie schaudern.

Ihre Hüften hoben sich, um ihn in sich zu drängen. Sie wollte, dass er sich bewegte, den Finger tief in sie schob, um das Verlangen, das sich immer weiter steigerte, freizusetzen. Doch er spielte mit ihr, trieb sie höher und schürte das Feuer in ihr in unglaubliche Höhen, während sie ihre Lustschreie nicht länger zurückhalten konnte.

Sie war so verzweifelt, so nahe am Orgasmus, dass sie sich ganz natürlich dem Finger öffnete, der an ihren Anus glitt und sich langsam hineinschob.

»Aiden«, flehte sie ihn an, als sie spürte, wie er sie ausfüllte, sie langsam dehnte und bereit machte. Und sogar noch beängstigender war die plötzliche intensive Wonne, die sie überkam, als er hinein- und wieder hinausglitt, um sie an das Gefühl des Eindringens zu gewöhnen.

»Du bist so hübsch, Charity«, grollte er. »So erhitzt, so empfänglich, dass ich fast die Beherrschung verliere, die ich doch unbedingt brauche.«

Sie spürte, wie ein zweiter Finger hinzukam und sich in sie schob, während ihre Muskeln sich um beide Finger krampften. Die Welle des Lustschmerzes brachte sie an den Rand des nahenden Orgasmus, den sie in ihrem Unterleib brennen spürte. Sie wand sich in seinem Griff und ließ die Hände von seinem Kopf auf die Decken unter ihr fallen, als sie sich mühte, nicht ganz den Verstand zu verlieren.

Inzwischen drängte sie sich keuchend jedem Eindringen in ihren Po entgegen und fühlte die Vibrationen, die ihre begierige Vagina reizten. Wenn er sie doch nur endlich ausfüllen und bis zum Höhepunkt vögeln würde, bevor er beschloss, sie um den Verstand bringen zu wollen.

»Ich halte das nicht mehr aus.« Sie wollte schreien, aber sie hatte kaum genug Atem, um flehend zu wimmern. »Bitte, Aiden. Reiz mich nicht länger so.«

»Ich könnte stundenlang von deinem Honig naschen«, flüsterte er und leckte über ihre bebende Spalte, während sie unter ihm zitterte.

Dann drang seine Zunge in sie, teilte die empfindsamen Muskeln und jagte ihr Schauer des nahenden Orgasmus durch den Leib. Als seine Zunge sich zurückzog, erhob er sich zwischen ihren Beinen und ließ seine Finger aus ihrem Anus gleiten.

»Dreh dich um für mich«, stieß er hervor. »Ich kann mich

nicht mehr lange zurückhalten, Charity. Unterwirf dich mir, jetzt.«

Ihre Augen weiteten sich. Die Worte, sein Tonfall, waren animalischer als je zuvor. In seinen Zügen stand ungezähmte Lust, und in seinen Augen glitzerte ein Verlangen, das nicht zu kontrollieren war. Das hier hatte nichts zu tun mit sexuellem Fetisch, aber alles mit sexueller Unterwerfung. Seine Begierden waren nun reiner Instinkt. Er war ihr Gefährte, und er war kurz davor, es ihr zu beweisen.

Langsam drehte sie sich um. Ihr Herz raste, Lust pulsierte durch ihre Adern und ihr eigenes Verlangen brannte in ihr. Und da war Aiden, seine Hände, die sie umdrehten, als er sich rasch hinter sie schob.

Es gab kaum ein Vorspiel. Das Verlangen war wie ein Feuer, das in ihnen beiden brannte und sie in dem Bestreben nach Erlösung ertrinken ließ. Gierige Hände strichen über ihre runden Pobacken und ließen sie zittern. Eine Hand wanderte aufwärts und streichelte über ihre Wirbelsäule, bevor sie sich zwischen ihre Schulterblätter drückte, um ihr zu bedeuten, dass sie den Oberkörper senken solle. So lag sie da, den Oberkörper auf die Matratze gedrückt, den Po in die Luft gereckt, schutzlos vor seinem begierigen Blick.

# 32

Kerzenlicht flackerte im Zimmer, und die Lust in ihnen brodelte. Charity wusste, sie sollte eigentlich nervös sein und vor Furcht zittern. Sie wusste, dass das, was er gleich tun würde, eigentlich gar nicht funktionieren konnte. Sein kräftiger Schaft war zu groß, ihr Anus viel zu klein. Sie krallte die Finger in das Laken unter sich. Doch die erotische Spannung, die sich in ihr aufbaute, konnte sie nicht leugnen.

»So hübsch«, flüsterte er, und sie fühlte, wie ihre Vagina auf die Finger reagierte, die über ihre runden Pobacken glitten, den Daumen, der durch ihre Ritze fuhr.

Charity fühlte, wie ihr Körper brannte. Schauder der Erregung ließen ihre Muskeln beben, machten sie ganz schwach, als Aiden sich hinter ihr in Stellung brachte.

»Langsam und vorsichtig, Baby«, flüsterte er, und sie spürte, wie seine Eichel sich gegen ihren Anus drückte.

Es wäre ihr lieber gewesen, hätte ihr Körper weniger begierig auf das animalische Eindringen reagiert, aber sie konnte spüren, wie ihre Muskeln sich entspannten und ihr verlangender Körper sich für ihn zu öffnen versuchte.

Charity wimmerte drängend, als sie seine Eichel pochen spürte, und dann zuckte sie überrascht zusammen, als sie das heiße Pulsieren von Flüssigkeit in ihren Anus spürte.

»Langsam.« Seine Stimme klang kehlig. Seine Hand umfasste ihre Pobacke. Er hielt sie fest und hielt inne, als seine Eichel sich in sie geschoben hatte.

Es war erstaunlich, schockierend. Charity spürte die warme

Flüssigkeit, die ihren Anus befeuchtete und langsam ihre Muskeln lockerte. Sie wusste, sie sollte versuchen, sich so weit an ihren Verstand zu klammern, dass sie herausfinden konnte, was da zur Hölle mit ihrem Körper passierte, aber die Erregung, die immer stärker in ihr wurde, hatte ein Eigenleben.

Sie drängte sich der samtigen Eichel entgegen, fühlte, wie die Poöffnung sich weiter entspannte, und schrie auf, als die Eichel sich in ihr versenkte, sie dehnte und die empfindsamen Muskeln brennen ließ, die sich streckten, um den ungewohnten kräftigen Schaft aufzunehmen.

Er hielt inne. Sie hörte sein schweres Atmen, heiß in ihren Ohren, und ihr wurde klar, dass er selbst um Beherrschung rang. Ein weiterer Schub der Flüssigkeit strömte in sie, und das Feuer loderte in ihrem Gesäß, entflammte ihre Nerven und machte sie empfindsamer, noch während ihre Muskeln sich weiter lockerten. Sie spürte, wie er tiefer in sie glitt, und feuriger Lustschmerz durchfuhr ihren Körper.

Die harten, heißen Schübe der Flüssigkeit schienen all ihre Muskeln zu entspannen und ihrem Körper zu erlauben, sich an die Größe des Eindringlings anzupassen, der sie so wundervoll dehnte. Ihre Muskeln zogen sich um Aidens Glied zusammen, und sie hörte ihn vor Lust aufstöhnen.

Er packte sie an den Hüften und grub die Finger in ihre Haut, während sie ihn immer tiefer eindringen spürte, bis er sich schließlich, mit einem letzten Stoß, in voller Länge in ihr versenkt hatte.

Charity zitterte, als sie spürte, wie er sich über sie legte. Sein Oberkörper senkte sich auf ihren Rücken, seine Zähne schrammten über das Mal an ihrer Schulter, und zugleich glitt seine Zunge beruhigend darüber.

»Gott, du bist so heiß, Charity«, grollte er an ihrem Ohr. »So heiß, dass mein Schwanz förmlich in Flammen steht.«

Mit einer Bewegung seiner Hüften zog sein Glied sich einige Zentimeter zurück, bevor er erneut in sie stieß. Charity schrie auf, als sie die tiefe, sündige Liebkosung spürte, die die Flammen in ihrem Leib noch heller und heißer brennen ließ. Sie konnte nicht denken, konnte keinen Sinn in der tiefen Erregung finden, die in ihr brodelte.

»Ja, werde noch enger um mich, Baby«, keuchte er, als ihre Muskeln sich zusammenzogen. »Oh Hölle, Charity. Du machst mich fertig.«

Seine Worte jagten in ihren Unterleib, und schockiert erkannte sie die Macht ihrer Lust durch seinen Schwanz. Er füllte sie aus. Ihre Muskeln spannten sich so eng um ihn, dass sie jedes einzelne Pulsieren seines Schaftes bis in ihre Vagina spüren konnte. Die Flüssigkeit, die sich immer noch in sie ergoss, machte sie feucht, sodass ihre Muskeln nicht übermäßig strapaziert wurden, als er sich in ihr zu bewegen begann.

»Aiden.« Sie spannte ihre Muskeln um seine Erektion an. Es tat weh, doch zugleich war es die unglaublichste Lust, die sie jemals erfahren hatte.

»Gut so, Baby«, knurrte er, stieß erneut in sie, und sein kräftiger Schaft bahnte sich mühelos seinen Weg. »Wir tun das ganz langsam und vorsichtig, Baby.«

Zu Anfang mit langsamen und sanften Bewegungen, die sie beide in dem Verlangen nach mehr aufkeuchen ließen. Doch es dauerte nur wenige Minuten, und ihre Schreie drangen durchs Zimmer, als seine Stöße härter wurden. Sein Schwanz rieb sich in ihr, vor und zurück, und brachte ihren Nervenenden abwechselnd Linderung und Aufflammen, als er sie mit langsamen und behutsamen Stößen nahm. Aber das immer stärker werdende Verlangen in ihr wollte sich nicht mehr durch diese behutsame Inbesitznahme stillen lassen.

Sie spannte die Muskeln an, umklammerte mit ihnen seinen Schaft, und sein Atem wurde noch schwerer. Inzwischen schnappte er beinahe nach Luft und fand sich mit ihr in dem Irrsinn des Verlangens gefangen, das sie beide allmählich überwältigte.

»Halt!«, knurrte er. »Um Himmels willen, Charity. Wenn du dich weiter so um meinen Schwanz bewegst, dann kann ich für nichts mehr garantieren …« Sein Stöhnen war rau, als sie sich erneut anspannte und die Hüften unter ihm kreisen ließ, um mehr von den heißen Schüben des Lustschmerzes zu bekommen, die jeder Stoß ihr brachte.

»Mehr«, stöhnte sie und drängte sich ihm entgegen. »Härter, Aiden. Oh Gott, nimm mich härter.« Sie konnte es gar nicht glauben. Es war doch nicht möglich, dass sie eine solche Intensität, ein solches Ausmaß an Schmerz und Lust zugleich erleben konnte.

Sein Glied drang tiefer, teilte die Muskeln mit einem Stoß, der stechenden Schmerz mit sich brachte, und schob sich in sie mit einem Aufblitzen lustvoller Qual.

Seine Bewegungen wurden heftiger. Langsam zog er seinen Schaft aus ihrer festen Umklammerung zurück, und ihre Aufschreie vermischten sich in der schwülen Luft um sie. Aber als er erneut in sie eindrang, kämpfte Charity darum, nicht zu schreien, so intensiv fühlte es sich an. Die harten, kraftvollen Stöße weckten ein derart drängendes Verlangen nach mehr in ihr, dass sie ganz hilflos darin gefangen war.

Sie wusste, wenn sie später daran dachte, wie sie angefangen hatte, ihn anzuflehen, würde sie rot werden. Selbst als er sich mit immer schnelleren Stößen in ihr bewegte, bettelte sie verzweifelt weiter.

Charity konnte den Hunger, der in ihr tobte, nicht stillen. Die unglaubliche Lust, die reine Erotik des Aktes, war zu viel für sie, um es zu begreifen und einen Sinn darin zu finden. Sie wusste nur noch, dass jedes Eindringen, jeder harte Stoß sie näher brachte, sie höher dem Gipfel der Wonne zutrieb, den sie unbedingt erreichen wollte.

Sie bog den Rücken durch, drängte die Hüften nach hinten, und ihre Muskeln zogen sich um den eindringenden Schaft zusammen, während noch mehr Gleitflüssigkeit in ihr Inneres strömte. Sein Schwanz stieß in sie und vögelte sie mit drängendem Rhythmus. Charity zitterte wie Espenlaub, schrie auf, als sie spürte, wie er eine Hand unter ihren Körper schob, mit den Fingern ihren prallen Lustknopf streichelte, während er gleichzeitig noch härter und schneller in sie drang und ihr mit jedem Stoß süße Qual bereitete. Sie stand in Flammen, und die Lust wurde immer stärker, bis ein Inferno schmerzvollen Verlangens in ihr brannte.

Sie fühlte, wie seine Liebkosung ihrer Klitoris sie immer näher an den Rand der Explosion trieb. Die harten Stöße trieben sie in eine irrsinnige, blinde Lust. Und jedes Pulsieren aus seiner Eichel machte sie begierig auf mehr, ließ sie verzweifelt nach dem heißen Erguss seines Samens in ihr verlangen.

»Jetzt, Charity. Jetzt, Baby.« Vorsichtig strichen seine Finger über ihren Kitzler, genau mit dem richtigen Druck, einmal, zweimal, und sie kam.

Sie spürte, wie ihr Anus sich zusammenzog, sich um seinen Schaft anspannte, eine Sekunde bevor sie seinen Aufschrei hörte und seine Zähne spürte, die sich in ihre Schulter bohrten. Und sie hätte Angst haben müssen. Sie hätte vor Furcht aufschreien müssen, als sie die kräftige Schwellung in ihrem schon so sehr strapazierten Körper spürte.

Sie hätte … Doch stattdessen schrie sie in blinder Lust auf, als die Schwellung ihre Vagina zu füllen schien, ihre Muskeln dort dehnte und eine Woge an Empfindungen durch ihren Unterleib jagte. Der Orgasmus, der sie erschütterte, vernichtete sie. Es wollte gar nicht mehr aufhören, ein bebendes Inferno aus Lust und Schmerz zugleich, aus feuriger Befriedigung, die anders war als alles, was sie sich je hätte vorstellen können.

Sie spürte den Erguss, ein hartes, fast brutales Zucken seines Körpers, das an der Schwellung zerrte, als sein Samen in sie strömte. Ein weiterer Höhepunkt durchlief sie, noch bevor der erste abklingen konnte, und stürzte sie erneut in den Abgrund der Wonne.

Es wollte nicht enden. Sie schrie schwach auf, hilflos gefangen in der Reaktion ihres Körpers auf seine animalische Inbesitznahme. Wie ihr empfindsamer Anus sich seiner Größe und der harten Schwellung anpassen konnte, wusste sie nicht, und es war ihr auch egal. Er nahm jeden Zentimeter mit gieriger Lust in sich auf, während die Lust in ihr immer wieder explodierte, mit jedem kraftvollen Schub seines Samens, mit jedem harten Pochen der Schwellung, die sie bis in ihre empfindsame Vagina spürte.

Erschöpft brach sie unter ihm zusammen, und noch immer jagten Wellen des Orgasmus durch ihren Körper, während sie die Schwellung langsam abklingen fühlte. Dann zog er sich zurück, und die Bewegung an ihrem empfindsamen Gewebe ließ sie schwach wimmern vor der beinahe schmerzvollen Lust, die sie dabei empfand.

Sie lag da, benommen und ausgelaugt, als er vom Bett stieg und zu dem Krug mit Wasser ging, der auf der anderen Seite in einer Metallschüssel stand. Sie hörte, wie Wasser in die große Schale lief, und dann Stille. Sekunden später spürte sie seine Hände und stöhnte, als er mit dem kühlen Tuch zwischen ihre Beine fuhr und sie vorsichtig säuberte.

Aiden war so behutsam und zärtlich, wie er nur konnte, als er sie wusch. Seine großen Hände waren nicht fordernd und versuchten nicht, sie zu irgendeiner Reaktion zu bewegen. Dennoch erhielt er eine. Es dauerte nur Minuten, und sie wand sich unter seiner Hand, und ihr benommenes Stöhnen verriet ihr Verlangen. Sie war müde und erschöpft, aber ihre unmittelbare Reaktion ließ auch ihn nicht kalt.

Ohne großes Vorspiel schob er sich zwischen ihre Schenkel. Sein Schwanz war hart, sein Atem ging so schwer wie ihrer, und der Drang, sie noch einmal zu nehmen, brachte ihn schier um den Verstand.

Er stieß sich in ihre feuchte Vagina und hörte ihr Aufkeuchen, während sie sich um ihn anspannte. Er wusste, ihre Müdigkeit ging so tief wie ihr Verlangen, und er bewegte sich rasch, um das eine zu lindern, damit sie sich dem anderen ergeben konnte.

»Gott, du bist so verdammt eng, Charity«, flüsterte er, packte sie an den Hüften und richtete seinen Blick auf die Stelle, wo er sie in Besitz nahm. »So heiß und feucht, dass ich in dir ertrinken könnte.«

»Ertrinken«, stöhnte sie schwach. »Nimm mich, Aiden. Jetzt. Hart.« Sie wimmerte vor Verlangen und Erregung, und ihre Vagina zog sich erneut um seine Erektion zusammen.

Er ließ sich auf sie sinken, hielt sie an sich gedrückt, als er begann, sie zu vögeln. Seine Augen fielen zu, und ihre Wärme hielt ihn umklammert wie eine samtweiche Faust. Wie flüssiges Feuer machte das Pulsieren der Flüssigkeit aus seinem Schwanz sie noch heißer und feuchter, aber ihre angespannten Muskeln ließen ihn nicht los.

Er rang nach Atem und stieß kraftvoll in sie. Seine Erektion war unglaublich hart, empfindsam, und er war nur noch Sekunden vom Orgasmus entfernt, als er spürte, wie das bebende Schaudern durch ihren Körper jagte und ihr eigener Höhepunkt sie überwältigte.

Er folgte ihr direkt in den Abgrund und konnte kaum seinen

lustvollen Aufschrei unterdrücken, als er fühlte, wie sein Schaft anschwoll, sie ausfüllte, während ihr Körper sich aufbäumte, als er in ihr hing und sein Samen sich in sie ergoss. Langsam wurde sie still unter ihm.

Seine Hände streichelten sie in den Schlaf, bevor er sein Glied von ihr lösen und neben ihr auf die Matratze sinken konnte. Eine Befriedigung, wie er sie noch nie gekannt hatte, überkam ihn. Sie breitete sich in seinem ganzen Körper aus und wärmte seine Seele. Und als er sie ansah, wusste er, dass er sie liebte. Ihm wurde klar, dass er sie schon Jahre zuvor geliebt hatte, noch während er gedacht hatte, er würde sie hassen.

Er küsste sie auf die Wange, zog sie enger an sich und gestattete sich, langsam zur Ruhe zu kommen. Solange sie in Sicherheit war, konnte er schlafen.

# 33

Ihr Duft hatte sich definitiv verändert, registrierte Aiden Stunden später. Er war aufgewacht und starrte an die Decke, während seine Sinne die langsame Veränderung wahrnahmen. Sie lag mit dem Rücken an seiner Brust, und er hatte die Arme um sie gelegt, um sie warm zu halten, als er spürte, wie die Empfängnis stattfand.

Anders als der Duft, der ihn an einen Sturm erinnerte, der über den Bergen tobte, erinnerte ihn dieser an Frühling, Wärme und beginnendes Leben. Er schloss die Augen, seine Hand glitt an ihren flachen Bauch, und seine Finger spreizten sich über ihrer warmen Haut.

Mit geschlossenen Augen ließ er die Wahrheit über sich kommen. Er hatte sie schon zuvor geliebt, aber das, was er jetzt empfand, waren überwältigende Emotionen, die er nie zuvor erlebt hatte. Er blickte durchs Zimmer zu dem groben Tisch, zur Felswand und runzelte die Stirn, als er sich über die oft so verwirrenden Impulse wunderte, die er in sich fühlte.

Zärtlichkeit hatte er kaum kennengelernt. Für Sanftheit hatte er keine Verwendung. Und doch stellte er fest, dass er mit Charity gar nicht anders umgehen konnte. Alles in ihm wurde sanft für sie, und das machte ihm Angst. Es war Furcht einflößend und berauschend zugleich.

Er betrachtete ihr Gesicht und seufzte leise, als ihm das Herz schwer wurde. Wie oft hatte er sich über Wolfe und Jacob und ihre Haltung gegenüber ihren Gefährtinnen lustig gemacht? Zur Hölle, er hatte Wolfe geradeheraus ausgelacht, weil der Hopes Wunsch nach einer Heirat nachgegeben hatte. Und doch lag er jetzt hier und wusste: Egal, wie sehr ihn die sozialen Gebräuche derer, die ihn schmähten, auch störten – sollte Charity ihn danach fragen, er würde es tun.

Sie war schwanger. Er konnte es fühlen bis in die Zehenspitzen. In den letzten Stunden, die er sie in den Armen gehalten hatte, hatte die Veränderung in ihrem Körper stattgefunden. Er war nicht sicher, was der Auslöser dafür war, wenn es denn überhaupt einen gab. Aber als er über das überwältigende Verlangen nachdachte, sie auf höchst urwüchsige Art zu nehmen, glaubte er, dass er es vielleicht instinktiv gewusst hatte. Er hatte gewusst, dass der Prozess sich langsam entwickelte, in dem ihr Körper seinen Samen akzeptierte, und er hatte sie auf diese letzte Weise markieren müssen, um ihr zu zeigen, wie eng sie miteinander verbunden waren.

Jetzt ergab es einen Sinn. Wolfe und Jacob hatten noch nicht erkannt, was Aiden jetzt klar und deutlich vor seinem geistigen Auge stand. Das Verlangen, ihre Gefährtinnen anal zu nehmen, hatte nichts mit den Veränderungen ihrer Körper zu tun. Es war bedingt durch die Tatsache, dass ihre Sinne während des Eisprungs so geschärft waren, dass ihre Gefährtinnen sich in Richtung perfekter Fruchtbarkeit entwickelten, dass sie in einen Zustand der Überlastung übergingen. Der Drang nach sexueller Unterwerfung entwickelte ein Verlangen, das andernfalls nicht derart zwingend wäre. Es war ungezähmt, animalisch. Und es hatte keinen Platz für Entschuldigungen.

Mit einem tiefen Seufzen löste er sich von Charity, wickelte den dicken Quilt um sie und stand auf. Bis zur Morgendämmerung waren es nur noch wenige Stunden, und es gab noch viel zu tun.

Die Informationen, die er hier gewonnen hatte, änderten einige Pläne, für deren Umsetzung er, Wolfe und Jacob versucht hatten, Zeit zu finden. Sie warfen die Frage nach dem Kodex der Breeds auf und danach, wie weit sie zu gehen bereit waren, um ihn durchzusetzen. Die Frau, die sie verraten hatte, hatte ihre Unterschrift daruntergesetzt und sie offenbar bereitwillig verraten. Der Gedanke, eine Frau zu töten, besonders eine, die so jung war, war ihm zuwider.

Langsam zog er sich an, und die Realität, die das Leben eines Breeds darstellte, lag ihm wie eine schwere Last auf den Schultern. Wie sollten sie jemals in diese Welt passen, wenn schon ihre DNA sie als anders, als animalisch kennzeichnete? Sie wurden nicht als vollkommen menschlich angesehen, nicht einmal von denen, die ihnen halfen. Er witterte ihre Furcht und ihr Misstrauen. Solche grundlegenden menschlichen Reaktionen führten am Ende immer zu Blutvergießen.

Er warf einen letzten Blick auf Charity, und jeder Muskel in ihm protestierte gegen die Notwendigkeit, sie auch nur für kurze Zeit zu verlassen. Dann schüttelte er den Kopf, immer noch ein wenig verwirrt darüber, wie leicht ihre Wärme einen Weg in seine Seele gefunden hatte, und verließ rasch die kleine Höhle.

Das System aus Tunneln und Höhlen war das Produkt eines Goldförderungsprojektes vor beinahe einem Jahrhundert. Jedes Klümpchen Erz war aus den einst reichen Adern gefördert worden, die durch den Berg verlaufen waren, und an ihrer Stelle waren Höhlen und Tunnel zurückgeblieben, die die Kojoten langsam in ihr Zuhause verwandelt hatten.

Der Haupttunnel war breiter als die anderen und führte zurück in die Haupthöhle, wo Wolf-Breeds und Kojoten sich in widerstrebender Kameradschaft aufhielten. Sie kämpften nun denselben Kampf, aber es gab immer noch Fragen, die beantwortet werden wollten.

Die Kojoten-Breeds, die die Höhlen bewohnten, sonderten nicht den widerlichen Geruch ab wie die Bastarde des Councils, die ihren Schöpfern auf Schritt und Tritt gehorchten. Aiden hatte oft vermutet, dass es das Böse in den Männern war, das den Geruch nach Tod hervorbrachte, der ihnen wie eine Aura der Schande anhaftete. Del-Reys Kojoten dagegen hatten, wie alle Breeds, ihren eigenen charakteristischen Duft: wild, ungezähmt, aber ohne den Unterton von Gemetzel.

Es war verblüffend, wie die Gesetze der Natur innerhalb der verschiedenen Breeds langsam die Regie übernahmen und sich ein Rahmen des beinahe instinktiven Ehrenkodex, dem sie folgten, bildete. Kojoten kannten von Natur aus wenig Ehre, im Gegensatz zu Wölfen und Raubkatzen, mit denen die meisten Breeds verwandt waren. Kojoten waren dafür bekannt, dass sie keine Seele hatten. Doch in diesem Falle, bei den Kojoten-Breeds dieses Rudels, schien es so, als habe der menschliche Geist selbst den Mangel ausgeglichen.

»Aiden, Wolfe hat die Situation im Lager unter Kontrolle. Die Frau wird beobachtet, und alle Übermittlungen von ihrer Station werden überwacht. Vor mehreren Stunden hat sie einen Bericht über Charitys Tod hinausgeschmuggelt«, berichtete Hawke. Seine Stimme klang finster und drohend.

Aiden seufzte resigniert. »Mach dich bereit, in einer Stunde auszurücken.« Er wandte sich an Del-Rey.

Dieser lehnte an der Wand, die Arme vor der Brust verschränkt, und musterte Aiden mit dunklen, emotionslosen Augen.

»Du darfst gern ins Lager zurückkehren«, erklärte Aiden. »Aber das Problem mit der Frau, die du entführt hast, könnte dir noch Schwierigkeiten bereiten. Du könntest gezwungen sein, sie zurückzubringen.«

Del-Rey lächelte, auch wenn es mehr ein Knurren war. »Ich denke nicht, dass das passieren wird, Aiden. Ich weiß jetzt, was ich wissen musste. Wir bleiben hier. Aber unsere Rudel könnten vielleicht zusammenarbeiten. Ich glaube, ein solcher Zusammenschluss würde uns allen helfen.«

Aiden nickte kurz. »Wir sorgen dafür, dass ihr einiges an Ausrüstung hier oben bekommt. Ich habe ein paar Ideen, die ich zuerst mit Wolfe besprechen will. Wir müssen vorsichtig vorgehen, Del-Rey. Die Meinung der Weltöffentlichkeit könnte sich ebenso leicht gegen uns wenden, wie sie bisher für uns gearbeitet hat.«

Del-Rey neigte zustimmend den Kopf. Aiden hatte das Gefühl, mit ihm zusammenzuarbeiten könnte noch schwieriger werden als die Zusammenarbeit mit den Kontaktpersonen der Regierung, die die Breeds schier in den Wahnsinn trieben.

»Ich melde mich bald bei dir. Stell eine Liste zusammen mit Dingen, die ihr braucht, Ausrüstung, was auch immer. Versuchen wir also, uns gegenseitig zu helfen, statt gegeneinander zu arbeiten. Kommandiere einen deiner Leute in unser Lager ab, im Gegenzug schicke ich einen von meinen als Koordinator hierher. Ich habe das Gefühl, dass Zeit jetzt von größter Wichtigkeit ist.«

Del-Rey nickte, richtete sich auf und bedeutete einigen seiner Leute, dass sie anfangen sollten, eine Liste von Dingen zusammenzustellen.

»Hawke, kontaktiere Wolfe«, befahl Aiden leise. »Ich will, dass diese Frau festgesetzt wird, bevor ich mit Charity zurückkomme. Wir werden uns nach unserer Rückkehr mit ihr befassen.«

Hawkes Augen blitzten auf, und seine Züge verhärteten sich, als wolle er gegen die Anweisung protestieren, doch dann nickte er abrupt und wandte sich ab. Was auch immer dem Mann gerade durch den Kopf gegangen war, es würde warten müssen.

»Nikki.« Die Ärztin saß am Tisch und beobachtete das Treffen mit neugierigen, dunklen Augen.

Sie stand auf und kam langsam zu ihm. Er bemerkte, dass sie seine Miene bedächtig studierte, während ihr eigenes Gesicht düster und eindringlich war.

»Charity?« Seine Kehle schnürte sich zu. Verdammter Mist, dieses Zuviel an Emotionen war mehr als nur ein Ärgernis.

»Sie ist schwanger«, stellte sie ein wenig zu laut fest. »Ich dachte mir, dass es bald passieren würde.«

Er musterte sie fragend, und sie verzog traurig den Mund. »Zu schnell zu viele Veränderungen in ihrem Körper.« Sie zuckte mit den Schultern. »Hoffen wir, dass die Empfängnis ihr Unvermögen, sich berühren zu lassen, lindert. Wir müssen das genau beobachten, Aiden.« In ihrem Gesicht standen Furcht und Besorgnis. Er nickte kurz und biss die Zähne zusammen, um seine eigenen Ängste zu unterdrücken. »Wir verschwinden bald von hier. Finde heraus, was sie an medizinischen Vorräten benötigen, damit wir sie zusammenstellen können. Wir könnten sie dringender brauchen, als wir uns das im Moment vorstellen können. Wir müssen für Charitys Sicherheit sorgen.« Und da lag seine größte Angst.

»Ja«, seufzte sie müde. »Ihre Sicherheit muss das ultimative Ziel des Rudels werden, Aiden. Ich werde nicht lange brauchen. Ich hatte deine Anweisung schon erwartet. Manchmal, so habe ich herausgefunden, könnt ihr Breeds ganz schön vorhersehbar sein.«

»Und ich habe festgestellt, dass sie höchst irritierend sein können.« Überrascht drehte Aiden sich um, als er Charitys Stimme hörte.

Sie stand im Eingang, fertig angezogen und kampfbereit. Ihr Gesicht war gerötet, und in ihren Augen blitzte Zorn.

»Wann wolltest du es mir sagen?«, fragte sie ihn in einem Tonfall erzwungener Geduld, während sich die anderen Anwesenden umdrehten, um die Konfrontation zu verfolgen.

Aiden grinste. Er konnte die verräterische Emotion in ihrem Blick erkennen, die Liebe, die sie so sorgfältig vor ihm verbergen wollte. Er zuckte lässig mit den Schultern.

»Wann wolltest *du* es *mir* denn sagen?« Er versuchte einen strengen Tonfall beizubehalten. »Denkst du, ich bin mir nicht der Tatsache bewusst, dass du schon vor dem Angriff vermutet hast, dass du dich im Eisprung befindest? Komm schon, Charity, ich mag ein Mann sein, aber ich bin nicht so dumm, wie du vielleicht denkst.«

Sie errötete. »Ich war mir nicht sicher.«

»Natürlich warst du dir sicher«, mischte sich jetzt auch Nikki ein. »Sonst wärst du nicht so zurückhaltend wegen der Untersuchung gewesen, die ich durchführen wollte. Also wirklich, Charity, du hättest doch nur etwas sagen müssen.« Ihre Stimme klang leicht spöttisch.

Charity sah ihre Freundin mit finster gerunzelter Stirn an und verschränkte bockig die Arme vor der Brust.

»Vielleicht habe ich auf mehr gewartet als auf eine verdammte Paarung«, gab sie wütend zurück, doch er konnte den Schmerz hinter ihren Worten hören, als sie ihn mit einem weiteren Blick durchbohrte. »Und ich habe auch nicht gesagt, dass ich diesen Unterwerfungskram akzeptiere, Aiden«, stieß sie hervor. »Du sagst, ich sei deine Gefährtin. Ich nicht.«

Daraufhin schmunzelte er. Ohne den Männern, die ihn beobachteten, oder deren Interesse an ihrer Konfrontation viel Aufmerksamkeit zu schenken, ging er zu ihr. Er legte seinen Arm um ihre Taille, zog sie mit einem Ruck an sich und ließ sie seine Erektion fühlen, die noch nicht abgeklungen war.

»Ich sage, du bist mein Herz«, machte er deutlich. »Und wenn du dich recht erinnerst, habe ich dir das gesagt, bevor einer von uns beiden die Veränderung vermutete, Charity.«

Sie runzelte die Stirn. »Irgendwer muss wohl dein Herz sein, denn es ist klar, dass du keins hast«, bemerkte sie sarkastisch und wollte sich von ihm lösen.

Er schüttelte den Kopf, mehr als nur ein wenig verwirrt, und sah sie an.

»Ich liebe dich, Charity, was willst du mehr?« Er runzelte die Stirn, als sie plötzlich in seinen Armen erstarrte.

»Du – was?«, flüsterte sie schwach. »Sag das noch mal.«

Er lächelte sie an, belustigt und so erfüllt von Liebe zu ihr, dass er sich manchmal fragte, wohin damit.

»Ich liebe dich, Gefährtin«, grollte er und senkte den Kopf, bis seine Nase ihre berührte. »Erkenne, was so deutlich ist wie die Nase in deinem Gesicht. Du bist mein Herz, Charity. Meine Seele. Meine Gefährtin.«

Langsam wie die Morgendämmerung und sanft wie ein Sommermorgen huschte ein Lächeln über ihr Gesicht, und obwohl sie versuchte, einschüchternd schmale Augen zu machen, konnte nichts die Freude trüben, die er in ihr aufsteigen sah.

»Schön. Dann schätze ich mal, ich lasse dich mein Gefährte sein.« Sie wollte sich von ihm befreien.

»Das denke ich nicht.« Er zog sie wieder an sich. »Ich erwarte ein wenig mehr als das, nachdem ich dir in Anwesenheit von Kojoten meine Gefühle gestanden habe.« Er war sich des Gekichers hinter ihm mehr als bewusst.

Sie spähte über seine Schulter, und ein Lächeln spielte um ihre Lippen, als sie ihm in die Augen sah.

»Ja, sie sind irgendwie amüsiert«, sagte sie leise. »Aber auch ihre Zeit wird kommen.«

»Das war nicht das, worauf ich warte.« Er ließ eine Hand an ihren Po gleiten und tätschelte ihn warnend. »Du hast doch sicher noch mehr zu sagen?«

»Na ja«, meinte sie gedehnt. »Ich würde dir ja sagen, wie sehr ich dich liebe, aber im Augenblick ist mir diese Hand, die da meinen Hintern tätschelt, ein wenig zu arrogant. Halte sie im Zaum.«

Amüsiert hob er eine Augenbraue. Sie erfüllte ihn mit Freude, aber er konnte sich ausmalen, dass es nicht leicht sein würde, bei ihr die Oberhand zu behalten. Sein Griff um die lockende Rundung ihrer Pobacke wurde stärker, als er sie an sich zog. Sie keuchte auf, als sein Oberschenkel sich an ihren weichen Schoß drückte. Er konnte ihre Hitze fühlen, und dann konnte er sie wittern. Natürlich, verlangend, ein berauschender Duft, der ihm schneller zu Kopf stieg als jede Droge.

»Ich liebe dich«, hauchte sie, plötzlich ganz ernst, ihre Augen feucht vor Rührung und ihr Blick samtweich von ihren Gefühlen. »Schon immer, Aiden.«

Er drückte sie enger an sich und senkte den Kopf, um ihre Lippen in einem Kuss zu erobern, der seine Seele versengte. Es gab nur noch seine Lippen auf ihren, als er ihr in die Augen sah. Nur noch die Begegnung ihrer Seelen.

In diesem Augenblick wusste Aiden, dass das Geschenk ihrer Liebe, das sie ihm vor so langer Zeit gemacht hatte, alles war, was ihn angetrieben hatte. Unwissentlich, instinktiv war ihm klar gewesen, dass nur sie seine finsteren Seiten mit Licht füllen, sie erhellen konnte. Und sie erleuchtete ihn mit so viel Gefühl und Verlangen, dass es ihn beinahe auf die Knie fallen ließ.

»Wir haben Zuschauer«, flüsterte sie an seinen Lippen.

»Die können mich mal«, brummte er, ließ die Hände über ihren Rücken gleiten, und sein Herz sonnte sich in ihr, in den vielen Gaben, die sie ihm geschenkt hatte.

»Nein.« Daraufhin lachte sie, und Freude stand in ihrem Gesicht. »Aber du kannst mich mal. Später. Vielleicht wieder auf einem Sitzsack?«

»Der Sitzsack hat dir gefallen«, brummte er, und bei diesem

Gedanken kribbelte sein Körper vor Verlangen. Mit ihr in den Armen drehte er sich rasch zu der kichernden Gruppe um, die ihnen zusah. »Tja, Rey, es war informativ. Aber es ist Zeit für uns, zu gehen. Stell deine Liste zusammen und besuch uns, wenn du kannst.« Er zog die lachende Charity hinter sich her zum Tunnel. »Hawke, kommandiere jemanden für hier ab und schwing deinen Hintern zum Jeep, oder ich verschwinde ohne dich.«

Zeit, nach Hause zu gehen. Aber verdammt, wenn er nur wüsste, wo er so schnell einen anderen Sitzsack auftreiben könnte. Vielleicht konnte er ja auch improvisieren, dachte er sich. Bestimmt gab es da etwas Ähnliches.

# Epilog

Sie hatten sie allein in einen Raum eingesperrt. Stahlumschlossen, keine Türen, keine Fenster. Kein Blick nach draußen, aber der große halb durchlässige Spiegel bot einen Blick hinein. Was Hawke sah, zerrte an seiner Seele.

Die Frau war schlank und kräftig. Sie lag auf der heruntergeklappten Pritsche und starrte schweigend vor sich hin. In ihren großen blauen Augen glitzerte es feucht, doch es waren keine Tränen geflossen in den Stunden, seit sie hier eingesperrt war. Resignation und Hinnahme lagen über ihr wie ein Mantel aus Pein.

Sobald er ins Lager zurückgekehrt war, war er zu dem kleinen, dunklen Raum gegangen, um sie zu beobachten. Er musste sie sehen, um sich selbst davon zu überzeugen, dass die Entscheidung, mit der er sich konfrontiert sah, in die Tat umgesetzt werden konnte.

Die Armee war nicht über ihren Verrat unterrichtet worden. Das war Faiths Job, und nach einem langen forschenden Blick auf seine Bitte hin, die Nachricht noch zurückzuhalten, hatte sie zustimmend genickt. Jetzt stand er hier und beobachtete nur – unfähig, an der Tür am Ende des langen Raums vorbeizugehen und ihr grünes Licht zu geben.

Er fragte sich, ob die Art, wie er ausgebildet worden war, einen Unterschied machte. Er hatte nicht die ungerechten Grausamkeiten erlebt, die so viele der anderen Breeds erfahren hatten. Profis hatten ihn erschaffen, beobachtet, getestet und ausgebildet. Männer und Frauen, die verstanden hatten, dass fürsorgliche Behandlung die wahren Antworten brachte. Doch es war nicht genug für ihn gewesen. Die Einsätze, in die man ihn geschickt hatte, waren blutig und bösartig gewesen, und man hatte von ihm erwartet, dass er gnadenlos handelte.

Er hatte getan, was man ihm befohlen hatte, doch immer mit einem Auge auf den besten Zeitpunkt zur Flucht. Als der kam, hatte er die Gelegenheit mit Freuden ergriffen. Aber er hatte nicht die bitteren und schmerzvollen Erinnerungen an Missbrauch, so wie Wolfe, Jacob und die anderen Breeds. Er verstand und akzeptierte es. Er wusste, dass ihr Leben im Augenblick von der Meinung der Weltöffentlichkeit abhing und dass diese jeden Tag kippen konnte. Er war bereit, sein Leben für die, die ihn aufgenommen hatten, zu opfern. Er war bereit, für ihre endgültige Freiheit zu kämpfen. Aber er war nicht bereit, seine Gefährtin zu töten.

*Fuck!* Er fragte sich, wann er sie eigentlich als seine Gefährtin akzeptiert hatte. Wann hatte er letztendlich der dezenten Forderung nachgegeben, die sein Körper an seinen Verstand stellte?

Sie fuhr sich mit der Hand über die Wange und wischte eine Träne weg, die am Ende doch noch geflossen war. Ihre Leute wussten nicht, dass man sie eingesperrt hatte. Sein Befehl war präzise gewesen. *»Sperrt sie unbemerkt ein. Lasst niemanden wissen, dass sie festgenommen wurde oder wo man sie festhält.«*

Er sah zu, wie die Tür zu ihrem Zimmer sich öffnete. Langsam und wachsam stand sie auf und blinzelte, als Wolfe und seine Gefährtin Hope hereinkamen. Sie waren ein machtvolles Paar. Hopes hoher Wuchs und ihre auffallende Schönheit mit den leicht asiatischen Zügen ließen sie kühl und unnahbar wirken, als sie Wolfe voran hereinkam.

Wolfe war über fünfzehn Zentimeter größer und muskelbepackt, eine gefährliche Kraft, mit der man rechnen musste. Seine dunkle Haut und das lange, schwarze Haar wirkten indianisch. Seine blauen Augen und ein grausamer Zug um den Mund verliehen ihm ein naturgegeben gefährliches Aussehen.

»Jessica.« Wolfe nickte ihr zu, als er und Hope an den Tisch kamen, der ein paar Schritte von der Pritsche entfernt stand, und sich dort niederließen. »Bitte setz dich.«

Wolfe schob den zusätzlichen Stuhl unter dem Tisch mit dem Fuß vor, ohne den Blick von ihr zu wenden. Hawke sah die Furcht in Jessicas Augen. Einen Moment lang wurde sie blass, und ihre Unterlippe zitterte, als sie zum Tisch ging und Platz nahm.

Sie starrte vor sich hin, nicht trotzig, sondern eher traurig. Sie hatte ihr Schicksal akzeptiert.

»Jessica, möchtest du uns gern erzählen, warum du uns verraten hast?« Hopes Stimme klang sanft und leise.

Hawke sah, wie Jessica unter dem liebevollen Tonfall zusammenzuckte. Dann warf sie Wolfe einen Blick zu. Er musterte sie eindringlich, und seine Miene war kalt und abweisend.

»Ich habe keine Entschuldigung dafür.« Ihre Stimme klang heiser, und ihm fuhr ein Gefühl von Schmerz in die Eingeweide. Es raubte ihm den Atem vor Verlangen, in den Raum zu stürmen und sie zu beschützen – und sei es nur vor ihren Ängsten.

Hawke registrierte, dass Jacob herankam und neben ihm stehen blieb. Er drehte sich schweigend zum Spiegel und beobachtete die Szene grübelnd.

»Du hast eine Nachricht abgeschickt, dass Charity tot sei. Dass du selbst die Leiche gesehen hättest. Du hast Hope und Faith mit einer sehr fadenscheinigen Ausrede ins Kommunikationsgebäude gelockt.« Der Zorn in Wolfes Ton ließ sie wieder zusammenzucken. »Ich glaube, du wolltest nicht, dass unsere Frauen Schaden erleiden, Jessica. Dennoch hast du deinem Vater die Koordinaten unserer Hütten gegeben und diesen Angriff zugelassen. Wieso?« Er fletschte die Zähne, und die scharfen Reißzähne lenkten ihren Blick auf sich.

Hawke sah, wie sie noch blasser wurde und angespannt schluckte. Ihre cremefarbene Haut war schneeweiß geworden und ihre dunkelblauen Augen waren fast schwarz vor Furcht. Ihr Blick huschte zu Hope.

»Ich habe getan, was ich konnte«, flüsterte sie schwach, »um den Schaden so gering wie möglich zu halten.«

Wolfe beugte sich vor, langsam und bedrohlich. Eine geschmeidige Bewegung, die sie zurückzucken ließ und ihr ein furchtsames Wimmern entlockte.

»Du hast den Kodex unterzeichnet«, sagte er schroff, während sie zitternd vor ihm saß. »Du kanntest die Konsequenzen.«

Hawkes Hände ballten sich zu Fäusten, als der Drang, sie zu beschützen, übermächtig wurde.

»Ich kannte die Konsequenzen.« Trotz aller Mattigkeit klang ihre Stimme fest. »Und ich akzeptiere sie.«

»Tod«, stieß Wolfe grimmig hervor. »Tod, Jessica. Eine Hinrichtung. Warst du darauf vorbereitet?«

Sie schloss kurz die Augen, bevor sie den Kopf drehte und den Rudelführer ansah, mit Bedauern und unsäglichem Schmerz in den Augen.

»Ich war darauf vorbereitet, Rudelführer«, flüsterte sie. »Ich wusste, dass der Tod die Konsequenz ist.«

In diesem Augenblick fühlte Hawke, wie seine Seele zerbarst.

LORA LEIGH

# BREEDS

## Wolfes Hoffnung

*Ins Deutsche übertragen*
*von Silvia Gleißner*

# *Prolog*

*Juli 1997, Genetics Council, Wolf-Breeds-Versuchslabor Mexiko*

Wolfe knurrte wütend und fletschte die Zähne. Sein Körper war angespannt und sprungbereit, als sie die junge Frau wieder in seine Zelle stießen. Nun hatte sie seinen Duft an sich, der Beweis, dass sie seine Gefährtin war. Das Mal oben an ihrer Schulter, das er ihr am Tag zuvor zugefügt hatte, war noch klar erkennbar.

»Diesmal tust du, was ich verlange, Wolfe, andernfalls wird Hope an deiner Stelle die Schläge bekommen«, erklärte Delia Bainesmith kalt.

»Sie ist deine Tochter«, rief er wütend. »Wie kannst du ihr das antun?«

»Sie ist eine Laborratte, nicht mehr und nicht weniger als du«, stellte sie selbstgefällig fest. »Also schwängere sie. Sie hat gerade ihren Eisprung, und wir haben dafür gesorgt, dass sie bereit ist. Besorge es ihr, mein kleiner Wolf, oder sie wird diejenige sein, die bezahlt.«

Laut lachend ging das Miststück Bainesmith, und Hope wimmerte in erregter Qual. Sie hatten ihr ein Aphrodisiakum verpasst, um sicherzustellen, dass sie ihn annahm.

»Bitte, Wolfe.« Ihr schlanker Körper bebte unter Schaudern der Erregung. »Es tut weh.«

»Ich kann nicht, Hope.« Er konnte sie nicht ansehen. »Ich werde das nicht tun.«

Sie war doch noch ein Kind, kaum siebzehn Jahre alt. Nein, er würde ihr keine Narben zufügen mit dem, was kommen würde, weder physisch noch psychisch.

»Sie wird mich schlagen«, flüsterte sie.

»Sie wird keine Chance dazu bekommen.« Das wusste er.

»Sie sagte, du hättest dich mit mir gepaart. Wie hast du dich mit mir gepaart, ohne mit mir zu schlafen?«

Er konnte die Tränen, die ihr über die bleichen Wangen liefen, fast schon hören.

»Ich habe dich markiert, Hope.« Sein Blick wanderte immer wieder zu ihrem Mal, dem Beweis seines Besitzrechtes. »Kein anderer wird dich anrühren. Kein anderer wird dich bekommen. Das Mal und der Duft, den du damit an dir hast, gehören allein mir. Mach nicht den Fehler, jemals einen anderen Mann in dein Bett zu lassen, denn ich würde ihn töten.«

Der Gedanke jagte ihm kalte, harte Wut durch den Körper. Ihretwegen hatte er bereits einen Soldaten getötet. Den, der es gewagt hatte, ihre Brüste zu befingern, als sie ihr gestern die Kleider vom Leib gerissen hatten.

»Es tut mir leid, dass sie das getan hat. Es ist meine Schuld, weil ich dich liebe.« Wie immer versuchte sie, die Schuld auf ihre schmalen Schultern zu laden.

»Nein, Hope«, sagte er niedergeschlagen, »es ist meine Schuld. Weil ich mich danach gesehnt habe, auf mehr zu hoffen.«

Explosionen erschütterten den Gebäudekomplex. Schüsse peitschten um das kleine Häuschen, in dem Hope eingesperrt war; der Geruch brennender Gebäude stieg ihr in die Nase und das Geräusch entsetzter Schreie dröhnte in ihrem Kopf.

»Wolfe!«, schrie sie. Zusammengekauert im Schlafzimmer auf der anderen Seite des Häuschens, voll Angst, dass es jeden

Augenblick in Flammen aufgehen könnte, betete sie, dass er sie fand.

Der Boden bebte, der Putz fiel von der Decke, und sie presste sich noch enger an die große Kommode, von der sie inständig hoffte, sie würde ihr Deckung geben, falls die Zimmerdecke einstürzte. Wieder schrie sie in Todesangst Wolfes Namen. Bald würde er kommen, um sie zu holen.

Als sie die Haustür zuschlagen hörte, sprang sie auf und rannte zur Tür. Doch im Wohnzimmer blieb sie so abrupt stehen, dass sie beinahe das Gleichgewicht verloren hätte. Denn dort stand ihre Mutter, zitternd vor Wut, und ihre sonst so strenge Haltung war schwer erschüttert.

»Wolfe!« Hope konnte ihren Aufschrei und die unausgesprochene Frage darin nicht unterdrücken.

»Der Hurensohn ist tot. Sie sind alle tot«, höhnte ihre Mutter. »Das Labor haben sie zuerst getroffen, und es ist ein Inferno. Vergiss es, Hope, und rette dich selbst. Zerbrich dir nicht den Kopf über diesen armseligen Köter von einem Mann.«

Hope glitt kraftlos an der Wand zu Boden. Ihr Verstand war nicht in der Lage, die Worte ihrer Mutter zu akzeptieren und zu verarbeiten.

»Er kommt und holt mich«, flüsterte sie.

Grausamkeit klang in Delia Bainesmiths irrem Lachen mit.

»Wunschdenken, Tochter. Der Bastard ›kommt‹ nie wieder. Zu schade aber auch. Es hätte dir gefallen können.«

# 1

*Sechs Jahre später, Juli 2003*
*Albuquerque, New Mexico*

Hope Bainesmith wusste, dass es kein guter Tag werden würde, als ihre Mutter sie anrief. Die Frau hatte sich jahrelang nicht die Mühe gemacht, sie zu kontaktieren, und keinerlei Interesse am Leben ihrer Tochter gezeigt, abgesehen von den monatlichen medizinischen Tests, denen Hope sich unterziehen musste. Daher hatte der Anruf heute Morgen sie ziemlich beunruhigt.

»Hast du Wolfe gesehen?« Bei der Frage war Hope mit weichen Knien auf den Küchenstuhl gesunken und hatte den Schmerz, der in ihrem Herzen tobte, unterdrückt.

Wolfe. Sie fuhr mit der Hand an das Mal oben an ihrer Schulter, und bei der Erinnerung an ihn stand sofort ihr ganzer Körper in Flammen. Das Mal war der Grund, warum die monatlichen Tests notwendig waren. Eine merkwürdige Laune der Natur, einem Mann gegeben, der von der Wissenschaft erschaffen worden war. Der kleine Biss hatte eine winzige Menge eines unbekannten Hormons in ihr Blut fließen lassen. Dort markierte es ihre Pheromone und verhielt sich wie ein mildes Aphrodisiakum. Seit jenem Tag befand sie sich in einer Hölle der Erregung. Daher die monatlichen Untersuchungen.

»Wolfe ist tot, Mutter. Du erinnerst dich?«, antwortete sie der Kreatur, die sie geboren hatte. »Wie könnte ich ihn da sehen?«

Schweigen am anderen Ende der Leitung. Hope wusste, dass sich der Kummer, der noch immer ihr täglicher Begleiter war, in ihrer Stimme widerspiegelte. Fast sechs Jahre war es nun her, doch sie erinnerte sich noch immer sehr genau an den Angriff auf das Labor, den alles verschlingenden Brand und die entsetzlichen Schreie der Eingeschlossenen.

»Wir haben nie eine Leiche geborgen«, erinnerte Dr. Bainesmith sie in ihrem typisch kühlen und selbstherrlichen Tonfall.

Hope konnte sich ihre Mutter bildlich vorstellen, zierlich, hübsch, die dunklen Augen kalt wie Eis und die asiatischen Gesichtszüge eine einzige Maske einstudierter Gleichgültigkeit. Nichts zählte für sie außer dem derzeitigen Projekt, und nichts anderes würde je zählen. Doch Wolfe war kein Projekt mehr, wollte Hope schreien, und sie auch nicht.

»Es gab eine Menge Leichen, die ihr nicht geborgen habt«, wandte Hope schmerzerfüllt ein. »Wolfe ist tot, lass ihn in Frieden ruhen.«

Langsam legte sie auf und kämpfte gegen die Tränen an, die ihr in die Augen stiegen. Die instinktive Sehnsucht wallte in den merkwürdigsten Momenten in ihr auf. Wolfe war tot, und keine noch so große Trauer würde ihn zurückbringen. In seinem Tod ließ sich keine Gerechtigkeit finden – egal, was sie tat.

Ihre Mutter weigerte sich, das zu akzeptieren. Wolfe war *ihr* Geschöpf; sie betrachtete ihn und sein Rudel als *ihr* Eigentum. Mit seinem Tod hatte er sie besiegt, und Hope wusste, dass diese Frau nicht akzeptieren konnte, dass sie nicht länger die Armee befehligen konnte, die sie sich erträumt hatte. Ein Rudel wilder, vernunftbegabter Soldaten mit den Instinkten und der Intelligenz eines Tieres.

Die Welt war noch immer schockiert, sogar jetzt noch, Jahre nachdem die ersten Breeds, Katzen in diesem Fall, an die Öffentlichkeit getreten waren und ihre Existenz kundgetan hatten. Jene Männer und Frauen, von Wissenschaftlern gezüchtet, waren mittels DNA von Wildkatzen genetisch verändert worden. Geschaffen, um zu töten. »Wegwerfsoldaten«, hatte ein Sprecher berichtet. Die »Breeds« nannte man sie, in Ermangelung eines besseren Namens. Und genau während dieser Bekanntgabe war das Labor in Mexiko von mexikanischen und amerikanischen Agenten überfallen worden. Es war eine brutale und blutige Schlacht gewesen, die jedem Drogenbaron Ehre gemacht hätte. Aber nach Drogen hatte man dort nicht gesucht, sondern die Agenten waren vielmehr auf der Suche nach den menschlichen Experimenten und den Wissenschaftlern und Soldaten, die ihnen das Leben zur Hölle gemacht hatten.

Hope schauderte bei der Erinnerung an die Schreie, die lodernden Flammen und die Schüsse um das Haus herum, in dem sie verborgen gewesen war. Immer wieder hatte sie während jener Stunden Wolfes Namen gerufen. Sie war sicher gewesen, dass er entkommen war. Doch wäre er entkommen, dann hätte er sie bestimmt geholt. Er hätte seinen Anspruch auf sie geltend gemacht und geschworen, dass sie zu ihm gehöre. Er hätte sie nicht zum Sterben dort zurückgelassen.

Mit einem tiefen Seufzer schnappte sie sich Jacke und Rucksack und machte sich auf den Weg zum Unterricht. Ihr Tag war voll, und ihr Leben strebte nach Veränderung. Sie konnte nicht zulassen, dass die Erinnerungen alles zerstörten, was sie sich in den letzten Jahren mühsam aufgebaut hatte.

Hope trat aus ihrem kleinen Apartment und registrierte den weißen Van einer Reinigungsfirma auf dem Parkplatz, schenkte ihm aber keine weitere Beachtung. Sie registrierte auch die großen Männer vor den offenen Türen des Wagens, aber das war kein seltener Anblick. Doch der harte Griff, mit dem einer von ihnen sie am Arm packte, als sie vorbeiging, war etwas, womit sie nicht gerechnet hatte. Einen kurzen Augenblick lang flammte Überraschung in Hopes Herz auf, als einer der hochgewachsenen Männer vor sie trat, ein Knurren auf den Lippen und Zorn in den grauen Augen. Hope keuchte auf und blinzelte, als etwas in ihren Arm stach.

»Wolfe.« Verzweifelt flüsterte sie seinen Namen und spürte dabei geschockt, wie sie schlagartig das Bewusstsein verlor.

# 2

Hope erwachte desorientiert und benommen. Blinzelnd sah sie zur Decke hoch und starrte dort auf schwere Querbalken. Das war nicht ihr Schlafzimmer. Prüfend sah sie sich in dem großen Raum um. Die schweren Holzstämme, aus denen die Wände bestanden, sagten ihr, dass sie sich in einer Blockhütte befand. Der Duft eines brennenden Feuers und das gedämpfte Murmeln von Stimmen verrieten ihr, dass sie nicht allein war. Sie streckte sich auf der Matratze und wollte aufstehen und auf der Stelle eine Erklärung verlangen. Doch als sie feststellte, dass sie sich nicht bewegen konnte, flammte Wut in ihr auf.

Ihre Arme und Beine waren an die vier Ecken des Bettes gefesselt, als sei sie ein verdammtes Jungfrauenopfer. Zwar war sie noch bekleidet, aber das nur spärlich. Ihr Hemd war bis zur Taille aufgeknöpft, der Knopf ihrer Jeans war offen, der Reißverschluss ebenfalls. Ihr ganzer Körper summte vor Erregung und schmerzte wie seit Jahren nicht mehr. *Wolfe*. Nur seine Berührung, seine Zunge, die Liebkosung seiner Lippen konnte sie in derartig brennende Erregung versetzen.

Er hatte sie berührt. Hope unterdrückte ein Schluchzen und schloss die Augen, als diese Erkenntnis in ihren Verstand sickerte. Er war am Leben, und er hatte es gewagt, sie anzurühren, als sie bewusstlos gewesen war. Sie riss die Augen wieder auf. Ihre Brustwarzen waren so empfindsam, dass sie hätte schwören können, dass es schon ausreichen würde zu atmen, um sie zu reizen. Ihr Unterleib stand in Flammen, und eine Stelle an ihrer Hüfte prickelte. Das Blut pulsierte in ihren Adern, ein schneller Rhythmus der Lust, und sie zerrte an ihren Fesseln und wollte die Oberschenkel zusammenpressen, um den Schmerz zu lindern, der sich in ihrem Schoß breitmachte.

Er hatte sie mit seinen Lippen berührt, sie gekostet. Hope wimmerte beinahe auf. Doch sie unterdrückte den Laut, denn sie wusste, dass er ein außergewöhnlich gutes Gehör hatte. Er würde wissen, dass sie wach war, und dann würde er zu ihr kommen. Tränen brannten in ihren Augen. Er war am Leben. All die Jahre war er am Leben gewesen, und nie war er zu ihr gekommen. Hatte nie Kontakt zu ihr gesucht. Er hatte sie zurückgelassen, *leidend*. Hope presste die Lippen und die Augen zu schmalen Schlitzen zusammen. Verdammt, er wusste, was er mit ihr gemacht hatte, in jener Nacht, als ihre Mutter sie in seine Zelle gesperrt hatte. Er wusste, dass er sie als seine Gefährtin gezeichnet und so dafür gesorgt hatte, dass kein anderer Mann, Mensch oder Wolf-Breed, sie mit ihrer Einwilligung nehmen würde.

Die Narbe dieses Mals trug sie immer noch an der Schulter. Ein scharfer Biss, dann sanfte Striche mit der Zunge, die die Stelle mit einem Hormon infizierten, das so stark war, dass nur sehr wenig davon nötig gewesen war, um sich sofort in ihrem Blutkreislauf zu verteilen.

Sie hatte gelitten in jener Nacht, so heiß war sie gewesen, und so dringend hatte sie ihn gebraucht, dass sie ihn über Stunden angefleht hatte. Doch diese eine Berührung, diese eine Zärtlichkeit war alles gewesen, was er zugelassen hatte, und als er erkannte, was er da getan hatte, war er wütend gewesen, auf sich selbst und auf sie.

Dieses Miststück von Frau, die sich ihre Mutter nannte, war natürlich außer sich vor Freude gewesen und überzeugt, dass es nur eine Frage der Zeit sei, bis Wolfe ihre Theorie unter Beweis stellte, dass die DNA der Breeds tatsächlich einen Weg finden würde, sich fortzupflanzen. Die weiblichen Breeds waren unfruchtbar. Und es gab genügend Beweise, die die Theorie stützten, dass das mutierte Sperma der Männer sich noch einmal verändern würde, um eine Zeugung herbeizuführen. Ihre Tochter war als erste Laborratte für diesen Vorgang auserkoren worden.

Hope hatte sich nie viel aus dieser kalten, sarkastischen Frau gemacht. Doch als sie von deren berechnendem Plan, sie derart eiskalt zu benutzen, erfahren hatte, hatte sie begonnen, ihre Mutter zu hassen.

»Ich sehe, du bist wach.« Hope riss die Augen auf, als seine kühle, dunkle Stimme in der offenen Tür erklang.

Er war inzwischen älter geworden, aber er sah noch immer so gut aus, dass ihr die Luft wegblieb. Sein Haar war schwarz, vorne kürzer geschnitten und nach hinten stufig länger, sodass es ihm bis auf die Schultern fiel. Er trug ein blaues Baumwollhemd, das er in die Jeans gesteckt hatte, und einen breiten Gürtel um die Hüften. Und darunter beulte seine Erektion den Stoff seiner Hose aus.

Hope schluckte schwer. Er war einschüchternder als je zuvor. Aber er war am Leben. Und das so sehr, dass seine Präsenz ihr den Atem raubte.

»Du hast mich gefesselt, und du hast mich angefasst, als ich bewusstlos war«, warf sie ihm vor, plötzlich wütend darüber, dass er es zugelassen hatte, dass sie sechs lange Jahre Qualen gelitten hatte. »Du bist nicht besser als die Bastarde, die dich erschaffen haben, Wolfe.«

Die Worte, geboren aus Schmerz und Zorn, konnte sie nicht mehr zurücknehmen, aber das wollte sie auch gar nicht. Wie konnte er es wagen, sie all die Jahre alleinzulassen, voll Schmerz und Sehnsucht? Wie konnte er es wagen, sie jetzt zu entführen und ihr Angst zu machen, statt zu ihr zu kommen, wie er es hätte tun sollen?

Doch schockiert sah sie, wie Zorn in seine Augen trat.

»Und du, mein liebes Opfer, bist nicht besser als das Miststück, das dich geboren hat«, spottete er. »Denkst du denn, ich will wieder eingefangen und gezwungen werden, Kinder zu zeugen, um sie dann so aufwachsen zu sehen wie mich selbst? Hast du ernsthaft geglaubt, der Plan, den ihr beide ausgeheckt habt, würde aufgehen?«

Hope starrte ihn verwirrt an. Wie konnte er glauben, sie würde mit ihrer Mutter zusammen irgendwelche Pläne schmieden, wenn sie doch nicht einmal gewusst hatte, dass er am Leben war?

»Was für ein Plan?«, fragte sie. »Ich habe nichts mit ihr geplant.«

Mit einem spöttischen Lächeln trat er ins Zimmer und schloss die Tür hinter sich. Gott, sie verbrannte bei lebendigem Leib vor Sehnsucht nach ihm. Sie konnte kaum noch klar denken, so sehr wollte sie ihn berühren und von ihm berührt werden, nun, da er ihr so nahe war. Allein seine Gegenwart jagte ihr Stiche lustvollen Schmerzes durch den Unterleib.

»Du wirst mich nicht lange belügen, Hope«, erklärte er sanft, ließ den Blick über sie schweifen, und seine grauen Augen verdunkelten sich vor Begierde. »Ich verspreche dir, noch bevor die Nacht vorüber ist, wirst du darum betteln, mir die Wahrheit zu sagen.«

Das sinnliche Versprechen in seiner Stimme raubte ihr den Atem. Seine Hände glitten an seinen Gürtel und lösten mit langsamen, bedächtigen Bewegungen die Schnalle. Als er den Gürtel aus den Schlaufen zog, weiteten sich ihre Augen, und sie fragte sich, ob er etwas anderes mit ihr im Sinne hatte, als den Sex, den sie so dringend brauchte.

»Du würdest es nicht wagen, mich zu schlagen«, wimmerte sie schließlich.

Er ließ den Gürtel zu Boden fallen und fing mit belustigtem Lächeln an, sein Hemd aufzuknöpfen. Hope zitterte. Sie spürte, wie ihr Schoß immer heißer wurde und ihre Muskeln sich in Vorfreude zusammenzogen. Ihr Herz schlug immer schneller.

»Vielleicht versohle ich dir den Hintern, aber ich verspreche, dass ich dich nicht schlagen werde«, sagte er, und seine raue Stimme klang sanft und nachdenklich. »Aber du kannst jegliche Bestrafung vermeiden, Hope, indem du mir die Wahrheit sagst. Sag mir, woher sie Bescheid wusste über den Paarungsrausch und woher sie wusste, dass du diejenige wärst, die ich als meine Gefährtin wählen würde. Sag mir, warum du zugelassen hast, dass ein anderer Mann dich anfasst und dass sie mich mit dem Beweis dafür quält.«

»Bist du jetzt völlig übergeschnappt?«, brüllte sie regelrecht. »Wie in aller Welt sollte ich mich von einem anderen Mann anfassen lassen, wenn ich mich jedes Mal, wenn es einer versucht, übergeben muss?«

Das machte sie wütender als alles andere. Die wenigen Male, die sie versucht hatte, sich mit jemandem einzulassen und über Wolfe hinwegzukommen, hatten innerhalb einer Stunde in einem Desaster geendet.

»So unschuldig und zornig.« Sein Lächeln jagte ihr einen Schauer über den Rücken, tat aber wenig, um das Verlangen in ihr zu mindern. »Eine letzte Chance: Sag mir, woher dieses Miststück von deiner Mutter wusste, dass wir nicht in dem Feuer umgekommen sind?«

Ihre Sehnsucht nach ihm brachte sie noch um ihren Verstand. Wenn er sie nicht bald nahm, würde sie zu einer kreischenden Idiotin mutieren. Sie hatte lange genug gewartet – sechs qualvolle Jahre, in denen sie von ihm geträumt und sich nach ihm gesehnt hatte.

Blinzelnd sah Hope zu ihm auf. Er zog das Hemd aus, und

sein breiter, muskulöser Brustkorb schimmerte im trüben Licht des Schlafzimmers. Seine Muskeln spannten sich an. Auch seine Züge waren angespannt, als seine Finger an den Verschluss seiner Jeans glitten.

»Ich weiß es nicht«, flüsterte Hope.

Wie gebannt verfolgte sie seine Bewegungen. Als Nächstes würde er die Jeans abstreifen und damit das Ausmaß seiner Erregung offenbaren. Sie erinnerte sich gut daran, wie kräftig und lang sein Schaft war – eine Versuchung sogar für den Teenager, der sie damals noch gewesen war.

Die Wissenschaftler hatten die Breeds nackt gehalten. Hope erinnerte sich daran, wie sie Wolfe beobachtet hatte, wie er sich in der Anlage bewegte, ohne sich seiner Nacktheit zu schämen, selbst im Zustand der Erregung. So hochgewachsen und breit er war, bewegte er sich mit einer angeborenen Anmut, die regelmäßig ihre Aufmerksamkeit erregt hatte.

In einer einzigen Bewegung kickte er seine Schuhe von den Füßen und entledigte sich seiner Hose. Innerhalb von Sekunden war er völlig nackt. Seine Erektion reckte sich bis an seinen Bauch, hart und kräftig. Seine Eichel war purpurn, ein wenig dicker als der Schaft, und sie pochte vor Erregung.

»Oh Gott«, flüsterte Hope atemlos.

Er ging zum Bett, kniete sich neben sie und starrte mit kalter und harter Miene auf sie herab. Er wollte ein Mistkerl sein, das wusste sie, aber in den dunklen Schatten seiner Augen konnte sie das Feuer lodern sehen. Er blieb nicht unberührt von ihr, und sein kräftiger Schaft war nicht seine einzige Reaktion auf sie. Sie war seine Gefährtin, und was immer er auch tun würde, sie wusste, er würde ihr nicht wehtun – zumindest nicht körperlich.

# 3

Einen Augenblick lang wurden seine Züge weicher.

»Weißt du, wie lange ich darauf gewartet habe, dich so zu berühren, wie ich es möchte?«, grollte er schroff, und seine Finger glitten an ihr Hemd, um es ganz aufzuknöpfen. »Hast du auch nur eine Ahnung davon, wie schwer es für mich war, nicht die Beherrschung zu verlieren und dem Kind, das du warst, die Unschuld zu rauben?«

Hope zitterte, und ihre Haut wurde immer empfindsamer, als sie die Wärme seiner Hände und das unnachgiebige Versprechen seines Körpers spürte.

»Ich habe mich dir angeboten«, flüsterte sie. Nein, sie hatte sich nicht angeboten, sie hatte gebettelt. Sie hatte geweint und ihn angefleht, sie zu nehmen, nachdem er dieses Mal an ihrer Schulter hinterlassen hatte.

»Ja, das hast du«, stimmte er zu. Sein Tonfall war bedrohlich, und Zorn spiegelte sich in seinem Blick, als er sie ansah. »Ich wollte dich nur schützen, Hope. Wie hast du mir das Opfer vergolten, das ich gebracht habe?«

Er umfasste mit der Hand ihren Nacken, ohne Druck auszuüben. Aber ihr war klar, dass er ihr bewusst machen wollte, dass die Drohung Bestand hatte. Doch alles, was sie fühlen konnte, war das Feuer der Sehnsucht. Es raste durch ihre Adern und brodelte in ihrem Unterleib.

»Was habe ich denn getan?« Sie schüttelte den Kopf, als sie den Zorn in seinen Augen sah, Zorn, Lust und einen Funken Schmerz. »Ich habe nichts getan, Wolfe.«

Sie verstand den Zorn nicht, den sie in ihm sah, als sie leugnete, ihn betrogen zu haben. Wie könnte sie ihn denn betrügen? Sogar ihre Seele wusste, dass sie Wolfe gehörte.

»Du hast mich mit einem anderen Mann betrogen«, knurrte er. »Versuch gar nicht erst, mich zu belügen, Frau. Du hast unter anderen Männern gelegen, sie in dich aufgenommen und dich von ihnen vögeln lassen, statt zu warten, dass ich zu dir komme.«

Hope spürte, wie ihr das Blut aus dem Gesicht wich.

»Das ist nicht wahr«, keuchte sie entsetzt auf. Wie konnte er nur so etwas glauben? »Ich schwöre, das ist nicht wahr, Wolfe. Ich war nie mit einem anderen Mann zusammen.«

Er schüttelte heftig den Kopf, und seine Lippen gerieten vor Bitterkeit und finsterer Wut zu einem schmalen Strich.

»Man sollte meinen, dass ich den Betrug immer noch an deinem Körper wittern kann, den Geruch vom Samen eines anderen Mannes. Aber ich bin so gefangen von deiner Schönheit und meinem eigenen Verlangen, dass ich den verräterischen Duft nicht einmal wahrnehmen kann.« Mittlerweile schien er eher wütend auf sich selbst zu sein, so als würden seine Sinne nicht sehen wollen, was da war, nur weil er es nicht glauben wollte.

»Weil es keinen gibt«, gab sie wütend zurück. »Was musst du tun? Mich vergewaltigen, um es herauszufinden? Verdammt, ich bin immer noch Jungfrau. Man muss kein Genie sein, um das herauszufinden.«

Sie kannte seinen Besitztrieb nur zu gut. Nach seiner Weigerung, sie zu nehmen, hatte ihre Mutter ihn außerhalb der Zelle verhöhnt. Zwei Soldaten des Labors hatten sie festgehalten und begrapscht, und Wolfe war gezwungen gewesen, dabei zuzusehen.

Wolfe hatte in der Zelle gesessen. Kalt, hart, und die wechselnden Farben in seinen Augen waren gefährlich lebhaft gewesen. Schließlich hatte ihre Mutter nachgegeben und befohlen, von Hope abzulassen. Hope war wieder zu ihm in die Zelle gesperrt worden, und ihre Mutter war gegangen.

Wolfe hatte sie in seinen Armen gehalten, sie getröstet, sich aber weiterhin geweigert, sie zu nehmen. Als man ihn das nächste Mal aus der Zelle gelassen hatte, waren die beiden Soldaten, die Hope angefasst hatten, zu Tode gekommen.

»Du bist keine Jungfrau mehr, Hope«, sagte er schließlich streng und mit Abscheu in der Stimme. »Wie kannst du auch nur hoffen, mich von so einer Lüge zu überzeugen?«

Seine grauen Augen blitzten zornig. Er sah auf sie herab, als hätte sie ihm gerade mitgeteilt, dass er sie mit jemand anderem verwechselt habe. Sie schüttelte entsetzt den Kopf und wurde ebenfalls zunehmend wütender.

»Wie kannst du das sagen? Denkst du, nur weil du mich so ohne Weiteres vergessen hast, konnte ich dasselbe tun? Zu schade, dass ich dich nicht auch markieren konnte. Vielleicht hättest du mich dann auch nicht so leicht vergessen.«

»Und du glaubst, das hättest du nicht?«, grollte er. »Ich habe den Beweis für deinen Betrug, Hope. Die Fotos, die das Miststück mir geschickt hat, von dir, wie du zwischen anderen Körpern gefangen bist, die Züge verzerrt vor Lust.«

Sein besitzergreifender Zorn war mächtig und gefährlich. Sein Körper war vor Wut angespannt, und seine Augen schimmerten angriffslustig.

»Fotos kann man fälschen«, konterte Hope wütend. »Ich bin immer noch Jungfrau, der Beweis liegt direkt vor dir …«

»Und du glaubst, das hätte ich nicht als Erstes geprüft?«, fragte er kalt. »Hältst du mich für solch einen Narren, dass ich nicht weiß, ob die Barriere noch da ist oder nicht? Ich habe es nachgeprüft, Hope, und es gibt keine. Du kannst jetzt aufhören zu lügen.«

Hope erstarrte und sah verständnislos zu ihm auf. Sein Zorn war fast greifbar, ebenso wie sein Schmerz.

»Was meinst du?«, flüsterte sie verwirrt. »Das Häutchen ist intakt.«

Wolfe schüttelte den Kopf, ein wütendes Knurren auf den Lippen, auch wenn sein Tonfall diesmal gemäßigt blieb.

»Warum, denkst du, steht deine Hose offen? Warum, glaubst du wohl, ist das Verlangen deines Körpers so viel stärker als zuvor? Ich habe nachgeprüft. Mein Finger glitt mühelos in dich hinein, tief hinein, Hope. Dein süßer Schoß hielt mich fester umschlossen als ein Handschuh, aber es gab kein Häutchen. Du bist keine Jungfrau mehr. Dachtest du, ich würde nicht nachsehen, um sicher zu sein? Glaubst du, ich würde mich im Zweifel nicht für meine Gefährtin entscheiden, wenn es um die Behauptungen dieses Miststücks geht? Ich bitte dich, hör auf zu lügen und sag mir, was ich wissen will. Und zwar jetzt.«

Wolfe würde nicht lügen, das wusste sie. Natürlich hatte er zuerst nachgesehen. Er stellte nie Behauptungen auf, wenn er nicht ganz sicher war. Er besaß eine kalte Logik, hatte sich immer unter Kontrolle und ließ nur Fakten gelten. Das war eine der Eigenschaften, die Hopes Mutter im Labor schier verrückt gemacht hatten. Wie mühelos er sie als das bösartige, inkompetente Monster, das sie war, entlarven konnte. Vor dem Angriff, der das Labor zerstörte, hatte sie innerhalb des Genetics Councils schon beinahe jede Unterstützung als Leiterin des Labors verloren.

»Du hast einen Fehler gemacht«, murmelte Hope. Es gab keine andere Erklärung, obwohl sie befürchtete, dass es doch noch eine andere gab.

Hope spürte, wie ihr die Tränen in die Augen stiegen. Sie würde jetzt nicht weinen, nicht jetzt, wo er sie sehen konnte und sich darüber lustig machen würde. Schmerz stieg in ihrem

Herzen auf, in ihrer Seele. Sie wusste, so sicher, wie sie lebte, falls Wolfe die Wahrheit sagte, dann hatte ihre Mutter es irgendwie arrangiert, dass der Beweis ihrer Jungfräulichkeit bei Hopes letztem Arztbesuch zerstört worden war. Sie erinnerte sich daran, dass sie empfindlicher als gewöhnlich gewesen war und sich während der physischen Untersuchung unwohler als sonst gefühlt hatte.

Doch ihr Protestschrei blieb lautlos. Sie lag still, versuchte, zu Atem zu kommen, um den Schmerz zu ertragen, nur von einer Sekunde zur nächsten. Mehr konnte sie nicht tun.

»Irrtum ausgeschlossen.« Er unterstrich seine Worte, indem er ihr das Hemd von den Armen riss und zu Boden warf.

Ein kurzes Zusammenzucken, doch dann blieb Hope nur still liegen und sah ihn an. Er war so voll kalter Wut, so zornerfüllt über das, was er als ihren Betrug betrachtete. Es würde keine Rolle spielen, dass sie auch dann nicht mit einem anderen Mann zusammen gewesen wäre, wenn sie eine Möglichkeit dazu gefunden hätte. Wolfe besaß ihr Herz und ihre Seele.

Als er jetzt zu ihr herabsah, stockte ihr der Atem. Sie wollte so verzweifelt ihren Tränen freien Lauf lassen, doch sie konnte nicht. Noch nicht. Nicht jetzt. Später, wenn er sie nicht länger beobachtete, wenn sie nicht länger die kalte Distanz in seinem Blick sah.

»Hast du mir Ersatzkleidung mitgebracht?« Sie achtete auf einen kühlen Tonfall. Sie durfte und würde jetzt nicht die Kontrolle verlieren.

Er sah sie aus schmalen Augen an.

»Du wirst keine Kleidung brauchen, bis du mir von den Plänen erzählt hast, die das Miststück mit mir und meinem Rudel hat, und davon, wie sehr uns die Informationen, die sie über unseren Aufenthaltsort hat, schaden können«, erklärte er in hasserfülltem Ton, kalt und hart.

Hope schluckte gegen den Kloß in ihrer Kehle an.

»Ich kenne keinen ihrer Pläne«, flüsterte sie. »Ich wusste nicht einmal, dass du am Leben bist, bevor du mich entführt hast. All die Jahre hat sie deinen Namen nie ausgesprochen, bis sie mich heute Morgen anrief und fragte, ob ich dich gesehen hätte.«

»Falsche Antwort.« Er nahm ein Messer vom Nachttisch und schnitt damit ihren BH auf. »Versuch es noch einmal.«

Hope schwieg. Sie starrte an die Decke und versuchte, durch all ihren Schmerz hindurch weiterzuatmen, während er damit begann, ihr Jeans und Höschen vom Körper zu schneiden. Nun hatte sie keine Kleidung und auch keinen Stolz mehr.

Sie betete, gleichgültig bleiben zu können, doch als er seine Hand zwischen ihre Beine schob und zwei Finger in ihre heiße, feuchte Mitte eindringen ließ, konnte sie ihren begehrenden Aufschrei und ihr Aufbäumen nicht mehr zurückhalten.

»Du bist so feucht für mich«, grollte er. »Sag mir, süße Hope, warst du auch so feucht für die Männer, die dich gevögelt haben, seit ich dich als meine Gefährtin markierte?«

Seine Stimme klang rau und zornig, aber seine Berührung war sanft und erregend. Sie fühlte, wie ihr Nektar über seine Finger floss und ihre Vagina sich schmerzvoll in dem Verlangen nach Erlösung zusammenzog.

»Es gab keine anderen Männer«, antwortete sie und versuchte krampfhaft, unter den intensiven Empfindungen, die durch ihren Leib jagten, weiterzuatmen. »Ich schwöre es, Wolfe.«

Seine Finger teilten ihre Schamlippen, und dann fühlte sie, wie ein klagender Aufschrei sie innerlich zerriss, als seine beiden Finger tief und mühelos in sie drangen. Sie dehnten sie, füllten sie aus, verlangend, von ihrem hungrigen Schoß umschlossen. Doch da war kein Jungfernhäutchen …

# 4

»Wo ist deine Jungfräulichkeit, Hope?« Sein Finger war tief in sie eingedrungen, und er war auf keinen Widerstand gestoßen. »Ich werde dich nicht für deinen körperlichen Betrug bestrafen. Ich kenne die Spielchen, die deine Schlampe von Mutter spielt. Aber wenn du mir nicht sagst, wie sie gegen das Rudel zuschlagen will, dann werde ich dich bestrafen, und ich werde nicht damit aufhören, bis du mir gibst, was ich will.« Er zog seinen Finger aus ihr heraus und stieß ihn dann noch einmal mit aller Macht in sie hinein.

Hope blieb die Luft weg. Solche Wonne, zum Greifen nah. Eine unbeschreibliche Lust jagte durch ihren ganzen Körper. Es fühlte sich an wie Blitze auf ihrer erhitzten Haut, als sie sich seinen Fingern entgegenbäumte, die sie quälten und den Druck in ihr immer weiter ansteigen ließen.

»Ich schwöre, Wolfe. Ich schwöre dir, sie hat mir gar nichts gesagt«, keuchte sie und warf den Kopf auf dem Kissen hin und her, während ihre Hüften sich verzweifelt bewegten, um seine Finger wieder in sie zu drücken.

»Wie kann ich dir glauben, Geliebte?«, fragte er sanft. »Du willst ja nicht einmal den Verlust deiner Jungfräulichkeit zugeben. Die Lügen perlen von deinen Lippen wie honigsüße Zärtlichkeiten in einer heißen Nacht.«

Eine Träne rann ihr über die Wange. Hope starrte entschlossen an die Zimmerdecke über ihr und unterdrückte ihr Flehen, doch ihren Körper konnte sie nicht so leicht beschwichtigen. Ihre Hüften zuckten, als seine Finger erneut langsam in sie eindrangen. Der scharfe Lustschmerz von diesem leichten Stoß fühlte sich an wie die Flammen der nahenden Ekstase. Verdammter Kerl, er wusste ganz genau, was er tat. Sie hörte es an seinen beherrschten Atemzügen und fühlte es in den quälenden Stößen seiner Finger in ihrer heißen und immer feuchter werdenden Mitte.

»Ich bin nicht deine Geliebte.« Sie schüttelte den Kopf und hielt sich mit aller Gewalt davon ab, ihn anzuflehen. »Ich bedeute dir nichts.«

Schweigen. Seine Finger in ihr hielten inne und zogen sich dann zurück.

»Warum sagst du so etwas?«, fragte er schroff und zornig.

Hope sah ihn überrascht an. Er sah stirnrunzelnd auf sie herab, und seine Miene war düster und verwirrt über ihren Gefühlsausbruch, als würden seine Handlungen etwas anderes zeigen. Als würde er sie nicht bestrafen, sondern vielmehr lieben. Nicht, dass ihrem Körper im Moment der Unterschied zwischen beidem klar gewesen wäre.

»Wie kann ich denn etwas anderes glauben?«, flüsterte sie. »Angeblich bin ich deine Gefährtin, aber als das Feuer im Labor wütete, kamst du nicht, um mich zu holen. Und danach hast du mir nicht einmal ein Zeichen gegeben, dass du noch lebst. Ich bedeutete dir nichts, Wolfe, bis du dachtest, ich hätte etwas, das du brauchst. Bis du dich nicht länger von mir fernhalten konntest.«

Und das tat am meisten weh. Sie hatte sechs Jahre voller Schmerz verbracht, körperlich und emotional. In ihren Albträumen durchlebte sie die Monate, die sie mit ihm im Labor verbracht hatte. Sah, wie er geschlagen wurde, wie ihre Mutter sich ein Vergnügen daraus machte, ihm Verletzungen zuzufügen und das Ehrgefühl, das so sehr ein Teil von ihm war, ins Lächerliche zu ziehen. Dass er sich geweigert hatte, die Frauen, die man ihm zu Zuchtzwecken brachte, zu vergewaltigen, hatte Bainesmith zur Weißglut gebracht. Dass er bei ihren sadistischen Spielchen nicht mitmachte. Doch was ihre Mutter noch weit mehr in Wut versetzt hatte, war die Tatsache, dass sie ihn nicht brechen konnte, sosehr sie es auch versuchte.

»Warum?«, fragte Hope verzweifelt. »Warum hast du mich nicht geholt, Wolfe?«

Er antwortete nicht, sondern fuhr mit feuchten Fingern von ihrem Schoß aufwärts über ihren Bauch und umrundete dann ihre harten Brustwarzen mit ihrem eigenen Nektar. Hope spürte, wie ihr die Röte ins Gesicht stieg, während er sie beobachtete. Inzwischen verlangten ihre Nippel pochend nach Aufmerksamkeit, und ihre Klitoris fühlte sich prall und sehnsuchtsvoll an. Sie konnte vor Erregung kaum atmen.

»Du bist alles, was mir wirklich etwas bedeutet«, flüsterte er bedauernd und suchte zögernd ihren Blick. »Seit du siebzehn warst und mich mit großen, unschuldigen blauen Augen angesehen hast, warst du meine Welt.«

Der Schmerz schnürte ihr die Kehle zu. Er klang so aufrichtig, so zutiefst ehrlich, dass sie nichts mehr wollte als ihm zu glauben. Und plötzlich wusste sie, dass er genau dasselbe empfand. Er wollte ihr glauben, doch die Lügen ihrer Mutter machten es ihm unmöglich.

»Warum bist du dann nicht zu mir gekommen?«, fragte sie. Und dann schrie sie auf, in so sinnlicher Erregung, dass sie sich einer Ohnmacht nahe fühlte, als er seine Finger an den Mund führte und ihren Nektar mit einem Knurren hungriger Begierde kostete.

»Dein Geschmack macht mich hungrig nach mehr, süße Hope«, sagte er, und seine dunkle Stimme vibrierte in erotischer Eindringlichkeit.

»Wolfe, ich flehe dich an, falls es das ist, was du willst«, wimmerte sie. »Bitte, tu mir das nicht an. Nimm mich und bring es hinter dich, oder rühr mich gar nicht erst an. Bitte. Ich schwöre dir, du machst einen Fehler.«

Er kniff mit Daumen und Zeigefinger in eine ihrer Brustwarzen, und Hope konnte den lustvollen Aufschrei, der in ihrer Brust aufstieg, nicht unterdrücken. Sie bäumte sich auf, zitterte wie Espenlaub und wollte wenigstens ihre Beine anspannen, um das Ziehen in ihrem Innern zu lindern, doch nicht einmal so viel konnte sie tun.

»Alles, was ich will, ist die Wahrheit, Hope. Sag mir, was sie vorhat.« Er rollte ihre Brustwarze zwischen den Fingern hin und her, ein kurzes, festes Kneifen, das sie drängend nach mehr verlangen ließ. Wie sollte sie das nur ertragen? Er würde sie mit seinen Berührungen noch in den Wahnsinn treiben.

»Ich weiß es nicht.« Verzweifelt warf sie den Kopf hin und her.

»Dann sag mir, was du weißt«, flüsterte er. »Nenn mir die Namen der Männer, die mit dir geschlafen haben. Nenn sie mir, damit ich Vertrauen zu dir fassen kann.«

Sie wimmerte gequält auf.

»Wie kann ich dir etwas geben, das nicht existiert?«, rief sie aus und spürte, wie er an ihrer harten Brustwarze zupfte. »Wolfe, bitte …«

Er schob sich näher an sie heran, kniete neben ihren Brüsten und strich mit seinem harten, großen Penis über ihre empfindsamen Nippel. Hope stöhnte auf und bog sich der Liebkosung entgegen. Sie war verzweifelt, sie brauchte ihn, und sie war bereit, alles Erdenkliche zu tun, um ihn zu bekommen. Diese Erregung, so heiß und tief, die ihren Unterleib vor Verlangen zucken ließ, konnte sie nicht länger aushalten.

Er wich wieder zurück, und ein Lächeln umspielte seine Lippen.

»Kannst du es aushalten, wenn ich dich berühre, über Stunden, ohne dass du dabei Erlösung findest, Hope?«, fragte er. »Ich werde nicht auf Erfüllung verzichten. Ich werde kommen, aber du nicht. Ich werde mit deinem hübschen Schoß spielen, an deinen süßen Brüsten saugen und dich küssen, bis du nur noch die Erlösung ersehnst, die nur ich dir geben kann. Aber wenn du mir nicht gibst, was ich brauche, dann will ich verdammt sein, wenn ich dir auch nur ein wenig Befriedigung verschaffe.«

»Nein!«, schrie Hope klagend auf und schüttelte den Kopf. Sie wusste, dass sie das nicht aushalten würde. »Ich weiß es nicht, Wolfe. Zwing mich nicht, dich zu belügen. Bitte. Wenn du mir das antust, dann werde ich dich belügen. Ich werde dir alles sagen, was du hören willst, damit du mich nimmst.«

»Aber meine Süße, ich kenne die Wahrheit doch schon.« Er beugte sich über sie und fuhr die Konturen ihrer Lippen mit seinem Mund nach, während sie ihn überrascht anstarrte.

Dann schloss sie die Augen und stöhnte heiser auf, als seine Zunge in ihren Mund glitt. Sein Kuss war noch immer so erregend wie vor sechs Jahren. Seine Zunge streichelte ihre und leckte daran, bis sie anfing, leicht daran zu saugen. Sein Aufstöhnen war ein tiefer Laut, beinahe ein Knurren, als sie daran sog. Hope konnte die dunkle Würze schmecken, die ganz allein zu ihm gehörte, und sie fühlte, wie ihr Blut vor Lust durch ihre Adern rauschte und ihr Herzschlag vor Vorfreude schneller wurde.

Er neigte den Kopf und küsste sie leidenschaftlicher. Er fuhr mit der Zunge über ihre Lippen, knabberte daran, sog ihre Zunge in seinen Mund und saugte mit einem gequälten Aufstöhnen daran. Hope bog sich ihm entgegen und hob den Kopf, versuchte drängend, ihn näher an sich zu ziehen, um ihre Seele mit der Wonne seines Kusses, der Freude, dass er am Leben war, zu erfüllen und sich selbst davon zu überzeugen, dass er wirklich hier war. Endlich war sie bei ihm. Er war wütend, aufgebracht und fühlte sich in seinem Besitzanspruch verraten. Aber er war am Leben, und ihr Herz jubilierte über die freudige Gewissheit.

Plötzlich löste er sich von ihr. Sein Oberkörper hob und senkte sich schwer atmend, so wie bei ihr. Verzweifelt versuchte Hope zu verstehen, was er tat. Versuchte, einen Sinn darin zu finden, warum er es tat, während ihr Körper pulsierte, sich erhitzte und schmerzte wie ein entgleistes Virus.

»Warum tust du das?« Wenn er die Antworten, die er wollte, bereits kannte, wieso quälte er sie dann noch so?

»Du hast mich betrogen, als du einen anderen Mann in Besitz nehmen ließest, was mein ist«, knurrte er. »Meins, Hope.«

Sie leckte sich die Feuchte seines Kusses von den Lippen, und die erotische männliche Essenz, die sie buchstäblich schmecken konnte, ließ sie beinahe aufstöhnen.

»Das habe ich nicht getan. Aber selbst wenn, Wolfe, du hast mich doch glauben lassen, du wärst tot.« Ihr stockte der Atem, als er sich über ihr erhob und sein mächtiges Glied sich ihren geöffneten Lippen näherte. »Du hast kein Recht, so wütend zu sein, denn ich hatte keine Ahnung, dass du am Leben bist.«

Sie hatte nie seine Erektion gekostet. Noch die eines anderen Mannes. Plötzlich wollte sie ihn in ihrem Mund haben, wollte an seinem Glied saugen wie zuvor an seiner Zunge, so lange, bis er nicht mehr anders konnte, als seine Erlösung in ihrem Mund zu finden.

Er kam noch näher, und seine kräftige Eichel rieb über ihre Lippen. Aufstöhnend öffnete Hope den Mund für ihn und fühlte sein langsames und verhaltenes Eindringen. Sie umschloss ihn mit den Lippen und hörte den Aufschrei aus seiner Kehle. Sein Schaft pochte an ihrer Zunge, als sie ihn leckte und ausdauernd an ihm saugte.

Er gewährte ihr die Freiheit, an ihm zu saugen und ihm seinen Lusttropfen zu entlocken, bevor er sich zurückzog, nur einen kurzen Augenblick vor dem Erguss.

»So scheu bist du, wenn du an mir saugst«, flüsterte er. »Du machst es mir schwer, zu glauben, dass du nie einen anderen Mann hattest.«

»Es gab keinen anderen!«, rief sie aus. »Niemanden, Wolfe. Und selbst wenn es jemanden gegeben hätte, könntest du nichts dagegen einwenden. Wo zur Hölle warst du?«

Er schüttelte den Kopf, und sein schwarzes Haar flog nach hinten über die bloßen Schultern.

»Du wusstest, dass ich am Leben bin. Sie hätte es dir gesagt«, stieß er hervor. »Du hast gewusst, dass ich zu dir gekommen wäre, wenn es sicher gewesen wäre. Und doch hast du dich verschworen, um mich zu täuschen.«

Er wich zurück, und seine Lippen wanderten zu ihrer Brust, als könne er sich nicht länger zurückhalten. Seine Zunge strich verführerisch über ihre harte Knospe. Er stöhnte auf und umschloss ihre pralle Brust mit der Hand.

»Bitte«, wimmerte sie und bog sich ihm entgegen. Er musste ihre Brust tief in den Mund nehmen und in festen Zügen an ihren Brustwarzen saugen, das brauchte sie so sehr.

Er nahm die kleine, harte Perle in seinen Mund und fing an, daran zu saugen, genau so, wie sie es brauchte. Hope stöhnte aus tiefster Kehle auf. Das war ja so gut. Sie konnte fühlen, wie die Lust wie eine Spur aus Feuer in ihren Bauch und ihre Vagina fuhr, und beide zogen sich bei dem heißen Strich seiner Zunge leidenschaftlich zusammen. Ihr Schoß wurde immer heißer, sie spürte, wie sich ihr Nektar sammelte und er ihre prallen Schamlippen und das weiche Gewebe benetzte, das bebend nach seiner Aufmerksamkeit verlangte.

»Wenn du bereit bist, es mir zu sagen, Hope, dann tu es. Bis dahin werde ich nach Herzenslust mit deinem Körper spielen. Und glaube mir, ich werde meine Erfüllung finden, ohne dir deine zu gewähren.«

# 5

Dann schob er sich über sie und verwöhnte die andere Brust mit seinen Lippen. Hope erschauerte, ihr Körper verkrampfte sich in verzweifelter Lust, und sie bäumte sich auf. Dieses Feuer, diese unerträgliche Lust waren mehr, als sie ertragen konnte. Du lieber Gott, das würde sie keine Stunde durchhalten, geschweige denn die Zeit, die es brauchen würde, um ihn davon zu überzeugen, dass sie die Wahrheit sagte.

Sie wimmerte, als seine Lippen über ihren Bauch wanderten und sich in Richtung ihrer gespreizten Beine bewegten. Sie war offen für ihn, die Beine beinahe so weit auseinandergebogen, wie es ging, sodass ihr Schoß seiner Berührung ausgeliefert war.

Zuerst verwöhnte er sie mit der Zunge. Sie bekam keine Luft mehr, als seine Zunge durch den üppigen Beweis ihrer Erregung strich. Ihr Sirup bedeckte ihre Scham, befeuchtete ihr krauses Haar und ihre kleine Öffnung hinten. Und er machte ein Festmahl aus ihr. Seine Zunge bescherte ihr heiße Ekstase, als er zart über ihre feuchte Scham strich, an ihrer prallen Klitoris saugte und dann die Zunge in sie hineinschob.

Hope schrie auf. Ihre Hüften hoben sich vom Bett, soweit die Fesseln es zuließen, und drängende, abgehackte Schreie drangen aus ihrer Kehle, als sich ihr Innerstes krampfartig zusammenzog. Aber er gestattete ihr keinen Orgasmus, sondern zog seine Zunge wieder zurück und widmete sich mit einem angespannten Auflachen ihrer Klitoris. Er fuhr leicht darüber, streichelte sie, sog sie in seinen Mund, während sie ihn anflehte, sie zu erlösen. Kleine, blitzartige Explosionen erschütterten ihren Körper, doch sie schenkten ihr nur wenig Linderung.

Sie musste jetzt unbedingt kommen. Sie brauchte einen atemberaubenden Orgasmus, der sie schreien ließ und um den Verstand brachte, bevor sie in Flammen aufging. Sie verbrannte bei lebendigem Leib, als er von ihrem Sirup kostete, sein genießerisches Brummen an ihrer Klitoris vibrierte und seine Zunge sich tief in sie hineinschob.

Dann fuhren seine Finger nach hinten. Hope riss die Augen auf, als ein Finger langsam hineinglitt. Sie zerrte an den Fesseln, geschockt von seinem ermunternden Flüstern, als er den Finger dort hin und her bewegte. Kurz darauf kam noch ein Finger hinzu, bis sie spürte, wie ihre Muskeln gedehnt wurden, Feuer ihre hintere Öffnung versengte, und ihre Lust eine Höhe erreichte, die sie zum Betteln brachte. Und er hörte immer noch nicht auf.

Frustriert schrie sie auf, als er von ihr abließ und zu dem kleinen Nachttisch ging. Er nahm eine Tube mit Gleitgel aus der Schublade. Seine Augen waren halb geschlossen, als er sie voller Begehren ansah. Er kehrte ans Fußende des Bettes zurück und lockerte die Fesseln an ihren Füßen, doch nur so weit, um ihr ein wenig mehr Bewegungsfreiheit zu schenken. Dann kniete er wieder zwischen ihren Schenkeln nieder.

Erneut glitten seine Finger an ihre hintere Öffnung, üppig mit Gel bestrichen. Einige Minuten lang streichelte er sie dort, dehnte sie, machte sie bereit und trieb sie damit in den Wahnsinn. Dann hob er ihre Beine an, bis sie über seinen Schultern lagen, als er sein mächtiges Glied in Position brachte.

»Haben sie dich dort genommen, Hope?«, flüsterte er, als er seine Eichel an ihre Öffnung drückte.

Noch bevor sie antworten konnte, drang er in sie ein. Ein langsamer, zurückhaltender Stoß, bei dem sie sich aufbäumte, und der Lustschmerz, der sie durchfuhr wie ein Speer, spannte sie gegen seine Erektion an, als er bis zum Anschlag in sie hineinglitt.

Sie fühlte sich gedehnt, voll. Keuchend schnappte sie nach Luft, versuchte sich seinem kräftigen Schaft anzupassen und kämpfte gegen die Flammen sengender Lust an, die immer höher loderten, um ihren Körper zu verschlingen.

»So eng«, knurrte er und stieß leicht in sie hinein. »So süß, so heiß und eng, Hope.«

Sie bäumte sich in seinen Armen auf und warf den Kopf auf dem Kissen hin und her, während ihr Körper sich anspannte und um mehr flehte. Dann teilten seine Finger ihre Schamlippen, glitten tief in sie hinein und bewegten sich abwechselnd mit seinem Glied, als er begann, sie zu genussvoll zu vögeln.

Langsam zog er sich zurück, bis er fast ganz aus ihr geglitten war; sanfte Bewegungen, die umso erregender waren. Hopes Muskeln spannten sich an, als er sich zurückzog. Seine kräftige Eichel glitt beinahe aus ihr heraus, und sie keuchte protestierend. Flehend schrie sie auf, als er wieder tief in sie eindrang, ihre Vagina mit seinen Fingern liebkoste und mit dem Daumen über ihre Klitoris rieb.

Es war kaum noch auszuhalten. Sie war so kurz davor. So nahe. Hope atmete schwer und spürte, wie die Wogen immer höher und höher schlugen …

»Ah, noch nicht, Liebes.« Rasch zog er sich aus ihr zurück und stieg vom Bett.

Lange, quälende Minuten lag sie da wie erstarrt vor Schock.

»Du Bastard!«, schrie sie dann frustriert auf, als er ins Badezimmer verschwand. »Du perverser, verdorbener Hundesohn.«

Sie würde ihn umbringen, tobte sie. Wenn sie freikam, würde sie ihm die Augen auskratzen und ihm den Schwanz abschneiden. Oder – noch besser: Sie würde ihn festbinden und ihn quälen, genau so, wie er sie gequält hatte.

»Was für ein Wortschatz«, rief er ihr zu, und sie hörte Wasser laufen, das kurz darauf wieder abgedreht wurde. »Ich muss daran denken, dass ich dich dafür noch bestrafe.«

Als er zurückkehrte, grinste er.

»Na komm, Hope, sag mir, was ich wissen will, und dann bekommst du deinen Orgasmus. Das ist alles, was du tun musst. Gib mir nur die Antworten, die ich suche.«

»Du Bastard, ich trete dir in den Hintern, wenn ich freikomme.« Sie trat nach ihm, aber die Fesseln ließen ihr nicht genug Raum, um ihn wirklich zu erreichen.

Er lachte leise. Dann hob er wieder ihre Beine an, und ohne den Blick von ihr zu wenden, versenkte er seinen heißen, harten Schaft in ihre feuchte Mitte. Hope bäumte sich auf, als er quälend langsam in sie eindrang. Seine kräftige Erektion dehnte sie fast schmerzhaft und versengte sie mit einer Sehnsucht, so verzweifelt, dass sie Angst hatte, sie würde sie vernichten.

»Bitte«, wimmerte sie.

»Sag es mir«, verlangte er. »Gib mir, was ich von dir will, Hope. Es ist so einfach.«

Sie schrie ihren Protest hinaus, als er aus ihr herausglitt, um dann mit einem harten, zielstrebigen Stoß wieder in sie einzudringen, bei dem ihre inneren Muskeln sich eng um ihn herum zusammenzogen, so explosiv, dass sie fürchtete, den Verstand zu verlieren. Und das tat er nur, um sich erneut zurückzuziehen, seinen pulsierenden Schaft aus ihrer sehnenden Umklammerung zu lösen und sich auf das Bett sinken zu lassen.

Er streckte sich wieder zwischen ihren Beinen aus und versenkte seinen Mund in ihren Schoß. Die atemberaubende Wonne seiner Zunge, die ihren Nektar kostete, in sie hineinstieß und über ihre empfindsamen inneren Muskeln strich, ließ sie in qualvoller Sehnsucht aufschreien. Seine Zunge entfachte das reinste Feuerwerk in ihr, bis sie nur noch ein zuckendes Etwas kurz vor der Erlösung war. Doch dann löste er sich wieder von ihr und fragte sie erneut. Als sie keine Antworten für ihn hatte, widmete er sich ihren Brüsten, saugte und knabberte an ihnen, zupfte an den empfindsamen Brustwarzen, bis sie jede mögliche Antwort hinausschrie, die ihr einfallen mochte. Und doch war es nicht das, was er hören wollte.

»Wolfe. Gott, ich schwöre, Wolfe«, schrie sie gefühlte Stunden später auf.

Schweiß bildete sich auf ihrer Stirn, lief ihr über den Hals und zwischen die Brüste. Ihre Kehle war heiser, die Wangen nass von Tränen, und Schluchzer erschütterten ihren Körper. Sie war ein einziger bevorstehender Orgasmus. Das Verlangen war so drängend, und ihre Bauchmuskeln krampften sich so sehr zusammen, dass er aufhören und ihren Schmerz lindern musste, nur um dann wieder von vorn zu beginnen. Und noch einmal. Sie konnte keinen klaren Gedanken mehr fassen, konnte ihre Umgebung nicht mehr wahrnehmen, sie bestand nur noch aus dem verzweifelten Sehnen nach Erfüllung.

»Verdammt, Hope.« Er löste sich wieder von ihr, auf seinen Muskeln glänzte der Schweiß, und die Erregung stand ihm ins Gesicht geschrieben. »Sag mir einfach, wer mit dir geschlafen hat. Gib mir nur ihre Namen. Das ist alles, worum ich dich bitte. Nur das.«

Hope warf den Kopf in den Nacken und schrie klagend auf, dass sie ihm nicht geben konnte, was er wollte. Sie hatte ihm bereits Namen genannt, jeden männlichen Namen, der ihr eingefallen war, und immer noch hatte er nicht, was er wollte.

»Ich schwöre es«, schrie sie verzweifelt. »Ich schwöre es, Wolfe. Ich schwöre. Es gab niemanden.«

Wieder krampften ihre Muskeln sich zusammen und entrissen ihr einen Schmerzensschrei, und er beeilte sich, die verkrampften Muskeln mit seiner großen Hand zu massieren. Der krampfartige Schmerz ließ sie schwer atmen. Sie konnte sich nicht zusammenrollen, um gegen den Schmerz anzukämpfen, denn sie konnte sich nicht weiter bewegen, als die Fesseln es zuließen.

»Hope.« Er strich ihr das feuchte Haar aus der Stirn. Seine Miene war unendlich zärtlich. »Nur ein Name. Ich schwöre, ich werde ihm nicht wehtun. Sag mir nur, wer es war.«

# 6

Wolfe wusste, dass er selbst auch nicht mehr lange durchhalten würde. Er war noch nicht gekommen, trotz seines früheren Versprechens. Er litt mit ihr; sein Sehnen war so verzweifelt, dass es eine Qual war. Sein Glied bestand nur noch aus brennendem Verlangen. Er wagte es weder, noch einmal in ihren Mund zu dringen, noch, ihren engen kleinen Hintern zu vögeln wie zuvor. Er war fast am Ende seiner Beherrschung, und er hatte Angst, sie zu verletzen.

Weiter konnte er nicht gehen. Er legte seine Stirn an ihre, sah die Tränen, die ihr über die Wangen liefen, und wollte mit ihr weinen. Das hatte er ihr nicht antun wollen. Nicht so. Doch ihr Trotz stärkte nur seine Entschlossenheit, sie dazu zu bringen, dass sie sich ergab.

»Genug«, flüsterte er und wischte ihre Tränen mit dem Daumen weg – doch es kamen nur noch mehr Tränen.

Was war mit ihm passiert? Warum hatte er sie so weit getrieben, sie derart mit ihrem eigenen Körper gequält? Und als er sie betrachtete, wusste er es: Er wusste in den Tiefen seiner Seele, dass Hope ebenfalls betrogen worden war. Und das nicht nur von diesem Miststück Bainesmith, sondern jetzt auch von ihm.

Der Rausch aus Lust, Schmerz und dem Gefühl von Verrat hatte ihn in ein wildes Tier verwandelt. Er war nicht besser als die Mutter, die Hope die Kindheit geraubt und sie einem Mann als Gefährtin gegeben hatte, der ebenso sehr Tier wie auch Mensch war.

Der »Paarungsrausch« war etwas, was sich nicht so ohne Weiteres kontrollieren ließ, auch ohne das intensive Gefühl des Besitzanspruchs, den diese Fotos ausgelöst hatten. Schon im Labor hatte ihn das beinahe vernichtet, sich in seine Eingeweide gefressen und gefordert, dass er sie nahm, sie zur Seinen machte, trotz ihrer Jugend und Unschuld.

Und zu allem Überfluss hatte der seelenvernichtende Beweis dieser Fotos, die zeigten, dass sie sich von anderen Männern hatte berühren lassen, einen Dämon in ihm geweckt, von dessen Existenz er bis dahin noch nicht einmal etwas geahnt hatte.

»Ich liebe dich«, flüsterte sie mit heiserer Stimme und schluchzte schwach. »Ich habe dich immer geliebt, Wolfe. Immer. Ich würde dich nicht betrügen. Bitte. Bitte nimm mich.«

Wolfe seufzte rau. Er hatte Beweise, die das Gegenteil zeigten, und doch konnte er nicht anders, als ihr zu glauben.

»Wenn ich dich jetzt nehme, Hope, dann werde ich nur ein Tier sein, das über dich herfällt.« Das konnte er ihr nicht antun. Er konnte nicht das Risiko eingehen, dass er sie verletzte. »Das will ich nicht. Ich werde dich allein lassen, so lange, bis ich meine Beherrschung wiedergefunden habe. Um sicher zu sein, dass ich dich nicht verletze.«

Spott trat in ihre erschöpfte Miene.

»Was macht es denn für einen Unterschied?«, flüsterte sie, zu müde, um noch weiter zu flehen. »Tu, was du willst.«

Schmerzerfüllt und schweren Herzens löste Wolfe sich von ihr. Keine Chance, dass er jetzt seine Jeans anziehen könnte. Stattdessen holte er eine Jogginghose aus dem Einbauschrank und zog sie an. Seine Erektion war ein wahres Monster, drückte gegen den Stoff und verlangte nachdrücklich nach Erlösung.

Müde löste er Hopes Fesseln und sah zu, wie sie sich zu einer Kugel zusammenrollte. Sie drehte ihm den Rücken zu, ihre Pobacken schimmerten sanft, und ihre feuchte Scham war offen und zum Greifen nah für ihn. Gequält biss er die Zähne zusammen, hob sein Hemd vom Boden auf und warf es ihr zu.

»Zieh das an. Wir müssen reden, Hope.«

»Worüber denn?«, rief sie wütend, drehte sich um und funkelte ihn böse an. »Reden wir doch mal über sechs Jahre Hölle. Über verdammten Kummer und Schmerz, nur um dann zu erfahren, dass das alles für die Katz war. Für nichts, Wolfe.«

Er zuckte bei ihren Worten zusammen, holte aber dankbar Luft, als sie vom Bett aufstand. Ihr Körper zitterte vor Lust und Wut.

»Darf ich duschen, oder brauche ich dafür eine Erlaubnis?« Sie ignorierte das Hemd und blieb vor ihm stehen, in aller nackten Pracht und wütenden Erregung.

»Geh duschen«, seufzte er. »Ich warte im Zimmer nebenan auf dich. Dann reden wir.«

Soweit die Theorie. Doch plötzlich wurde sie gefährlich blass, fasste sich an den Bauch und sank aufs Bett zurück.

»Hope.« Er eilte zu ihr, legte die Hand auf ihren Bauch, spürte dort die Muskeln, die so fest angespannt waren, und ihm war klar, dass der Schmerz qualvoll sein musste. Sie atmete stoßweise, klammerte sich an ihn und sah beschwörend zu ihm auf.

»Oh Gott. Bitte. Ich flehe dich an«, keuchte sie. »Es tut weh, Wolfe. Die Erregung tut so weh, ich halte es nicht mehr aus.«

Sie führte seine Hand an ihren feuchten Schoß, und dann schrie sie auf und ihr Körper bog sich durch, als er zwei Finger hart in sie stieß. Die Krämpfe ebbten ab, und ihre Muskeln zogen sich zusammen.

Er konnte keine verdammte Stunde mehr warten, doch noch wichtiger: sie auch nicht. Er löste sich von ihr, um die Jogginghose auszuziehen, und dann, unfähig, sich zu beherrschen, drückte er sie aufs Bett, drehte sie auf den Bauch und hob ihre Hüften an, in die richtige Position für sein pulsierendes Glied.

»Nein!«, schrie sie auf und krallte die Hände ins Laken, als er ihre Beine auseinanderdrückte. »Bitte, du hast es versprochen, Wolfe. Du hast es versprochen, keine Folter mehr.«

»Keine Folter mehr«, knurrte er. »Das ist vorbei, Baby. Hier bin ich.«

Und mit einem schnellen, harten Stoß drang er in sie ein.

# 7

Hope spürte sein mühcloses Eindringen, spürte, wie ihre Muskeln nachgaben, die noch nie einen so starken Eindringling kennengelernt hatten, das instinktive Anspannen ihrer Muskeln um den kräftigen, heißen Schaft, der sich weiter in sie hineinschob. Sie bekam keine Luft mehr, verlor die Gewalt über ihren Körper. Sie hob die Hüften an, um noch mehr von ihm aufzunehmen, rang um Atem, als er begann, sie mit sanften, regelmäßigen Stößen zu lieben.

Seine Erektion war wie ein heißes Brandeisen. Er nahm sie mit kräftigen Bewegungen seiner Hüften, hielt sie mit harten Händen fest, während er sich in sie bohrte. Das Drängen, jetzt schon in unvorstellbaren Höhen, wurde noch stärker. Sie war so nahe, so kurz davor. Doch sie hatte Angst, sich darin zu verlieren. Wenn er sich jetzt wieder zurückzog, würde sie das nicht überleben.

Ihr Unterleib bestand nur noch aus einem einzigen Erschaudern, ihre Muskeln zogen sich krampfartig zusammen im Nahen eines Höhepunktes, der sie zerreißen würde.

»Diesmal wird es passieren, Baby«, versprach er, als sie sich anspannte, in der Vorahnung, dass er sich zurückziehen könnte. »Keine Spiele mehr, Hope. Komm für mich, Baby. Lass dich fallen, denn ich werde für dich kommen.« Seine Stöße wurden härter, tiefer. »Ich werde deinen Schoß mit meinem Samen füllen, Hope. Komm für mich.«

Sie musste ihm vertrauen. Ihr Körper würde das nicht noch einmal aushalten. Sie wusste, wenn er jetzt aufhörte, würde ihr Herz in tausend Stücke zerspringen. Hope spürte, wie ihre Muskeln sich zusammenzogen, und ihre Vagina begann zu pochen und sich rhythmisch zusammenzuziehen. Ihr ganzer Körper bebte, als ihr Orgasmus nahte. Es würde sie umbringen, aber dafür würde sie bereitwillig sterben.

Und dann brach es über sie herein. Hope hatte keine Energie mehr, um zu schreien, aber als es begann, löste sich ein langer Schrei aus ihrer Kehle. Eine unglaubliche Energie erfasste ihren ganzen Körper, ihre Vagina, ihre Klitoris, ihren Unterleib, und hüllte sie ein, ließ sie explodieren und vernichtete sie. Sie zitterte unter seinen harten Stößen und ihre Muskeln krampften sich um seinen harten Schaft zusammen, als er in seinem eigenen Orgasmus aufschrie.

»Verdammt. Nein. Nein!« Hope hörte seinen harten Fluch, nur einen Augenblick bevor sie die Veränderung spürte.

Ihre Augen weiteten sich, als sie spürte, wie sein Schaft noch härter wurde, so als würde er in der Mitte immer dicker werden. Er dehnte ihre angespannten Muskeln und trieb sie immer weiter auseinander. Und es hörte gar nicht mehr auf, sondern schwoll immer weiter an, während Wolfe sein Glied mit flachen Stößen in sie trieb und es immer fester in ihr verankerte, bis es sich vollkommen eingeschlossen anfühlte und die Reibung einen Orgasmus nach dem anderen auslöste, als sie spürte, wie sein Samen sich ergoss.

Ihr Schoß stand in Flammen. Wie ein glühend schmelzender Hort von Empfindungen, die sie gar nicht alle auf einmal verarbeiten konnte. Sie fühlte sich gedehnt über alle Maßen und Vorstellung hinaus; Wolfes Erektion pulsierte in ihr, und ihr Unterleib umklammerte ihn, während ein Schauer nach dem anderen durch ihren Leib raste.

Wolfe schrie hinter ihr auf, und ein kurzer, harter Schwall seines heißen Samens ergoss sich in sie, bei jeder Bewegung erneut, immer wieder. Sie konnte seine Ergüsse und ihre Orgasmen gar nicht mehr zählen. Quälend lange Minuten ging es so, die Hitze, das harte Hämmern des Blutes, wo sie ineinander verankert waren, das Pulsieren seines heißen Samens, bis schließlich ihr Körper in völliger Erschöpfung niedersank, während winzige Orgasmen noch immer in ihr aufflackerten wie energiegeladene Nachbeben.

Wolfe sank schwer atmend über sie, und sein Körper zuckte noch immer krampfartig, während er alle paar Sekunden versuchte, seinen Schaft aus ihrer feurigen Umklammerung zu lösen. Instinktiv wusste Hope, was gerade geschah. Es war zu bizarr, um wahr zu sein, aber sie wusste, dass es sich nur um die harte Schwellung handeln konnte, die bei der Paarung von Hunden auftritt. Eine Schwellung am Schaft, die den Rüden in der Hündin verankert, um sicherzustellen, dass der Samen eine Chance hat, Wurzeln zu schlagen.

Hätte sie die Kraft dazu besessen, hätte sie gelacht. Sie hätte es wissen müssen – und er auch. Die Katzen-Breeds hatten ihre eigenen animalischen Eigenschaften durchlebt. Der Stachel verankerte sie in ihren Frauen. Sie hätte wissen müssen, dass Wolfe, so intensiv männlich und dominant, wie er war, ein eigenes Mittel besitzen würde, um eine Empfängnis sicherzustellen.

»Wir sind ineinander verankert, Hope.« Er atmete schwer, geschockt, und sein Körper erschauderte immer noch vor Wonne.

»Hmm, so sieht es wohl aus.« Erneut erbebte sie um seine harte Erektion.

»Das ist noch nie passiert«, stöhnte er an ihrer Schulter und fuhr mit der Zunge über die kleine Narbe, die sie als die Seine markierte.

Erneut kam sie, ein sanftes Aufflammen der Wonne, und sie

spürte, wie der Druck langsam schwächer wurde. Dann, lange Sekunden später, stöhnte sie, als er sich von ihr löste und sein immer noch kräftiger Schaft dabei ihren empfindsamen Schoß reizte.

Schwer atmend fiel er neben ihr aufs Bett. Er zog sie an sich und in seine Arme, hielt sie fest an seine Brust gedrückt, während er die Lippen auf ihre Stirn drückte, ihre Wange liebkoste und dann leidenschaftlich ihren Mund eroberte. Er küsste sie nicht wie ein Mann voll Besitzgier, sondern wie ein Mann, der verzweifelt Vergebung suchte.

Sie öffnete die Lippen für ihn und beruhigte ihn. Ihre Zungen spielten miteinander und lösten sich wieder voneinander, als er den Kopf hob und sie ansah.

»Ich habe fast den Verstand verloren ohne dich«, flüsterte er, und der Schmerz in seiner Stimme und seinen Augen brach ihr das Herz. »An dem Tag, als das Labor angegriffen wurde, wusste ich, dass du in Sicherheit warst. Ich habe die Explosionen in den Zellen ausgelöst und bin mit den anderen geflohen. Ich musste sie in Sicherheit bringen, ihr Leben retten, bevor ich zu dir kommen konnte.«

Hope presste die Lippen zusammen und kämpfte gegen ihren Schmerz und die Tränen an.

»Ich dachte, ich hätte dich für immer verloren.« Mit zitternden Fingern berührte sie seine Lippen. »Ich habe kaum wirklich gelebt, Wolfe. Ich hätte lieber den Kampf mit dir zusammen ausgefochten, und ich wäre lieber ein Teil deiner Freiheit gewesen. Von allem.«

Wolfe schüttelte ernst den Kopf. »Unser Leben konnte ich riskieren, weil ich musste. Aber nicht deines. Du warst zu wichtig für mich, Hope. Ohne dich hatte ich nichts. Keine Gebete, keine Hoffnung, jemals Glück zu finden. Du bist meine ganze Hoffnung.«

Eine Träne lief ihr über die Wange, und er fing sie mit dem Daumen auf.

»Du bist jetzt frei.« Er grinste. »Willst du mir immer noch in den Hintern treten?«

Hope lachte schwach auf.

»Ich werde dich so richtig treten, sobald ich wieder zu Atem gekommen bin«, versprach sie. »Nächstes Mal darf ich dich fesseln und dir zeigen, wie sich das anfühlt.«

Besorgnis blitzte in seinen Augen auf. Lange Momente dachte sie darüber nach. Sie wusste, dass er sich darauf einlassen würde, für sie. Schließlich zuckte sie mit den Schultern und sagte salopp: »Was soll's, ich schätze, du brauchst freie Hände, hm?«

»Es würde es leichter machen, dich zu lieben«, versicherte er ihr, ein dunkles Versprechen, während er mit den Händen ihren Rücken streichelte und durch ihr langes, schwarzes Haar fuhr. »Und das kann ich gut, meine Hope.«

»Erzähl mir, was passiert ist.« Sie musste erfahren, warum er so lange gebraucht hatte, um zu ihr zu kommen.

Wolfe seufzte tief.

»Als wir flohen, hatten wir weder Geld noch Vorräte, nichts als unsere Instinkte.« Er zuckte mit den Schultern und verzog das Gesicht bei dem Gedanken an jene frühen Tage. »Wir haben gerade mal so überlebt, bis ich in der Lage war, uns zu bewaffnen und die Männer so weit zu trainieren, dass sie kämpfen konnten. Dann fingen wir an, uns als Söldner zu verdingen. Entführungen, Suche und Rettung. Ein paar Einsätze als Söldner in unbedeutenden Kriegen. Wir brauchten nicht lange, um uns einen Ruf zu erwerben. Wir schafften uns Computer an, nahmen nur die Aufträge an, bei denen wir sicher waren, dass sie keine Falle deiner Mutter waren, und bauten unsere Sicherheit immer weiter aus.«

»Wann hat sie euch gefunden?« Sie musste wissen, wie lange ihre Mutter es in Kauf genommen hatte, dass sie voll Kummer und Schmerz ohne ihn weiterleben musste.

»Nach zwei Jahren. Eine von ihr arrangierte Entführung war ihr erster Versuch, uns wieder einzufangen. Als das nicht funktionierte, fing sie an, mir Fotos von dir zu schicken. Letztes Jahr bekam ich mehrere über meine Internetverbindung, die dich mit einigen anderen Männern zeigten. Ich verlor schier den Verstand, Hope.«

Qual und Verlust schwangen in seinen einfachen Worten mit.

»Ich habe monatliche Termine beim Gynäkologen, wegen der Auswirkungen der ›Paarung‹«, erklärte sie zögernd. »Letzten Monat fühlte ich mich danach wund und hatte Schmerzen. Sie muss ihn angewiesen haben, das Hymen zu zerstören, damit du das alles glaubst.«

Würde er ihr glauben? Hope sah ihm ins stille Gesicht und erblickte dort nichts mehr von der Abscheu und der Wut von vorher.

Traurig und wütend zugleich schüttelte er den Kopf. »Ich hätte es wissen müssen. Ich hätte richtig nachdenken müssen. Aber alles, woran ich denken konnte, war, dass ein anderer Mann dich anfasst. Ich war in den letzten Monaten nicht sehr stabil, Liebes.« Er küsste sie zart auf die Lippen, eine Entschuldigung, ein unausgesprochenes Flehen in seinen Augen, dass sie ihm vergeben möge. Und sie konnte nicht anders.

»Nun ja, nach diesen unglaublichen Orgasmen denke ich, kann ich dir verzeihen«, flüsterte sie mit einem sinnlichen Lächeln. Und sie war wirklich bereit für mehr.

Dann runzelte sie die Stirn, als er müde und resigniert die Augen schloss. Und obwohl er entspannt wirkte, konnte sie sehen, wie seine Muskeln sich langsam anspannten, als würde sein Körper sich auf einen Schlag vorbereiten. Auch seine Arme um sie spannten sich an, und er holte hörbar Luft – und dann hörte sie die höhnische Stimme ihrer Mutter.

»Sieht aus, als sei das Tier in Erscheinung getreten. Du hast es ihr gut besorgt, Wolfe. Darauf solltest du stolz sein. Ich werde es genießen, deine Bälger zu trainieren, auf dass sie mir noch etwas besser gehorchen als du.«

Entsetzen jagte Hope durch den Körper. Sie wollte sich unter ihm wegrollen, damit er ihren Körper nicht länger mit seinem schützte, doch er hielt sie auf, indem er sie noch fester in seinen Armen hielt.

»Ich liebe dich, Hope«, flüsterte er, bevor er den Kopf hob und in kalter Wut die Frau anstarrte, die einmal mehr in sein Leben eingedrungen war und jetzt lässig am Türrahmen lehnte.

# 8

»Hallo, Miststück. Wieso bin ich nicht überrascht, dich zu sehen?« Seine Stimme war voller Abscheu über den Anblick, der sich ihm bot.

Wolfe sah die kleine, zierliche Frau an, die ins Zimmer trat. Sie war lässig gekleidet in Sweatshirt, Twillhose und Slipper. Ganz das Bild einer erfolgreichen Ärztin, abgesehen von der Waffe in ihrer Hand und dem Schimmer bösartigen Triumphes in ihren dunklen Augen.

»Ich wusste, dass dich die manipulierten Fotos mit den Männern, die Hope angeblich vögeln, aus deinem Schlupfwinkel locken würden«, gluckste sie hämisch. »Hast du wirklich geglaubt, meine frigide Tochter würde auch nur einem Mann erlauben, sie anzufassen, ganz zu schweigen von zweien zugleich? Sie war so verdammt kalt, dass ihr Arzt das Hymen zerstören musste. Wirklich, Wolfe, du hast es mir beängstigend leicht gemacht, dich zu fangen.«

Wolfe lächelte. Die Falle war zugeschnappt, genauso wie er vorausgeahnt hatte. Aber er war mehr als dankbar dafür, dass das Monster die Frage, ob Hope allein ihm gehörte, nun eindeutig geklärt hatte.

»Ja, stimmt, nicht wahr? Aber vielleicht warst du ja die leichte Beute«, schlug er mit einem Lächeln vor.

Delia Bainesmith kniff die Augen zusammen.

»Du warst schon immer ein Gauner«, höhnte sie. »Hast nie Befehlen gehorcht, immer zu fliehen versucht. Du warst mein Eigentum. Mein Tier, mein Besitz. Ich habe dich erschaffen.«

Wut klang in ihrer Stimme mit, der irrsinnige Glaube, dass er für immer und ewig unter ihrer Kontrolle sein müsse.

»Du hast mich erschaffen, aber du wirst mich nie besitzen«, versicherte er ihr in tödlichem Tonfall. »Du vergisst etwas, Miststück. Du hast die DNA eines Wolfes verwendet, nicht die von Schoßhündchen, die du stattdessen hättest nehmen sollen. Kein Mann und keine Frau kontrolliert den Wolf.«

»Dann werde ich die Welpen kontrollieren, die du meiner treulosen Tochter eingepflanzt hast«, spottete sie und hob die Waffe, den Finger am Abzug. »Und dich werde ich töten.«

Bevor sie reagieren konnte, legte er einen Schalter hinter ihm an der Wand um. Die Waffe flog ihr aus der Hand und landete krachend auf dem Boden, als der fallende Sandsack mitsamt dem Putz, der von der Decke kam, sie aus dem Gleichgewicht brachte.

Das war der Auftakt, den er brauchte. Wolfe sprang vom Bett und griff nach der Waffe, als die Frau sich auf ihn stürzte, ein Messer in der Hand und mit manischem Hass in den verzerrten Zügen. Er hörte, wie Hope voll Furcht seinen Namen rief, Tränen und Entsetzen in ihrer Stimme. Er warf sich zur Seite, weg von dem Monster, und streckte rasch einen Fuß aus, um ihr ein Bein zu stellen, als sie an ihm vorbeistürmte. Mit einem überraschten Aufschrei ging sie zu Boden.

Wolfe sprang auf die Füße, packte die Waffe und richtete sie auf sie. Er beäugte sie vorsichtig, und dann sah er das Blut, das langsam unter ihr hervorsickerte. Hope musste es auch gesehen haben. Er hörte, wie ihr der Atem stockte, und sah ihr bleiches, entsetztes Gesicht.

Er ging zu der Frau hin, die einst der Schrecken des ganzen Labors gewesen war, in dem er eingesperrt gewesen war. Vorsichtig drehte er sie um und verzog das Gesicht, als er den Dolch sah, der zwischen ihren Brüsten steckte.

»Bastard.« Blut gurgelte aus ihrem Mund, als sie ihn voller Hass anstarrte. »Hast es verdorben. Du hast alles ruiniert.«

Wolfe sah zu Hope auf. Der Schock stand ihr ins Gesicht geschrieben und ließ sie ganz blass aussehen. Bainesmith folgte Wolfes Blick, und sie grinste ihre Tochter höhnisch an.

»Tier. Nicht besser als ein Hund …«, keuchte sie. Dann weiteten sich ihre Augen, bevor ihr Blick leer wurde.

»Wolfe.« Die anderen kamen in die Hütte gestürmt und riefen besorgt nach ihm. »Wolfe, verdammt, sie ist an uns vorbei …«

Als sie ins Schlafzimmer kamen, blieben sie abrupt stehen. Drei Frauen und drei weitere Männer, alle außer Atem und blutbeschmiert, aber triumphierend.

»Habt ihr die Soldaten erwischt?«, fragte Wolfe ruhig, ging zu Hope, hob sie vom Bett auf und wickelte die Decke um ihren erstarrten Körper.

»Alle«, berichtete Jacob. »Aber wir haben sie nicht getötet.« Er deutete mit dem Kopf auf die reglose Gestalt der Wissenschaftlerin.

»Schafft sie hier weg«, befahl Wolfe. »Findet ein tiefes, finsteres Loch und begrabt das Miststück darin. Sie wird keine Chance mehr bekommen, irgendwen zu verletzen.«

Er trug Hope ins Wohnzimmer und schützte ihren Körper mit seinem, während er sie leise an seiner Brust schluchzen hörte.

»Ich werde nicht um sie trauern«, flüsterte sie unter Tränen. »Das habe ich schon, als ich noch ein Kind war.«

»Es ist okay, zu trauern, Hope«, versicherte er ihr. »Trauere um das, was nie gewesen ist, wenn du musst. Aber lass es raus.«

Er ließ sich auf der Couch nieder und wiegte sie in seinen Armen.

»Sie hätte dich getötet«, flüsterte sie. »Und mich am Ende auch.«

Er strich ihr das Haar aus dem Gesicht, voll Trauer um sie.

»Kannst du mir ihren Tod verzeihen? Kannst du mir verzeihen, was ich dir angetan habe? Dass ich dir nicht vertraut habe?« Er berührte sie voll Verehrung, voll Schmerz und voll Dankbarkeit.

Einen Augenblick lang wurde ihre Miene ausdruckslos, und dann leuchtete ein seltsamer Schimmer weiblicher Gewissheit in ihren Augen auf.

Wolfe sah sie mit schmalen, ungläubigen Augen an.

»Ich bin gekommen«, flüsterte sie.

Er grinste. »Oh ja, das bist du. Und das ziemlich gut.«

»Nein.« Hope schüttelte den Kopf. »Während du dachtest, du würdest mich foltern, waren diese Schreie der Qual in Wirklichkeit Orgasmen. Keine großartigen, aber gut genug.«

Wolfe runzelte die Stirn. »Das kann nicht sein. Versuch nicht, mein Gewissen zu beruhigen, Hope.«

Sie lachte. Sie wagte es doch tatsächlich, ihm ins Gesicht zu lachen.

»Willst du es in ein paar Tagen noch mal versuchen, damit ich es dir beweisen kann?«, schlug sie aufreizend vor.

Hitze flammte in seinem Körper auf, und sofort reagierte sein Schaft.

»Darf ich dich wieder fesseln?«, fragte er, eindeutig interessiert.

Hope zuckte mit den Schultern. »Wenn du willst.« Aber Wolfe konnte die Aufregung in ihrem Blick sehen.

Er seufzte tief. »Wieso bekomme ich das Gefühl, Hope, dass du tatsächlich den Spieß umgedreht hast, ohne dass ich es gemerkt habe?«

Ihre saphirblauen Augen strahlten ihn an.

»Vielleicht, weil es so ist. Und ich werde nicht um sie trauern, Wolfe. Ich hatte viel mehr Angst um dich. Ich war mir sicher, dass sie dich verletzen, vielleicht sogar töten würde. Ich hätte nicht damit leben können, wenn sie es getan hätte. Ohne dich wäre ich zugrunde gegangen.«

Er drückte ihr einen Kuss auf die Lippen und sah ihr in die Augen.

»Ich liebe dich«, flüsterte er an ihrem zarten Mund. »Immer, Hope. Ich werde dich immer lieben.«

Mit einem benommenen Seufzer der Zufriedenheit schloss sie die Augen. Wolfe hielt sie fest an sich gedrückt und dankte Gott jede Sekunde dafür, dass sie in Sicherheit und das Miststück tot war. Jetzt waren sie ihres Lebens sicher, und das brauchte er für sie.

»Wolfe.« Jacob stand neben ihm und sah ihn ruhig an. »Wir bringen ihre Leiche zu ihren Soldaten zurück. Wenn sie wieder aufwachen, können sie mit ihr machen, was immer sie wollen.«

»Haben sie die Hütte auch gefunden?« Er konnte nicht riskieren, dass sie davon wussten.

»Zum Teufel, sie haben es keine zehn Schritt weg vom Truck geschafft. Und Miststück hätte sie auch nicht gefunden, wenn du mir nicht Befehl gegeben hättest, sie durchschlüpfen zu lassen.«

Wolfe nickte. Er hatte nicht vorgehabt, sie zu töten, aber er wusste, sie waren alle besser dran, wenn sie tot war.

»Dann lassen wir dich jetzt mit deiner Frau allein. Wann sollen wir wiederkommen?« Belustigung blitzte in seinen hellblauen Augen auf.

Wolfe grinste. »Vielleicht nach Wochen«, antwortete er. »Ich habe einiges an Zeit wiedergutzumachen, mein Freund. Mindestens einige Jahre.«

Hope schlief in seinen Armen, ohne zu bemerken, wie die

Leiche ihrer Mutter aus der Hütte geschafft wurde. Als die Tür hinter Jacob und den anderen zufiel, seufzte er tief auf. Er hatte seine Hope, so wie er es sich immer erträumt, immer erfleht hatte. Jetzt war sein Leben endlich vollkommen.

Jacob weigerte sich, noch einen Blick zurück auf das Paar zu werfen, als er die Hütte verließ. Zorn und Verlangen plagten ihn schwer, die Erregung war ein ständiges Pulsieren in seinem Schwanz, um ihn zu quälen. Aber der Grund dafür war nicht die Frau in Wolfes Armen, die Jacobs Körper in ständiger Bereitschaft hielt. Nein, es war die Frau, die ihn draußen erwartete.

Als er die Tür hinter sich schloss, verließ Faith ihre Position am Ende des Hauses und musterte ihn mit ihren schwarzen Augen, als er auf sie zukam. Sie war eine Wolf-Breed mit schlankem, festem Körper und drahtigen Muskeln. Ihre Brüste waren hoch und fest unter dem schwarzen T-Shirt, das sie zu schwarzen Jeans trug. Ihr rötlichbraunes Haar wirkte wie eine nachlässig geschnittene Haube aus Seide und umrahmte das schmale Gesicht auf eine Weise, die ihr ein verletzliches und unantastbares Aussehen verlieh.

»Geht es ihnen gut?«, fragte sie, als er sich näherte.

Jacob knurrte und fletschte warnend die Zähne, als sie zurückwich. Immer ging sie rückwärts, nie vorwärts.

»Wenn nicht, hättest du es erfahren«, stieß er hervor, wieder einmal wütend auf sie.

»Meine Güte, beiß mich doch gleich«, fauchte sie und runzelte die Stirn. »Das war eine vernünftige Frage.«

»Von einer höchst unvernünftigen Frau«, warf er ihr schroff vor. »Geh zurück in die Hütte und ruh dich aus. Du hast seit Tagen nicht geschlafen, und ich habe die Ringe unter deinen Augen satt.«

»Ruh du dich doch aus!«, entgegnete sie schroff. Ihr Körper war augenblicklich wachsam, und der Duft des Zorns, der in ihr pulsierte, lag in der Luft. »Sag ich dir etwa, wie oft du schlafen musst?«

Er wandte sich ihr zu und kämpfte dabei gegen den Drang an, die Hände nach ihr auszustrecken und sie an sich zu ziehen.

»Tu, was ich sage!«, fuhr er sie an.

»Leck mich, Jake, jetzt schläfst du mal ...«

»Keine Sorge, der Tag kommt, an dem genau das passieren wird, Faith. Bis du damit umgehen kannst, schlage ich vor, du haust ab, und zwar auf der Stelle. Andernfalls könntest du erfahren, wie es sich anfühlt, wenn dein Gefährte dich ohne deine Erlaubnis besteigt.« Zorn stieg in ihm auf. Ihr ständiger Trotz ließ das Tier in ihm wütend aufheulen.

Er sah, wie sie blass wurde. Entsetzen blitzte in ihren Augen auf, und eine Sekunde später rannte sie los. Er stieß einen derben Fluch aus und fuhr sich mit den Händen durchs Haar, während er das Tier in sich niederrang, das danach verlangte, dass er sie zur Strecke brachte. Er konnte es nicht. Er konnte es nie. Sie war seine Gefährtin, und doch würde ihm ihre Berührung für immer versagt bleiben. Sein unbändiges, trauerndes Heulen hallte über den Berg, so wie es durch seine Seele hallte.